Piper Rayne

Twist of a Love Affair

Roman

Aus dem Amerikanischen
von Cherokee Moon Agnew

Ullstein

Besuchen Sie uns im Internet:
www.ullstein.de

MIX
Papier
FSC FSC® C083411

Deutsche Erstausgabe im Ullstein Taschenbuch
1. Auflage November 2020

Die amerikanischen Originalausgabe erschien 2019 unter dem
Titel: *Birth of a Baby Daddy*

Umschlaggestaltung: zero-media.net, München
Titelabbildung: © FinePic®, München
Gesetzt aus der Quadraat Pro powered by pepyrus.com
Druck- und Bindearbeiten: CPI books GmbH, Leck
ISBN 978-3-548-06258-7

Die Baileys

Austin Bailey – 32 Jahre alt
(Biologielehrer/Baseball Coach)
Savannah Bailey – 30 Jahre alt
(Leitet die Bailey Timber Corp)
Brooklyn Bailey – 27 Jahre alt
(Leitet die Essential Oil Company)
Rome Bailey – 25 Jahre alt
(Chefkoch)
Denver Bailey – 25 Jahre alt
(Buschpilot)
Juno Bailey – 24 Jahre alt
(Verkupplerin)
Kingston Bailey – 21 Jahre alt
(Smokejumper – Feuerwehrelite)
Phoenix Bailey – 20 Jahre alt
(Studentin)
Sedona Bailey – 20 Jahre alt
(Studentin)

Kapitel 1

HARLEY

Ich setze Calista höher auf meine Hüfte, während ich den Koffer über das halb geschmolzene Eis zerre, das den Weg zum Cozy Cottage Bed & Breakfast bedeckt.

Es ist die günstigste Unterkunft in Lake Starlight. Sie wirkt gar nicht so heruntergekommen, wie ich befürchtet hatte. Um ehrlich zu sein, scheint sie sogar ziemlich gut in Schuss zu sein, nur ein wenig ... speziell. Doch ich bin keine, die voreilige Schlüsse zieht. Nicht bei meiner Vergangenheit. Aber die meisten Menschen würden eine rosa Hausfassade nicht mit einer gelben Verkleidung kombinieren. Die Gartenzwerge und Metallskulpturen, die aus den Schneehaufen im Vorgarten herausragen, erhöhen den Merkwürdigkeitsfaktor zusätzlich. Ich kann mich nicht daran erinnern, sie auf den Fotos gesehen zu haben, als ich online gebucht habe. Aber es hätte sowieso keinen Unterschied gemacht.

Ich bin nur aus einem einzigen Grund hier – um den Vater meiner Tochter zu finden.

Mein Gott, das klingt so klischeehaft. Aber es stimmt.

Denver Bailey.

Mein One-Night-Stand ist jetzt Vater.

Ich hatte nicht vor, nach ihm zu suchen. Erst als ich sein Foto in den Nachrichten gesehen habe, weil sein Flugzeug mit einem bekannten Musikproduzenten aus Hollywood an Bord in Alaska abgestürzt war, wusste ich, wo ich ihn finden würde. Denver war der Pilot. So habe ich seinen Nachnamen erfahren.

Sechs Monate später stehe ich nun in seinem Heimatort. Aber nur, weil ich etwas von ihm brauche.

Calistas Quengeln reißt mich aus meinen Gedanken. Ich bleibe stehen, um sie wieder richtig auf meine Hüfte zu setzen. Bevor ich klopfen kann, wird die Tür aufgerissen.

Die Dame, die mir entgegenkommt, ist ungefähr Mitte fünfzig und trägt ein farbenfrohes Dashiki mit schwarzen Leggings. Unter ihrem Kopftuch blitzt grau-schwarzes schulterlanges Haar hervor. Mit farbverschmierten Händen winkt sie mich herein. Das Neonpink bildet einen starken Kontrast zu ihrer dunklen Haut.

»Haaalloooo«, begrüßt sie mich lang gezogen und breit lächelnd. »Du musst Harley sein!« Sie tritt hinaus auf die Veranda und schlingt die Arme um mich und meine Tochter. Ich werde stocksteif und atme erleichtert aus, als sie mich loslässt, um sich Calista zu widmen. »Hallo, du süßes Ding.«

Dann nimmt sie mir Calista ab. Automatisch will ich nach ihr greifen, doch sie drückt sie sicher an ihre Brust. Ich öffne den Mund, um etwas zu sagen, doch sie kommt mir wieder zuvor.

»Bring den Koffer rein. Ihr holt euch hier draußen sonst noch den Tod. Der Frühling lässt noch auf sich warten.« Dann verschwindet sie mit meiner Tochter im Haus. »Seid ihr zum ersten Mal in Alaska? Wie war der Flug? Was führt euch hierher? Ich bin übrigens Selene. Wie die griechische Mondgöttin.«

Mein Gehirn kommt kaum hinterher. Ich habe keine Ahnung, welche Frage ich zuerst beantworten soll, also sage ich nichts, trage stattdessen meinen Koffer ins Haus und schließe die Tür hinter mir.

Selene zieht Calista den dicken Anzug aus.

Ich sehe mich in unserem Zuhause für die nächsten Tage um. Hier drin ist es genauso bunt wie draußen. An den Wänden hängen leuchtende abstrakte Ölgemälde. Jede freie Oberfläche ist mit Krimskrams bedeckt, was jetzt, da Calista alles in den Mund steckt, ein wahrer Albtraum wird.

»Hast du die Bilder gemalt?«, frage ich Selene, die Calista gerade unterm Kinn kitzelt, doch sie kichert nicht. Stattdessen starrt sie Selene an, als wäre sie gerade aus einem Ufo gestiegen.

»Ja. Ich bin nicht nur ein Kunstfreund, sondern auch selbst Künstlerin. Und die Dekostücke draußen auf dem Rasen habe ich auch selbst gemacht.«

Ich lächle. »Cool.«

Merkwürdiges Schweigen erfüllt den Raum. Ich nutze die Gelegenheit, das Wort zu ergreifen, bevor Selene wieder loslegt. »Wir hatten eine lange Anreise. Ich denke, wir legen uns am besten erst mal eine Weile hin, bevor wir losziehen, um ein paar Dinge zu erledigen.«

Selene runzelt die Stirn. »Ich kann gern auf sie aufpassen, wenn du dich ausruhen willst.«

Sie wirkt aufrichtig, nicht wie eine Serienkillerin, die meinem Kind Leid zufügen will. Aber ich werde meine kleine Tochter nicht mit einer Fremden allein lassen.

»Schon okay. Sie braucht auch ein Nickerchen.« Ich greife nach ihr, um sie Selene abzunehmen. »Wir werden erst mal unsere Sachen auspacken und uns dann eine Runde aufs Ohr hauen, wenn es okay ist.«

»Aber natürlich. Gar kein Problem. Um fünf gibt's Abendessen. Oder ist das zu früh? Ich bin Frühaufsteherin, was bedeutet, dass ich auch früh ins Bett gehe. Aber ich weiß, dass es auch Menschen gibt, die lieber später essen.«

Calista fängt an zu jammern. Normalerweise würde sie um diese Uhrzeit schon längst Mittagschlaf machen. Ich wiege sie auf meiner Hüfte und hoffe, dass das Gespräch schnell beendet ist. Eigentlich wollte ich nicht in einem Bed & Breakfast übernachten, weil ich befürchtet habe, die Besitzer und die anderen Gäste könnten zu neugierig sein. Aber es ist nicht so, als könnte ich mir ein Zimmer im Glacier Point Resort leisten.

»Fünf ist super.«

Als Selene in die Hände klatscht, zuckt Calista erschrocken zusammen. »Perfekt. Es gibt Zucchininudeln mit Avocadopesto. Schmeckt besser, als es klingt. Versprochen.«

Ich lächle und gehe in Richtung Treppe. *Ich hole mir besser nachher etwas zu essen, wenn wir unterwegs sind.*

»Ihr habt das hellblaue Zimmer.«

»Danke.«

»Wie heißt die Kleine eigentlich?«

Ich bleibe stehen und drehe mich um. »Calista.«

»Calista.« Sie lächelt. »Wunderschön. Kennst du die Bedeutung? In der griechischen Mythologie war Calista eine Arkadierin, die sich zuerst in eine Bärin und später in das Sternbild des Großen Bären verwandelt hat.« Jetzt redet sie in Babysprache, als würde sie es eher Calista als mir erzählen.

»Gut zu wissen.«

Mir wird ganz schwer ums Herz, während ich weiter die Treppen nach oben steige. Ich hoffe, meine Tochter ist auch eine Bärin, denn für das, was vor uns liegt, muss sie stark sein.

• • •

Selene hatte recht. Das Abendessen hat tatsächlich besser geschmeckt, als es geklungen hat. Ich hole unsere Jacken und packe Calista wieder warm ein, um loszuziehen und mehr über Denver herauszufinden. Lake Starlight scheint so klein zu sein, dass jeder jeden kennt. Hoffentlich treffe ich jemanden, der mir sagen kann, wo er wohnt oder für gewöhnlich abhängt.

Der Uber-Fahrer lässt mich vor einem Eisenwarenladen mit dem Namen Hammer Time heraus. Ich muss an Denvers geschickte Hände denken, meine Nippel zwischen seinen rauen Fingern. Ich schüttle den Kopf, um den Gedanken beiseitezuschieben.

Als wir den Laden betreten, klingelt die Glocke über der Tür. Ich nehme einen tiefen Atemzug. Ich liebe den Duft von frisch geschnittenem Holz und Baumaterialien.

»Kann ich Ihnen helfen?« Hinter der Theke steht ein Mann, der mich herzlich anlächelt.

Ich erwidere das Lächeln, gehe auf ihn zu und werfe einen kurzen Blick auf sein Namensschild. »Hi, Jack. Das klingt jetzt vielleicht komisch, aber könnten Sie mir vielleicht sagen, wo ich Denver Bailey finde?«

»Nun ja, ich habe erst vorhin mit Austin gesprochen. Er hatte große Pläne für heute Abend. Danach wollten sie sich alle in Romes neuem Restaurant treffen. Es liegt direkt am Marktplatz. Es hat noch nicht geöffnet, aber wenn Sie klopfen, hören die Baileys es bestimmt. Einfach nach rechts die Straße lang. Ein paar Blocks weiter. Es heißt Terra & Mare.«

»Super. Vielen Dank für die Info.« Ich drehe mich um und gehe in Richtung Ausgang.

»Hey, wie heißen Sie?«, ruft mir Jack hinterher.

»Das ist nicht wichtig«, erwidere ich. Wieder ertönt die Glocke, als ich den Laden verlasse.

Ich pikse Calista in den Bauch. »Es war klug von deiner Mommy, in diesen Laden zu gehen. Jack ist die reinste Enzyklopädie.«

Sie kichert, und ich küsse ihre Stirn.

Während ich immer weiter in die Richtung gehe, in die mich Jack geschickt hat, dreht sich mir der Magen um, und mir kommt die Galle hoch. Calista ist damit beschäftigt, in den Himmel zu starren. Immer wieder greift sie mit einer behandschuhten Hand nach einer Schneeflocke.

Nur wenige Minuten später sehe ich das Schild von Terra & Mare. Goldene Schrift auf braunem Untergrund. Das hat Klasse. Ich spähe durchs Fenster. Das Restaurant ist leer – bis auf einen langen Tisch in der Mitte, an dem eine Gruppe von Leuten sitzt.

Denver kann ich zwar nicht entdecken, aber ein paar der Männer sitzen mit dem Rücken zu mir. Von daher könnte es einer von ihnen sein. Es ist schon über zwei Jahre her, dass ich ihn das letzte Mal gesehen habe. Ich muss mich also auf verschwommene Erinnerungen verlassen. Am besten kann ich mich daran erinnern, wie ich mich in dieser einen Nacht mit ihm *gefühlt* habe.

Ich hole tief Luft und rufe mir noch mal in Erinnerung, warum ich hier bin. Als ich die Tür aufdrücke, weht ein eisiger Windstoß ins Restaurant. Alle Köpfe drehen sich gleichzeitig zu mir um.

Mein Blick wandert von einem zum anderen, während ich auf den Tisch zugehe. Ich überlege, ob mir irgendjemand bekannt vorkommt. Als ich Denver entdecke, schlägt mein Herz plötzlich dreimal so schnell.

Alle Erinnerungen an die Nacht und warum ich mich zu ihm hingezogen gefühlt habe, kommen zurück. Sein gutes Aussehen. Seine haselnussbraunen Augen. Wie sich sein Bizeps und seine Brust unter seinem Shirt abgezeichnet haben. Wie sich seine Bartstoppeln an den Innenseiten meiner Schenkel angefühlt haben.

Doch er kann sich ganz offensichtlich nicht an mich erinnern, was mich nur noch wütender macht.

»Tut mir leid, das hier ist eine Privatfeier. Nur für Familienangehörige«, sagt eine hübsche Blondine und erhebt sich von ihrem Stuhl.

»Dann sind wir wohl richtig«, erwidere ich schnippisch.

Alle am Tisch wechseln irritierte Blicke.

Dann kommt der Koch aus der Küche und durchquert mit einer Platte mit Rind den Raum.

Moment ... Was zum Teufel ist hier los?

Mein Blick wandert vom Koch zu Denver.

Der Koch hat mich noch nicht bemerkt und stellt die Platte in die Tischmitte. »Warum sind alle so still?«, fragt er und folgt der Blickrichtung der anderen.

Mir fällt die Kinnlade herunter, und ich setze Calista höher auf meine Hüfte. »Von euch gibt's zwei?«

Denver legt den Kopf schief, und der Koch kommt weiter auf mich zu.

»Tut mir leid. Wie kann ich dir helfen?«, fragt er. Dass er mich auch nicht erkennt, entfacht meine Wut, als würde man Benzin ins Feuer kippen.

Ich verenge die Augen zu Schlitzen. »Du kannst mir sagen, wer von euch beiden der Vater meines kleinen Mädchens ist.«

Alle Blicke wandern zwischen Denver und dem Koch hin und her.

Beide blicken panisch drein.

Was habe ich mir da bloß eingebrockt?

Kapitel 2

ROME

»Wer von euch beiden ist Denver?« Die Frau lässt den Blick zwischen meinem Bruder und mir hin und her wandern.

Ich schäme mich nicht, zuzugeben, dass mich Erleichterung umhüllt wie die schwere Decke, die sich Savannah letzten Monat gekauft hat. Ich habe keinen blassen Schimmer, wer diese Frau ist. Ich rechne kurz zurück und stelle fest, dass ich noch in Europa war, als das kleine Mädchen gezeugt wurde.

Gott sei Dank.

Aber für meinen Bruder ist das weniger gut.

Denver sieht mich an, steht langsam auf und geht auf sie zu, als müsste er eine Gefängnisstrafe antreten, ohne Chance auf Bewährung. »Ich bin Denver. Und du bist …«

Sie verlagert das Gewicht auf ein Bein und hebt eine Augenbraue. Die Kleine zieht an ihrem Haar, doch dann senkt sie nur gedankenverloren ihre Hand, ohne sich zu beschweren. »Ernsthaft? Ich weiß, dass wir beide ziemlich betrunken waren. Aber ich dachte, du würdest dich wenigstens an meinen Namen erinnern. Harley.«

Harley? Nope, ich kenne keine Harley. Also bin ich auch nicht der Daddy.

Anhand des flehenden Blicks von Denver, der »Es ist dein Kind, nicht wahr?« zu fragen scheint, wird mir klar, dass er ebenfalls keine Ahnung hat, was hier passiert.

Wenn wir sie beide nicht kennen, dann sind wir vielleicht beide fein raus. Möglicherweise will uns irgendjemand verarschen. Das riecht total nach Liam.

Mein Blick wandert zu ihm. Er sitzt zurückgelehnt da, die Arme auf die Rückenlehnen gelegt. Sein Grinsen verrät, dass er die Szene gerade genießt, aber die Verwunderung in seinem Blick sagt mir, dass es keiner seiner verfrühten Aprilscherze ist.

Nach und nach mustere ich jedes Familienmitglied und frage mich, wer so etwas machen würde. Mein Blick bleibt an G'Ma D hängen. Ihr würde so etwas ähnlichsehen. Irgendeine fremde Frau damit beauftragen, hier hereinzuschneien, um uns danach einen Vortrag über Safer Sex zu halten und darüber, dass wir uns dringend häuslich niederlassen müssen, weil sonst eines Tages genau so etwas passieren wird.

»Rome«, sagt Denver flehend.

Scheiße, er will, dass ich ihm helfe. Aber was soll ich bitte machen? Er hat sie geschwängert.

»Hör zu«, sage ich und mache einen Schritt auf sie zu. »Ich glaube, du hast den Falschen.«

Harleys Kopf schnellt zu mir herum, und sie verengt die Augen zu Schlitzen. »Und wer bist du?«

»Rome Bailey. Sein Zwillingsbruder.«

»Ich bin nicht blind«, murmelt sie.

Ich erinnere sie lieber nicht daran, dass *sie* diejenige war, die gefragt hat. Wir sind hier in einer Stresssituation, also behalte ich meinen Sarkasmus für mich. »Wenn er dächte, er wäre der Vater der Süßen, würde er es sagen.«

Das Baby unterbricht die angespannte Stimmung, indem es immer wieder das Gesicht seiner Mutter tätschelt und »Mama. Mama.« sagt.

»Soll ich sie nehmen, damit du …« Mit ausgestreckten Armen geht Brooklyn auf sie zu.

Doch Harley dreht ihr schnell den Rücken zu.

»Oder auch nicht.« Brooklyn wirft die Hände in die Luft und setzt sich auf einen freien Stuhl. Ich beobachte, wie sie das Gesicht der Kleinen nach Ähnlichkeiten absucht.

Das kleine Mädchen ist zuckersüß. Ich übernehme liebend gern die Rolle des Lieblingsonkels. Ihr Haar ist nicht blond wie das ihrer Mutter. Es ist hellbraun, aber sie hat die gleichen grünen Augen wie ihre Mom. Ihre Pausbäckchen sind ganz rosa von der Kälte. Sie zieht einen ihrer Fäustlinge aus, wirft ihn durch den Raum und trifft Savannah mitten ins Gesicht.

Meine ganze Familie lacht. Savannah hebt den Handschuh auf und geht langsam auf Harley zu, als wäre sie eine hungrige Tigerin, die uns alle fressen will.

»Danke«, sagt Harley und behält den Fäustling in der Hand. Doch dann zieht das Mädchen auch noch den anderen aus, der in der Sahnesoße landet, die ich eben auf den Tisch gestellt habe.

»Ich mache ihn sauber.« Meine zukünftige Schwägerin Holly fischt den Handschuh heraus und verschwindet in der Küche.

»Nicht ...« Harley verstummt, denn Holly wird es so oder so tun.

»Wo sind wir stehen geblieben?« Harley nimmt die Hand der Kleinen aus ihrem Gesicht, küsst und senkt sie, bevor sie mich mit ihren grünen Augen durchbohrt. »Da sich dein Bruder Denver dumm stellt, kläre ich euch jetzt auf. Wir haben uns vor etwas über zwei Jahren in Seattle kennengelernt. Er ist dort zwischengelandet und kam in die Bar, in der ich gearbeitet habe. Er ist geblieben, als wir zugemacht haben. Eins führte zum anderen. Und das hier ist das Ergebnis unseres One-Night-Stands.« Mit dem Kopf deutet sie auf das Baby, das mich nun fasziniert anstarrt.

Denver hebt die Hände, als würden wir wieder in der Highschool im Schulbüro des Rektors sitzen. »Ich war vor zwei Jahren nicht in Seattle.« Er sieht sich nach einem Zeugen um. Oder wenigstens jemandem, der ihm zustimmt. Sind wir hier bei Maury Povich?

»Weißt du das denn noch so genau?«, fragt Austin.

Denver funkelt unseren ältesten Bruder böse an. »Ich denke, ich könnte mich daran erinnern, wenn ich dort gewesen wäre«, fährt Denver fort und erklärt, warum er genau weiß, dass er zur Zeit der Zeugung nicht in den unteren achtundvierzig Staaten war. Wir wissen alle, dass er aufgrund seines stressigen Jobs Alaska nur selten verlässt. Der

Kerl ist Buschpilot. Neunzig Prozent seiner Arbeit erledigt er hier in Alaska.

Während meine Familie anfängt zu diskutieren und Harley schweigend zusieht, stellen sich mir die Nackenhaare auf.

Seattle? Zwischenstopp? Vor zwei Jahren?

Fuck.

Denver war vielleicht nicht in Seattle – aber ich. Ich bin dort zwischengelandet, bevor ich nach New York weitergeflogen bin und von dort nach Florenz. Im Osten tobte ein Schneesturm. Ich kann mich noch daran erinnern, wie angepisst ich war, weil ich meinem neuen Mentor in Italien sagen musste, dass ich einen Tag später kommen würde.

Ich mustere die Frau vor mir noch einmal. Ihre grünen Puppenaugen müssen das gewesen sein, was mich zuerst gepackt hat. An die könnte ich mich doch erinnern, oder? Das Déjà-vu trifft mich mit der Wucht eines Backsteins. Ich habe dieses Wort schon mal benutzt. Puppenaugen.

An diesem Abend war ich nicht bei klarem Verstand. Ich hatte Angst, mein Mentor würde mich zum Teufel jagen. Angst, meine Familie für so lange Zeit zu verlassen. Angst, weil mein Traum nur zwei Flüge entfernt war und trotzdem wieder verschoben wurde.

»Heilige Scheiße.«

Denver starrt mich mit großen Augen an und wird ganz bleich, als er meinen Gesichtsausdruck sieht. »Du?«

Das Geräusch eines rückenden Stuhls holt mich aus meiner Trance. Austin steht auf und kommt auf uns zu. »Wir können die Sache mit Sicherheit klären«, sagt er und übernimmt die Kontrolle.

Es wundert mich, dass Savannah nicht schon längst einen Vaterschaftstest verlangt und Harley rausgeschmissen hat, bevor wir weiter darüber diskutieren. Und so schweigsam ist G'Ma D seit der Beerdigung unserer Eltern nicht mehr gewesen.

»Können wir nach hinten gehen und reden?«, frage ich Harley.

»Süß, dass du deinem Bruder helfen willst, aber Denver ist der Vater.« Sie funkelt Denver böse an, und er hustet, als müsste er sich jeden Moment über meinen neuen Fußboden übergeben.

»Was das angeht ...«

Sie legt den Kopf schief und wartet auf eine genauere Erklärung. »Ich habe ihn in den Nachrichten gesehen. Er ist Pilot. Und im Gegensatz zu ihm kann ich mich an seinen Namen und sein Gesicht erinnern«, sagt sie schließlich, als sie es leid wird, darauf zu warten, dass ich noch etwas sage.

»Na ja ...« Ich fasse mir in den Nacken und nehme all meinen Mut zusammen, die Wahrheit zu sagen.

Denver starrt mich an. Sein Blick sagt mir, dass er diesmal nicht für mich einstehen wird.

»Ich habe dir in Seattle seinen Namen genannt.« Ich atme laut aus. »Das haben wir immer gemacht, als wir noch jünger waren. Er hat sich bei den Mädels als ich ausgegeben und umgekehrt. Ziemlich dumm. Ich weiß.«

Der ganze Raum stöhnt. Alle fangen an zu flüstern und fragen sich, wann ich endlich erwachsen werde.

Harley blinzelt ein paarmal und blickt zwischen uns hin und her. Dafür, dass sie noch nicht lange Mutter ist, hat sie den enttäuschten Blick schon ziemlich gut drauf. »Unglaublich.«

»Ich hätte nicht gedacht, dass wir uns jemals wiedersehen würden.«

»Warum hast du mir dann den Namen deines Zwillingsbruders genannt?« Wie ein Profi setzt sie das Baby auf ihre andere Hüfte. Natürlich ist sie Profi. Sie macht das ja schon seit einer Weile.

Erst jetzt kapiere ich, dass ich Vater bin und meine Tochter direkt vor mir sitzt. Eine Schwere breitet sich in meiner Brust aus. Hättet ihr mich vor diesem Moment gefragt, warum, hätte ich gesagt, weil ich kein Vater sein will. Doch in Wahrheit liegt es daran, dass ich so viel Zeit mit meiner Tochter verpasst habe.

Eine Million Fragen gehen mir durch den Kopf. Warum ist Harley jetzt hier? Warum nicht schon früher? Will sie Geld? Sucht sie schon seit zwei Jahren nach mir? Will sie eine Beziehung? Eine Familie? Ich bin nicht der Typ, der sich häuslich niederlässt. Aber wir müssen jetzt ein paar Dinge klären. Und ich will meine Familie nicht noch mehr involvieren, als sie es ohnehin schon ist.

»Können wir reden?« Ich mache einen Schritt auf Harley und das Baby zu.

Holly reicht ihr den sauberen Handschuh, und Harley bedankt sich zögerlich lächelnd.

»Nicht nötig. Ich brauche lediglich ein wenig DNA von dir.« Sie setzt das Baby wieder auf ihre andere Hüfte, kramt in ihrer Handtasche und reicht mir eine Visitenkarte. »Geh dorthin. Sie werden dir sagen, was du tun musst.«

»WARTE!«, rufe ich.

Sie bleibt stehen, ohne sich umzudrehen.

»Wie heißt sie?«

Schweigen erfüllt den Raum. Harley antwortet nicht sofort. Als würde sie darüber nachdenken, es mir nicht zu sagen.

»Calista«, sagt sie schließlich und geht, als hätte sie nicht gerade mein Leben auf den Kopf gestellt.

Kapitel 3

HARLEY

Als ich die Main Street erreiche, lehne ich mich vor einem Diner gegen die Wand und atme tief durch. »Süße, das ist vielleicht das Schwerste, was Mommy je machen musste. Nun ja, von der Geburt abgesehen. Aber dafür habe ich dich bekommen. Das war es allemal wert.«

Kichernd tätschelt mir Calista die Wangen – wie eben im Restaurant. Ich liebe die Tatsache, dass sie mich unwissentlich davor bewahrt hat, komplett durchzudrehen, nachdem ich einen weiteren Fakt über ihren Vater herausgefunden habe. Er ist ein Lügner.

»Oh, diesen Blick kenne ich.« Zu meiner Rechten taucht eine blonde Frau auf. Sie trägt eine türkisfarbene Diner-Uniform mit gepunkteten rosa Borten am Ausschnitt und an den Ärmeln. »Kommen Sie rein. Kuchen geht aufs Haus.«

Ihr Lächeln ist einladend. Nachdem ich gerade von einer Horde Fremder wertend begutachtet wurde, könnte ich durchaus jemanden im Team Harley gebrauchen. Außerdem hat sie Kuchen. Auf ihrem schwarzen Namensschild steht in Weiß Karen geschrieben.

»Danke. Kuchen klingt großartig, aber ich bezahle dafür.« Ich folge ihr hinein.

»Können Sie es fassen, dass wir so spät noch Schnee haben? Aber so ist das nun mal, wenn man in Alaska lebt. Sind Sie neu in der Stadt?« Karen schnappt sich eine Speisekarte und trägt einen Hochstuhl zu einem der hinteren Tische. »Darf ich?«, fragt sie und streckt die Arme nach Calista aus.

Langsam wird sie schwer. Die Dame scheint mich zu verstehen, obwohl sie mich nicht kennt. »Danke«, murmle ich, reiche ihr Calista und schlüpfe aus meinem nassen Mantel.

»Oh, wie niedlich sie ist. Ich sage meiner Tochter schon die ganze Zeit, dass ich endlich ein Enkelkind will.«

»*Sagen* ist ja wohl untertrieben. Sie hat sich erst verlobt. Gib ihr ein wenig Zeit.« Der Mann hinter der Theke dreht sich lächelnd zu uns um. Er will Karen ganz offensichtlich necken.

Sie winkt ab und verdreht die Augen. Er nickt, als wollte er sagen: »Glaub mir.«

Sie sind süß.

»Wie auch immer.« Sie schließt den Sicherheitsgurt und fährt Calista durchs Haar. »Welchen Kuchen hätten Sie denn gern?«

Ich werfe einen Blick in die Speisekarte. Selenes Essen war besser als gedacht, aber irgendwie habe ich Hunger. Vielleicht ist es auch nur emotionaler Hunger. Ist das nicht immer so? »Ich nehme eine Portion Pommes. Und wie wäre es mit Blaubeerkuchen?«, frage ich Calista, die den Mann hinterm Tresen anstarrt.

Er hält sich die Hände vors Gesicht und streckt ihr dann die Zunge heraus. Calistas Lachen klingt durch das Restaurant.

»Und *ich* bin diejenige, die unbedingt ein Enkelkind will.« Lachend schüttelt Karen den Kopf. »Bin sofort wieder da. Etwas zu trinken? Kaffee?«

»Ja, bitte. Aber entkoffeiniert.« Die Zeiten, als ich nach dem Abendessen noch Koffein konsumieren konnte, sind lange vorbei. Wenn sich das Leben nur noch um ein achtzehn Monate altes Kind dreht, muss man früh ins Bett und früh wieder raus.

Sie nickt und geht.

Ich höre, wie der Mann zu Karen sagt, wie süß Calista sei. Und das ist sie. Ich krame in meiner Handtasche nach ihrem Stoffbuch und lege es ihr hin. Sofort legt sie den Finger auf die aufgestickte Kuh und sagt: »Muh.«

»Oh, sie kennt schon die Tiere?« Karen stellt mir die Tasse hin und schenkt Kaffee ein. »Ich weiß noch, wie besorgt ich war, ob meine Tochter alle Entwicklungsstufen rechtzeitig erreichen würde.«

»Ja. Ich hätte nie gedacht, dass ich ihr das Alphabet so früh aufsagen und hoffen würde, dass sie es sich merken kann. Ich meine, sie geht noch nicht mal aufs Klo.«

Karen lacht. »Der Druck, der auf Müttern lastet, ist hoch.« Als ich nach dem Zucker greife, begutachtet sie meine Hand. »Vor allem auf alleinerziehenden Müttern.«

Ich ziehe die Hand zurück. Diese Frau ist neugierig. Ich

darf niemandem trauen in dieser Stadt. Was habe ich mir nur dabei gedacht?

»Können wir unsere Bestellung auch mitnehmen?«, frage ich.

Sie runzelt die Stirn und sieht den Mann hinterm Tresen an, der uns bestimmt ebenfalls anstarrt. Das hier ist nicht Seattle. Wir sind hier in einer alaskischen Kleinstadt. Wahrscheinlich wissen sie bereits, dass ich auf der Suche nach dem Vater meiner Kleinen ein Restaurant gestürmt habe. Nachrichten verbreiten sich hier bestimmt rasant.

»Tut mir leid. Ich wollte nicht unverschämt sein.« Karen legt die Hand auf ihre Brust. »Ich war auch alleinerziehend. Ich wollte nur helfen. Das ist alles. Tut mir leid, wenn ich zu weit gegangen bin. Aber bleiben Sie doch bitte hier im Warmen. Essen Sie in Ruhe Ihre Pommes. Brian kann sich solange um Calista kümmern, damit Sie mal einen Moment für sich haben.«

Ihr herzliches Lächeln bestätigt mein Bauchgefühl, das ich draußen hatte. Sie ist eine nette Frau. Ich höre immer auf mein Bauchgefühl. Deshalb habe ich Denver, ähm, Rome damals auch mit nach Hause genommen. Mann, daran werde ich mich erst noch gewöhnen müssen. Wie viele Briefe habe ich in den letzten zwei Jahren begonnen zu schreiben, die immer an Denver gerichtet waren?

»Danke«, sage ich, damit sie endlich aufhört, mich mitleidig anzusehen.

Normalerweise nehme ich es nicht ernst, wenn mich jemand wie sein persönliches Sozialprojekt behandelt. Aber sie war auch alleinerziehende Mutter. Sie versteht, dass ich in den letzten achtzehn Monaten nur Ruhe hatte, wenn ich in der Schule oder bei der Arbeit war. Nicht, dass ich etwas daran ändern wollen würde.

Lachend wirft Calista den Kopf in den Nacken. Ich lächle und frage mich, wie sie diese Stadt und ihre Bewohner sieht. Alles, was wir kennen, ist anders. Trotzdem gibt es immer noch nur uns beide.

Mein Handy piept in der Windeltasche, also wühle ich danach.

MIRANDA: *Hast du die Tat vollbracht?*

ICH: *Das klingt, als wäre es eine spaßige Angelegenheit.*

MIRANDA: *Kannst du reden?*

ICH: *Nein. Zu viele Ohren. Später?*

MIRANDA: *Aber hast du ihn gesehen?*

ICH: *Falls du damit Rome und nicht Denver meinst, ja.*

MIRANDA: *Wie meinst du das?*

ICH: *Denver IST Rome. Sie sind Zwillinge, die mit den Frauen, mit denen sie schlafen, gern Spielchen spielen.*

MIRANDA: *Heißt das, sie haben mitten in der Nacht Rollen getauscht?*

Manchmal wundere ich mich über Miranda.

ICH: *Das hätte ich gemerkt.*

MIRANDA: *Könnte doch sein, wenn sie eineiige Zwillinge sind. Du pennst ein, er schleicht sich aus dem Zimmer und wird von seinem IDENTISCHEN Bruder abgelöst. Was meintest du, wie oft ihr es in dieser Nacht getrieben hättet? Ich dachte immer, du übertreibst. Ich meine, ein Mann …*

ICH: *Danke, dass du mir einen Einblick in dein verrücktes Gehirn gewährt hast.*

MIRANDA: *Jederzeit. Meine Wahnvorstellungen sind auch deine Wahnvorstellungen.*

ICH: *Ich glaube, er hat eine große Familie.*

MIRANDA: *Haben eineiige Zwillinge dieselbe DNA? Woher willst du wissen, ob es Rome oder Denver ist?*

Ich verdrehe die Augen. Meiner besten Freundin fällt es schwer, nicht vom Thema abzukommen.

ICH: *Keine Ahnung. Aber da ich nur mit EINEM geschlafen habe, mache ich mir darüber keinen Kopf.*

MIRANDA: *Wie geht's Calista? Ich vermisse mein pausbackiges Mädchen.*

Jetzt ist Calista diejenige, die sich die Hände vors Gesicht hält. Sie ist der Traum eines jeden Kidnappers. Man spielt nur mit ihr Verstecken, und schon liebt sie einen. Der Mann steht wieder hinter der Bar und tut, als würde er auf einer Rolltreppe stehen oder eine Treppe hinabsteigen. Jetzt fährt er wohl die großen Geschütze auf.

ICH: *Es geht ihr gut. Hat schon Fans.*

MIRANDA: *Natürlich hat sie schon Fans. Ich sag's dir. Sie wird mal eine Herzensbrecherin.*

Nickend tippe ich eine Antwort.

ICH: *Ich muss aus dieser Stadt verschwinden …*

Scheiß drauf. Ich klicke auf ihre Nummer, und sie geht sofort ran.

»Ich kann dir nicht weiterschreiben. Ich bin müde, und meine Finger tun weh«, jammere ich.

Karen serviert mir die Pommes und deutet wortlos auf die Ketchup-Flasche auf dem Tisch. Dann setzt sie sich, nimmt eine Gabel, spießt ein kleines Stück Kuchen auf und hält es Calista vor den Mund.

Calista reißt die Augen auf. Dabei warne ich sie immer wieder vor Fremden und dass sie keinem trauen soll, den wir nicht kennen.

»Du klingst erschöpft«, sagt Miranda.

»Bin ich auch. Aber bald bin ich wieder zu Hause.«

»Wann?«, fragt Miranda. Ich merke, dass sie mich auf Lautsprecher gestellt hat. Im Hintergrund höre ich Musik, Seufzen und Stöhnen.

»Sind wir allein?«, frage ich.

»Keine Sorge. Mein Patient trägt Kopfhörer.«

Ich kichere.

Sie ist in Seattle und wieder einen Schritt näher an ihrem Ziel, anerkannte Masseurin zu werden, während ich hier in Alaska sitze und versuche, einen Typen, der mir nicht mal seinen richtigen Namen verraten hat, dazu zu bringen, mir seine DNA zu geben.

»Ich will gar nicht wissen, wie du es überhaupt geschafft hast, mir zu schreiben. Ich lasse dich mal weitermachen. Wir können morgen noch mal plaudern.« Die Pommes rufen schon nach mir. Nach dem, was mir das Leben angetan hat, habe ich sie mehr als verdient.

»Ja, ich sollte besser auflegen. Ich glaube, dem Typen ist nicht klar, dass er hier nicht in einem Massagesalon mit Happy End ist.«

Ich höre seine Stimme und frage mich, ob er seine Ohrstöpsel tatsächlich drin hatte oder nicht. Sie fangen an zu streiten. Ich lege lieber auf, um in Ruhe meine fettigen Pommes zu genießen. Na ja, Ruhe ist übertrieben, denn Brian hat sich nun auch noch zu uns gesetzt, um Calista gemeinsam mit Karen zu bespaßen. Calista benimmt sich, als wäre sie das unkomplizierteste Baby aller Zeiten.

Versucht mal, ihr Zucchini oder grüne Bohnen zu geben. Dann werdet ihr schon sehen, wie unkompliziert sie ist.

»Eine Freundin?«, fragt Karen und blickt auf mein Smartphone.

»Ja.« Ich tunke eine Pommes in Ketchup.

Ich sehe mich um. Sie muss sich doch bestimmt noch um andere Gäste kümmern. Aber die anderen Sitzecken sind alle leer. Dann hat sie wohl alle Zeit der Welt.

»Ist sie von hier?«

»Nein.« Ich schüttle den Kopf.

»Man-da?« Quietschend deutet Calista auf mein Handy, als das Foto meiner Freundin auf dem Display aufleuchtet.

Schnell drücke ich den roten Hörer, bevor Brian und Karen ihrer Blickrichtung folgen können.

»Sind Sie neu in Lake Starlight?«, fragt Karen zögerlich. Anscheinend hat sie Angst, mich zu verscheuchen.

»Ich bin nur für ein paar Tage hier.«

»Das habe ich mir gedacht. An die Kleine könnte ich mich erinnern.« Karen rückt näher an Calista heran und zieht die Nase kraus.

Ich lächle. Brian kommt mir irgendwie bekannt vor. Kenne ich ihn? Natürlich nicht.

Da sitzen wir nun, während ich meine Pommes esse und Calista uns unterhält. Manchmal ist es einfacher, wenn sie dabei ist. Dann muss ich keine seltsamen Gespräche führen.

»Übernachten Sie im Glacier Point?«, fragt Brian. »Wir kennen den …«

»Cozy Cottage B & B«, sage ich, bevor mir klar wird, dass ich ihnen gerade meinen Aufenthaltsort verraten habe.

Okay, Benson. Cool bleiben. Wir sind hier nicht bei Law & Order.

»Oh, Selene ist die Beste. Er ist mit ihr zur Highschool gegangen.« Karen deutet auf Brian.

»Sie war schon immer ein wenig exzentrisch, aber nett. Sie werden Ihren Aufenthalt sicherlich genießen«, sagt er. »Außerdem befindet sich die Unterkunft am Stadtrand. Da haben Sie Ihre Ruhe vor den ganzen Touristen.«

»Touristen? Ist Lake Starlight dafür denn groß genug? Es wirkt so klein.« Ich stopfe mir noch mehr Pommes in den Mund und wundere mich, warum ich Fragen stelle, die mich nicht interessieren.

Karen sieht Brian an. »Die Menschen lieben Kleinstädte. Da wir immer noch Schnee haben, ist das Glacier Point bestimmt komplett ausgebucht. Wyatt hat mir erst neulich erzählt, dass sie noch nie so viele Buchungen hatten wie diesen Winter …«

Karen nickt. Es ist offensichtlich, dass sie den Besitzer des Glacier Point kennen.

»Und mit den ganzen Läden in der Innenstadt wird das neue Restaurant meines Neffen bestimmt jede Menge Aufmerksamkeit bekommen. Er hat in Europa eine Ausbildung zum Koch gemacht, bevor er wieder zurückgekommen ist.«

»Neffe?« Ich verschlucke mich und muss husten.

Brian wartet kurz, bis ich mich wieder gefangen habe, bevor er fortfährt. »Ja. Er hat es noch nicht eröffnet. Die ganze Familie ist heute Abend dort, aber Karen wurde kurzfristig angerufen. Also leiste ich ihr Gesellschaft.«

»Ich habe dir gesagt, dass du bleiben sollst«, erwidert sie und schüttelt den Kopf, als wollte sie mir sagen, dass sie es mehr als einmal versucht hat.

»Nicht ohne dich. Wir machen das zusammen.« Er tätschelt ihr Knie, und sie sieht ihn an, als wäre er ihr Retter in der Not.

Wie sich das wohl anfühlt? Keine Ahnung. Ich musste mich schon immer auf mich selbst verlassen.

»Wie heißt das Restaurant?«, frage ich.

Es gibt doch bestimmt zwei Restaurants, die bald eröffnen, heute aber eine Privatfeier geschmissen haben, oder?

»Terra & Mare.«

»Denver, ähm, Rome ist Ihr Neffe?«, frage ich, greife nach Calistas Buch und werfe es in die Windeltasche.

»Beide, ja.« Er lächelt wie ein stolzer Vater. »Kennen Sie sie?« Sein Blick fällt auf Calista.

Ich schnappe mir unsere Jacken, schultere die Tasche und will Calista aus dem Hochstuhl heben, doch sie ist immer noch angeschnallt.

Immer wieder schreit sie »Mama, Mama« und fängt an zu weinen.

»Moment.« Karen löst den Gurt. »Entgeht uns gerade irgendwas?«

Ich hebe Calista aus dem Stuhl und setze sie auf meine Hüfte. Mein Herz hämmert wie verrückt.

»Danke für alles«, sage ich, krame Geld aus meiner Handtasche und lege es auf den Tisch.

»Warten Sie«, ruft mir Karen hinterher, doch ich drücke die Tür auf und verschwinde so schnell wie möglich.

Erst als wir um die Ecke gebogen sind, bleibe ich stehen, stelle Calista auf den Boden und gehe in die Hocke, um ihr den Mantel anzuziehen. »Wärst du für mich nicht das Wichtigste auf der Welt, wären wir jetzt nicht hier.«

Calista fällt in meine Arme und legt den Kopf an meine Schulter. Ich nehme sie hoch und rufe ein Uber. Ich wünschte, der Fahrer könnte mich noch heute Abend zurück nach Seattle bringen. Erwachsen zu sein ist scheiße!

Kapitel 4

ROME

Mit offenem Mund beobachte ich, wie die beiden mein Restaurant verlassen. Das kleine Mädchen sieht mich mit seinen grünen Augen über die Schulter seiner Mutter neugierig an. Die Kanten der Visitenkarte bohren sich in meine Handfläche, als ich sie in meiner Faust zerknülle.

»Was zum Teufel ist das?« Denvers Blick fällt auf die Karte, die jetzt ein Papierknäuel ist. Ich öffne die Hand, und er greift danach. »Ein Diagnostikzentrum in Anchorage.«

Austin nimmt sie ihm weg, doch Savannah reißt sie sofort an sich. »Ich rufe Onkel Brian an.«

»Nein.« Ich hebe die Hand. »Das ist meine Sache. Und so soll es auch bleiben.«

»Rome, Schätzchen, du brauchst jetzt deine Familie.« Dass G'Ma D ihre nette, fürsorgliche Seite zeigt, sagt mir, wie ernst die Lage ist, denn sie kommt nur selten zum Vorschein. Eigentlich immer nur ganz kurz am Gründertag, wenn wir uns daran erinnern, was wir verloren haben.

»Ich muss nachdenken.«

»Vielleicht ist sie gar nicht deine«, sagt Savannah. »Vielleicht sollst du deshalb einen Vaterschaftstest machen. Möglicherweise bist du nur einer von fünf Männern, die als Vater infrage kommen.«

»Savannah.« Brooklyn schnaubt. »Das hier ist keine Episode von Maury Povich.«

»Sav hat recht. Ich meine, ernsthaft. Rome hat sie nicht mal erkannt«, verteidigt mich Phoenix.

Aber ich glaube, ich kann mich an sie erinnern. Zumindest irgendwie. Diese Augen. Ich kenne diese Augen. Ich fahre mir durchs Haar und atme laut und lange aus. Denver zieht einen Stuhl zurück und packt mich an den Schultern. »Setz dich.«

Also setze ich mich.

»Rome war in Seattle. Er hat es zugegeben«, sagt Juno.

Wenn meine Schwestern nicht sofort aufhören, sich zu streiten, wird mein Kopf explodieren.

»Es ist meins.« Ich strecke die Hand nach der Visitenkarte aus, und Savannah reicht sie mir. Ich fingere daran herum und versuche, mir einen Plan einfallen zu lassen. Normalerweise habe ich immer einen Plan. Keinen Lebensplan, aber wenn ein Baseball auf mich zufliegt, weiß ich, wie ich zu reagieren habe. Tut mir leid, dass ich die Situation mit Baseball vergleiche, aber wenn man mit dem Sport aufwächst, lernt man, sich innerhalb einer halben Sekunde zu entscheiden, ob man schlägt oder nicht.

Ich war nie so gut wie mein Bruder Austin, aber ich hatte ein gutes Auge für den Ball. Langsamer Wurf? Warten, bis er die Plate passiert hat. Curveball? Flugbahn genau beobachten. Aber diesen Ball habe ich nicht kommen sehen. Und jetzt knallt er mir voll gegen den Helm. Jetzt liege ich im Dreck und frage mich, ob ich noch gut genug bin, um einen Ball zu treffen.

»Alles okay, Mann?« Denver schnappt sich einen Stuhl.

Seine Stimme reißt mich aus meinen Gedanken. Ich sehe ihn an. »Das muss ein schlechter Scherz sein, oder?« Ich starre auf die Visitenkarte. Diagnostik.

Schweigend presst Denver die Lippen zusammen. Er muss auch gar nichts sagen. Wir sind nicht nur Brüder, sondern Zwillinge. Keine gruseligen, telepathischen Zwillinge, aber wir wissen immer, was der jeweils andere denkt.

»Ich verstehe das nicht. Warum sucht sie dich und haut dann ab?«, fragt Liam.

»Weil sie Geld will. Darum«, erwidert Savannah.

»Du bist viel zu zynisch.« Liam verdreht die Augen.

»Ich sehe es eben realistisch. Sie hat Wind davon bekommen, dass Denver jetzt eine Art Held ist. Und da der Schwachkopf Denvers Namen benutzt hat, dachte sie, Griffin Thorne hätte ihm einen Haufen Kohle gegeben, weil er ihm das Leben gerettet hat. Oder sie hat von Bailey Timber erfahren und denkt, wir würden in Millionen schwimmen.«

»Wie es wohl wäre, in deinem Kopf zu sein?« Kopfschüttelnd schiebt Liam seinen Stuhl unter den Tisch. »Es ist Zeit, dass die Jungs allein reden.«

Danke, Liam.

»Soll ich die anderen rausschmeißen?«, flüstert Denver.

Ich schweige, aber mein Gesichtsausdruck sagt wohl alles.

Nach ein paar Umarmungen und hier und da einem Schultertätscheln gehen meine Schwestern und Holly. Ein kalter Luftzug weht herein, als Brooklyn G'Ma D die Tür aufhält. Doch sie bleibt vor mir stehen und wartet darauf, mir endlich die Meinung zu geigen. Ich seufze laut und sehe sie an.

»Es ist nicht so, als hätte ich dich nicht gewarnt.« Sie starrt auf mich herunter.

Ich nicke.

»Die Baileys kümmern sich um ihre Angehörigen, Rome. Ich hoffe, daran muss ich dich nicht erinnern, falls das kleine Mädchen eine Bailey sein sollte. Du musst herausfinden, wo deine Prioritäten liegen. Und zwar schnell.«

Ich nicke erneut.

Sie tätschelt mir die Wange. »Erste Urenkelin. Ethel wird so neidisch sein.« Beschwingten Schrittes geht sie davon.

Wenigstens ist eine von uns glücklich, wenn auch nur aus Schadenfreude.

Zum Glück sind jetzt nur noch die Jungs da. Am Tisch sitzen noch meine Brüder Austin, Denver, Kingston, Brooklyns Freund Wyatt und mein Kumpel Liam.

Ohne ein Wort verschwinde ich hinter der Bar, schenke mir einen Whisky ein und leere ihn in einem Zug.

»Hat dir das nicht den ganzen Schlamassel eingebrockt?«, fragt Austin.

Ich halte inne und schenke ihm den besten *Fick-dich*-Blick, den ich zustande bringe. »Wie wäre es, wenn du heute Abend mal mein Bruder bist und nicht mein Vater?«, erwidere ich bissig.

Denver tätschelt ihm die Schulter und setzt sich auf einen Barhocker. Ich stelle ihm ein Glas hin, und er beobachtet, wie ich ihm ebenfalls einen Jacky einschenke. »Heute ist der beste Abend, um sich zu besaufen«, sagt er und kippt seinen Kurzen.

»Ich will auch einen«, sagt Kingston.

»Vergesst mich bloß nicht«, fügt Liam hinzu.

Einer nach dem anderen setzen sie sich auf die Barhocker vor dem Tresen.

Ich reihe die Gläser nebeneinander auf, befülle und verteile sie.

Wortlos erheben wir unsere Gläser und trinken.

Kingston verzieht das Gesicht. Er trinkt eben lieber Bier als harten Alkohol. Zum Glück will er nichts zum Nachspülen, sonst müsste ich ihn aus dem Männerclub werfen. Da noch nicht Sommer ist, sollte er jetzt ein bisschen leben, bevor ihn sein Job als Buschpilot wieder voll und ganz in Beschlag nimmt.

»Dann glaubst du also, du bist der Vater?«, fragt Kingston.

»Könnte sein.« Ich seufze. »Wahrscheinlich. Ich habe sie zuerst nicht erkannt, weil sie an dem Abend, als wir uns kennengelernt haben, die Haare zusammenhatte und mehr Make-up getragen hat. Aber ich habe in Seattle tatsächlich mit einer Frau geschlafen. Zeitlich passt es auch.«

Die Jungs nicken langsam und mit zusammengepressten Lippen.

Alle blicken mitfühlend drein, aber keiner traut sich, mir direkt in die Augen zu sehen. Ab dem Zeitpunkt, wenn du das erste Mal Sex hast, ist das die größte Angst als Kerl – dass eines Tages eine Frau auftaucht und dir sagt, dass du Vater bist.

Für alle – außer Austin und Wyatt. Die hätten wahrscheinlich nichts gegen ein Kind. Sie haben sich bereits entschieden.

Ich schlafe immer noch auf einer Matratze auf dem Boden. Ohne Bettgestell. Sie liegt einfach in der Zimmerecke, daneben mein Handykabel in der Steckdose. Die Wohnung über dem Restaurant ist alles andere als hübsch. Doch ich hatte fest vor, daraus ein ansehnliches Apartment zu machen. Zumindest ansehnlich genug, um Damenbesuch zu empfangen. Jetzt erscheint mir das alles dumm und kindisch. Ein Vater sollte sein Leben im Griff haben. Oder wenigstens ein Bettgestell.

»Savannah kümmert sich darum. Gleich morgen früh wird sie im Diagnostikzentrum anrufen und sicherstellen, dass wir das Ergebnis des DNA-Tests so schnell wie möglich bekommen«, sagt Austin.

»Das überrascht mich nicht«, murmle ich.

»Was glaubst du, was sie will?«, fragt Kingston.

Ihn scheint die Sache am meisten mitzunehmen. Mit seinen einundzwanzig Jahren fängt sein Junggesellendasein erst richtig an. Ich bin sicher, er bekommt genug Angebote, wenn er unterwegs ist, um Buschbrände zu bekämpfen. Aber Kingston ist auch nicht wie Denver oder ich. Er war schon immer mehr wie Austin.

»Ich habe keine Ahnung. So weit sind wir nicht gekommen.« Ich greife nach der Whiskyflasche und schenke mir noch einen ein. Denver schiebt mir sein Glas zu. Er lässt mich nie im Stich. Ich stehe all meinen Brüdern nahe, aber er ist nun mal mein Zwilling. Wir sind auf einer ganz anderen Ebene miteinander verbunden.

Wir stoßen an und leeren die Gläser. Inzwischen brennt der Alkohol nicht mal mehr in meiner Kehle.

»Ich habe euch schon immer gesagt, dass euer Spielchen, sich als den jeweils anderen auszugeben, irgendwann gewaltig nach hinten losgehen wird«, sagt Austin.

»Komm schon. Es ist unmöglich, ein Zwilling zu sein, ohne so etwas abzuziehen.« Wyatt lacht leise.

Ich strecke den Arm aus, und er gibt mir einen Fauststoß.

»Ich bin ungeschoren davongekommen. Außer dass ich mir fünf Minuten lang fast in die Hose gemacht hätte.« Denver lehnt sich zurück und sieht mich an. »Sorry, Mann«, sagt er und blickt schuldbewusst drein.

»Aber ihr seid inzwischen fünfundzwanzig. Höchste Zeit, erwachsen zu werden«, sagt Austin mit seiner Vaterstimme, die er im letzten Jahrzehnt, seit unsere Eltern tot sind, perfektioniert hat.

»Als es passiert ist, war ich dreiundzwanzig«, widerspreche ich. »Ist auch egal. Es ist nun mal passiert.«

Ich presse so fest die Kiefer aufeinander, um bloß nichts Dummes zu sagen, was ich später bereuen könnte, dass meine Muskeln zucken. Ich weiß, dass mein ältester Bruder nicht anders kann. Er war gezwungen, die Vaterrolle zu übernehmen. Aber gerade brauche ich keine Standpauke. Ich brauche jemanden, der mir sagt, dass alles gut wird.

Dass ich es schaffe. Dass ich kein beschissener Vater sein werde, sollte das Mädchen tatsächlich mein Kind sein.

Ich lasse die Whiskyflasche los, die ich die ganze Zeit fest umklammert habe.

»Was willst du jetzt machen?«, fragt Liam.

»Was soll ich denn machen? Ich muss zuerst herausfinden, ob ich wirklich ihr Vater bin. Und falls ja ... Keine Ahnung. Dann werde ich weitersehen müssen.«

Bisher habe ich immer improvisiert. Aber in dieser Situation wird das nicht möglich sein. Sollte ich das Leben eines kleinen Mädchens versauen, gibt es dafür keine Entschuldigung.

G'Ma D hat recht. Ich muss jetzt Prioritäten setzen.

Kapitel 5

HARLEY

Heute Morgen bin ich froh, dass wir uns gerade nicht um Calistas Zeitplan scheren müssen und ich stattdessen mit einem Kaffee auf der Veranda hinter Selenes Haus sitzen und die Aussicht auf die Berge genießen kann. Nach gestern Abend ist mein Kopf ein einziges Chaos. Ich bereue es, wie ein Feigling aus dem Restaurant gerannt zu sein. Stattdessen hätte ich ihm erhobenen Hauptes alles erzählen sollen.

Aber er ist uns auch nicht gefolgt. Von einem Typen, der mir lediglich eine kurze Notiz auf dem Kopfkissen hinterlassen hat, hätte ich nicht erwartet, dass er Freudensprünge macht, weil er mit einer Fremden ein Kind gezeugt hat.

Ich hoffe inständig, er ist der Mann, für den ich ihn gehalten habe, als ich die Notiz gefunden habe, denn wir sind nur aus einem einzigen Grund hier. Und zwar nicht, um Calistas Dad darum zu bitten, ein fester Bestandteil unseres Lebens zu werden.

»Oh, Schätzchen, ich mache den Ofen an.« Selene tritt heraus auf die Veranda. Das von grauen Strähnen durchzogene schwarze Haar hat sie zu einem Pferdeschwanz zusammengefasst. Sie trägt eine bunte Schlafanzughose, die sie in der schmalen Taille mit einem Gürtel zusammengebunden hat, dazu ein T-Shirt und darüber eine Strickjacke. Sie schaltet den Gasofen ein. Die Wärme tut gut.

»Danke.«

»Ihr seid gestern spät zurückgekommen. Schläft die Kleine noch?« Im Schneidersitz setzt sie sich neben mich in einen Sessel. Die getrocknete Farbe an ihren Händen bestätigt meine Vermutung, dass sie heute Morgen bereits gearbeitet hat.

Mein Blick fällt auf das Babyfon neben mir. »Ja. Hast du gemalt? Ich habe Neil Young gehört.« Ich nehme einen Schluck von meinem Kaffee.

Manchmal wünsche ich mir, ich wäre mehr wie Selene. Ich frage mich, wie sie aufgewachsen ist, dass sie ganz sie selbst sein kann. Sie lebt so, wie sie es will, und scheint sich nicht darum zu kümmern, was andere von ihr denken. Irgendwie sind wir uns ähnlich. Ich tue, was ich will, ohne um Erlaubnis zu bitten und mich darum zu scheren, was andere davon halten. Aber ich bin immer angespannt. Ängstlich. Nie so locker wie Selene.

»Meine Tante hat mich auf Neil Young gebracht, als ich noch jung war. Er bringt meine Kreativität zum Fließen.« Sie starrt in ihre Teetasse. »Ich bin nicht von hier, falls du es noch nicht wusstest.«

»Nein?«

»Ich bin nicht hier aufgewachsen. Obwohl es sich manchmal so anfühlt.«

Mein Blick fällt auf eine Statue im Garten mit einer türkisfarbenen Kugel obendrauf. »Gefällt es dir hier?«

»Ich liebe es hier. Und du wirst es sicher auch lieben.«

Ich nippe an meinem Kaffee. »Ich bin nur noch einen Tag hier.« Hauptsächlich, weil ich nie länger als zwei Tage mit Calista unterwegs bin. Alles andere ist die reinste Folter.

»Dann hoffe ich, du genießt deinen letzten Tag.« Jetzt wirkt sie ein wenig schüchtern. »Ich will nicht neugierig sein. Aber darf ich fragen, ob du beruflich oder privat hier bist?«

Ich hebe eine Augenbraue. Sie wirkt vielleicht ein wenig gedankenverloren, aber sie ist keine, der man etwas vormachen kann. Sie weiß genau, dass eine Frau in Jeans, einem Pulli mit Loch und einem Kind auf dem Arm nicht aus beruflichen Gründen hier ist.

»Nichts von beidem.«

Schweigend sitzen wir da. Auch das Babyfon gibt keinen einzigen Piep von sich.

»Okay ...«, sagt sie schnell, als hätten wir gerade eine Runde Feiglingsspiel gespielt und sie hätte verloren.

»Selene?« Irgendwas verschweigt sie mir.

»Lake Starlight ist eine kleine Stadt. Die Leute wissen immer ziemlich schnell, wenn ein Fremder in die Stadt kommt. Jemand hat euch gesehen und ein Foto gemacht. Und nun ja ... Es gibt da diesen Online-Blog. Eigentlich lese ich ihn nicht. Aber heute Morgen war mir langweilig, als ich darauf gewartet habe, dass die Farbe trocknet, bevor ich eine weitere Schicht auftragen konnte. Und ... na ja ...«

»Was na ja?«

»Die Leute spekulieren darüber, warum du hier bist.«

Ich stehe auf und verschütte dabei meinen Kaffee. Schnell stelle ich die Tasse auf den Tisch. »Ich dachte, die Stadt wäre ein bisschen größer, als dass jeder es sofort wüsste, sobald ein Fremder einen Fuß hineinsetzt.«

»Das könnte man meinen.« Sie springt auf, doch ihr Tee schwappt nicht über. »Ich bin froh, dass es diesen Blog noch nicht gab, als ich in die Stadt gekommen bin. Aber hier geht es nicht um mich. Jack meinte, du hättest nach Denver Bailey gefragt. Und die Baileys sind hier eine große Sache.«

Ich reiße den Blick von der türkisfarbenen Kugel los und sehe sie an. »Was soll das heißen?«

Sie seufzt. »Ihnen gehört Bailey Timber. Die Firma finanziert vieles hier in der Stadt. Hinzu kommt noch, dass ihre Eltern verunglückt sind. Die Stadt fühlt sich verantwortlich für die Baileys. Liegt wohl an der Kleinstadtmentalität. Meine Tochter ist gut mit Kingston Bailey befreundet. Er ist ein wirklich netter, liebenswerter Junge.« Dann winkt sie ab. »Keine Ahnung, warum ich dir das alles erzähle. Ich frage mich nur, warum du für zwei Tage hierherkommst und als Erstes nach Denver Bailey suchst.«

Mir wird ganz schwer ums Herz. Sie weiß mehr über Calistas Vater als ich. Was sagt das über mich als Mutter aus?

Es sagt aus, dass ich nicht weiß, welche Gene er ihr vererbt hat. Wie soll ich sie durchs Leben gehen lassen, ohne sie wissen zu lassen, woher fünfzig Prozent ihrer Gene kommen oder ob es in ihrer Familie irgendwelche Vorerkrankungen gibt? Was soll ich denn tun, wenn sie mich irgendwann mal fragt, woher sie die braunen Haare hat? Soll ich behaupten, ich hätte meine blondiert? Deswegen bin ich doch hier. Um Antworten zu bekommen. Keinen Daddy für meine Tochter.

Selene wartet geduldig. Ich weiß nicht, ob sie darauf wartet, dass ich irgendwas sage. Sie ist meine Vermieterin, nicht meine Therapeutin.

Ich bin ihr überhaupt nichts schuldig, ist der erste Gedanke, der mir durch den Kopf schießt. Doch dann merke ich, wie einsam ich mich fühle. Klar, in Seattle habe ich Miranda und Shane. Doch während sich Miranda um ihre berufliche Zukunft kümmert, musste ich vorübergehend aufhören zu arbeiten, weil ich mir keine Kita leisten kann. Miranda war nicht so dumm, sich von einem Fremden schwängern zu lassen.

Ich hasse es, wenn mir solche Sachen durch den Kopf gehen, denn es klingt, als hätte ich Calista nicht gewollt. Ich wusste nicht, dass ich sie wollte, bis ich gesehen habe, wie sie in mir wuchs. Ab diesem Moment wusste ich, dass ich alles für mein Kind tun würde. Für sie würde ich meinen Beruf als Masseurin aufgeben. Verdammt, bräuchten wir kein Geld, um zu überleben, würde ich alles für sie opfern. Aber so funktioniert das Leben nun mal nicht.

»Mehr Kaffee?« Selenes Frage reißt mich aus meinen Gedanken.

Selene wäre günstiger als eine Therapeutin. Und sie scheint niemand zu sein, der sich voreilig eine Meinung über jemanden bildet.

Ich schüttle den Kopf. »Ich dachte, ich wäre wegen Denver hier. Aber es hat sich herausgestellt, dass ich wegen Rome hier bin.«

Sie macht ein leises Geräusch, als würde sie die Situation komplett verstehen. Anscheinend hat er in dieser Stadt einen gewissen Ruf.

Mein Blick wandert zum Babyfon. Immer noch Stille. Calista dient mir wohl nicht als Ausrede, um diese Unterhaltung beenden zu können.

»Rome ist Calistas Vater.« Es ist seltsam, die Worte laut auszusprechen.

»Oh«, sagt Selene und versucht, so lässig wie möglich zu klingen, aber ich höre, dass sie sich insgeheim freut, eine der Ersten zu sein, die es erfährt.

»Er hat erst gestern Abend von ihr erfahren. Ich bin nur wegen seiner DNA hier.« Ich nehme einen Schluck von meinem Kaffee. Die türkisfarbene Kugel scheint wieder nach mir zu rufen. Warum zieht sie mich so in ihren Bann?

»Warum brauchst du seine DNA, wenn du doch weißt, dass er der Vater ist?«

Ich zucke mit den Schultern. Ich habe keine Lust, jetzt meine ganze Lebensgeschichte auszupacken. Nicht, dass wir noch auf dieser Klatschseite landen, die einfach Fotos von einem benutzt, ohne um Erlaubnis zu fragen. Ich sollte Shane darum bitten, zu überprüfen, ob das überhaupt rechtens ist.

»Oh, du musst es mir nicht erzählen.«

Ich nicke dankbar, obwohl ich das Gefühl habe, dass ich ihr vertrauen kann.

Wieder folgt langes Schweigen. Ich hasse Stille. Es bedeutet entweder, dass der andere einem etwas nicht sagen will, oder man sich in seiner Gegenwart unwohl fühlt. Ich kann mich noch an das Schweigen meiner Pflegemutter eine Woche vor meinem achtzehnten Geburtstag erinnern. Ich hätte zwar nicht erwartet, dass sie mich nach Zahlungseinstellung weiter dabehalten will, aber sie hätte das Thema wenigstens ansprechen können, bevor sie meine Taschen gepackt hat.

»Ich habe das Gefühl, dich auf das vorbereiten zu müssen, was dein Besuch hier mit sich bringen könnte.« Selene setzt sich wieder, und ich tue es ihr gleich. »Du sagst, du wolltest nur seine DNA. Aber ich kann dir schon jetzt sagen, dass das nicht alles sein wird, was du bekommst.«

Ich richte mich gerader auf. Diese Frau hat ganz eindeutig Informationen, die ich brauche. »Was meinst du damit?«

»Ich habe dir ja schon gesagt, dass den Baileys Bailey Timber gehört. Sie sind insgesamt neun Geschwister. Zwei Zwillingspärchen. Rome und Denver sind eins davon. Und dann gibt es noch die zwei Jüngsten. Sedona und Phoenix.«

Ich nicke. Ich kann mich noch an sie erinnern, obwohl alles, was im Restaurant passiert ist, nur schemenhaft ist.

»Und es gibt noch Grandma Dori. Wie sage ich das jetzt, ohne unverschämt zu klingen? Sie mischt sich gern ein. Sollte sie von dir erfahren, wird sie die Tatsache, dass sie eine Urenkelin hat, nicht einfach ignorieren.« Sie legt die Hand auf mein Knie.

Meine Brust zieht sich schmerzhaft zusammen, denn die Großmutter war gestern Abend auch da. Sie waren alle da. Die ganze Familie.

»Meinst du, sie werden versuchen, sie mir wegzunehmen?« Mir wird schlecht. Warum habe ich das nicht in Erwägung gezogen, bevor ich hergekommen bin?

Weil du dachtest, du hättest es mit einem Typen zu tun, der sich nicht mal von dir verabschiedet hat, nachdem er mit dir geschlafen hat. Klingt nicht gerade nach einem Kerl, der Verantwortung übernehmen will.

»Nein. Das würden sie nicht tun. Aber …«

»Was aber?« Ich setze mich kerzengerade auf. Meine Brust schnürt sich so eng zusammen, dass ich kaum noch atmen kann.

»Sie werden Teil ihres Lebens sein wollen.« Sie sagt es, als hätte sie mir eben mitgeteilt, dass ich Krebs habe.

Und für mich fühlt es sich irgendwie so an. Man kommt nicht unbeschadet aus dem staatlichen Pflegesystem. Man verlässt es mit Narben und Kanten, die so scharf sind wie eine Glasscherbe. Man schneidet zuerst, bevor man Fragen stellt. Selene scheint mich besser zu verstehen als jeder andere Mensch, dem ich bisher begegnet bin.

»Und was ist mit Rome? Er ist der Vater. Gestern Abend wirkte es, als müssten Denver und er ausfechten, wer die Verantwortung dafür übernimmt, mich geschwängert zu haben. Er konnte sich nicht mal an mich erinnern, was bedeutet, dass ich nur eine von vielen bin.«

Selene kichert leise. »Falls ihr bleibt, wird Calista einen liebevollen Onkel Denver haben, denn da sind sich Rome und Denver sehr ähnlich. Und ja, sie haben beide ihren Ruf weg. Sie sind nicht unbedingt dafür bekannt, sich häuslich niederlassen zu wollen. Es könnte also durchaus sein, dass

Rome die Vaterrolle nicht übernehmen will. Aber das würde mich wundern.«

Wenn man vom Teufel spricht. In diesem Moment beginnt Calista zu zappeln, bevor sie richtig aufwacht.

Wie könnte er dieses kleine Mädchen nicht wollen?

Ich sollte diesen Gedanken besser streichen. Ich *hoffe*, dass er sie nicht will.

Aber vielleicht bekommt sie dann irgendwann Vaterkomplexe …

Ich beende den Krieg in meinem Kopf. »Ich gehe besser rein und kümmere mich um sie. Danke für die Info, Selene.«

Sie lächelt und folgt mir ins Haus. »Ähm … Harley«, sagt sie und lässt den Blick aus dem großen Panoramafenster an der Vorderseite des Hauses schweifen.

»Ja?«, frage ich, den Fuß schon auf der untersten Stufe.

»Rome ist hier.«

Meine Kehle schnürt sich zusammen. Ich bin hin- und hergerissen. Ich weiß nicht, ob ich am liebsten nach oben rennen, Calista aus dem Bettchen reißen und aus dem Fenster flüchten will oder ob ich ihm Calista in die Arme drücken und ihn fragen soll, wie er so dumm sein kann, sie nicht zu lieben.

Verdammt, ich muss unbedingt diese ganzen Gefühle sortieren. Selenes Offenheit lässt mich daran zweifeln, warum ich wirklich hier bin.

»Kannst du ihn hinhalten?«, frage ich.

»Oh, Schätzchen, du weißt, dass ich das kann.« Zwinkernd wickelt sie die Strickjacke enger um ihren Körper.

Oben angekommen, ist es beschlossene Sache. Sobald

ich Romes DNA habe, werde ich diese Stadt verlassen, ohne auch nur die kleinste Spur zu hinterlassen.

Kapitel 6

ROME

Dank der Bewohner Lake Starlights habe ich nicht lange gebraucht, um Harley zu finden. Zum Glück steckt Hollys Mom Karen ihre Nase gern in Angelegenheiten, die sie nichts angehen. Und wie gut, dass mein Onkel Brian gern mit seinen Nichten und Neffen angibt und jedem von ihnen erzählt. Das hat es mir verdammt leicht gemacht, Harley und Calista ausfindig zu machen.

Den ganzen Morgen bin ich mit Kopfschmerzen in meiner Wohnung auf und ab gegangen und habe mich gefragt, wann der beste Zeitpunkt ist, um auf sie zuzugehen. Um wie viel Uhr wacht ein Baby morgens auf? Verdammt, wenn ich das nur wüsste.

Ich gehe gerade den Weg zum Cozy Cottage B & B entlang, vorbei am Rasen, der mit dem übersät ist, was Selene als Kunst bezeichnet, als in meiner Jackentasche das Handy vibriert. Es ist Savannah – mal wieder. Ich lasse die Mailbox rangehen – mal wieder. Sie will die Sache in Ordnung bringen. Aber bevor sie etwas in Ordnung bringen kann, muss ich erst mal herausfinden, was überhaupt los ist.

Ich stecke das Handy zurück in die Jackentasche und will gerade klopfen, als Selene in einer farbenfrohen Hose und Strickjacke die Tür aufreißt. Sie hat Farbe im Haar, und auch ihre Strickjacke ist mit Farbklecksen übersät. Immer macht sie was mit ihren Händen.

»Rome, das ist ja eine Überraschung! Was machst du denn hier?«, fragt sie. Sie hat die Tür aufgemacht, bevor ich überhaupt klingeln oder klopfen konnte. Hallo? Wir sind hier in Lake Starlight, der Heimat von Buzz Wheel. Es verbreiten sich schon Gerüchte, aber zum Glück noch keine Namen.

»Hey, Selene. Wie geht's dir?« Ich greife mir in den Nacken. Meine Kopfschmerzen wandern mittlerweile meine Wirbelsäule hinab. Dieser verdammte Whisky. Das endet nie gut.

»Gut. Ich bereite gerade ein paar Stücke für den Bauernmarkt im Sommer vor.« Sie lehnt sich gegen den Türrahmen. »Willst du dir was davon für dein Restaurant aussuchen?«

Sie versucht mich hinzuhalten, was bedeutet, dass sie es weiß. Entweder hat Harley es ihr erzählt, oder sie ist eine Detektivin – wie alle Bewohner Lake Starlights.

»Heute nicht. Ist Harley da?« Ich schiebe die Hände in die Hosentaschen und verlagere das Gewicht auf die Fersen.

»Oh.« Sie legt die Hand auf ihre Brust und lächelt ein wenig. »Ich wusste nicht, dass du meinen Gast kennst.«

Selene lügt nicht gern. Ich nehme an, sie weiß alles. Auch, dass ich Harley den falschen Namen genannt habe.

»Du kannst entweder weiter so tun, als wüsstest du nicht, warum ich hier bin, oder du lässt mich rein, damit ich die Sache mit Harley klären kann.«

Mit einem winzigen Lächeln tritt Selene beiseite und lässt mich hinein. »Ich habe dich schon immer gemocht, Rome. Wie geht es Grandma Dori?«

Ich habe ganz vergessen, wie viel Krimskrams sie besitzt. Es ist wie in einem Horrorfilm. Ich habe das Gefühl, die ganzen Figuren starren mich an. Gleich erwachen sie zum Leben und attackieren mich.

»Es geht ihr gut. Würde mich nicht wundern, wenn sie als Nächstes bei dir aufkreuzt.«

Selene lacht. »Sie ist jederzeit herzlich willkommen.«

»Wie geht's Stella? Ich habe gehört, sie ist wieder an der Ostküste und macht dort ihren Abschluss?«

Ich hasse Small Talk. Es ist nicht so, als würde es mich nicht interessieren, wie es Stella und Selene geht, aber im Moment will ich einfach mit Harley sprechen.

Stella ist mit Kingston befreundet. Früher war sie immer bei uns, als Kingston und sein Kumpel Damon noch dachten, sie könnten echte Rockstars werden.

»Ich vermisse sie so sehr. Aber sie ist da, wo sie hingehört.«

Ich nicke. Jeder in Lake Starlight weiß, dass Stella so weit wie möglich von Kingston und Damon weg sein sollte. Das mit den dreien hat noch nie sonderlich gut funktioniert.

Kindergeschrei dringt die Treppe herab, bevor Harley

mit Calista auf der Hüfte um die Ecke biegt. Calista hat die zitternde Unterlippe nach vorn geschoben, und Tränen kullern ihr die Wangen hinab.

Meine Brust zieht sich zusammen. Am liebsten würde ich sie trösten und alles dafür tun, um sie glücklich zu machen.

»Hey«, sagt Harley und wirkt kein bisschen überrascht, mich zu sehen. Am unteren Treppenabsatz bleibt sie stehen, sieht Selene an, dann mich und wieder Selene.

»Da ist aber jemand unglücklich«, sagt Selene und wischt Calista die Tränen weg.

Harley versteift sich und drückt Calista fester an sich.

»Sie hat Hunger. Ihr Zeitplan ist durcheinander, was bedeutet …« Harley hält inne und setzt Calista weiter nach oben.

Natürlich. Ich bin zum denkbar schlechtesten Zeitpunkt aufgetaucht. Ich hätte eine Mutter um Rat bitten sollen. Aber ich kenne keine Mütter. Da meine eigene Mom auf dem Friedhof liegt, konnte ich sie nicht fragen.

»Sorry, ich hätte vorher anrufen sollen«, sage ich und komme mir vor wie ein Idiot. Dabei habe ich nicht mal Harleys Nummer.

»Wie wäre es, wenn ich Calista füttere, und ihr zwei setzt euch auf die hintere Veranda und unterhaltet euch? Der Weg ist frei, da der Schnee inzwischen geschmolzen ist. Und heute ist ein schöner Tag, um draußen zu sitzen.«

Selene hat recht. Der Frühling ist zwar noch nicht da, aber dafür, dass der Winter so lang war, ist es schon recht mild.

»Ich weiß nicht …« Harley zögert, ihre Tochter – unsere Tochter? – Selene zu überlassen. Aber ich kenne sie. Sie ist ein guter Mensch.

»Selene kümmert sich schon«, sage ich, unsicher, ob sie mir dafür in die Eier treten wird. Ich kann mich nicht mehr daran erinnern, ob sie in jener Nacht auch so angespannt war. Eigentlich stehe ich auf lässigere Frauen.

Kurz presst Harley die Lippen aufeinander, bevor sie Calista Selene überreicht.

»Sind Grillkäse und Apfelmus in Ordnung?« Calista entdeckt die getrocknete Farbe in Selenes Haar und mustert sie genau.

»Ja, das wird ihr schmecken.«

»Okay, dann unterhaltet ihr euch mal. Wir sind in der Küche.« Selene will gerade gehen, doch Harley hält sie auf.

»Aber schneide den Grillkäse lieber auf, damit er nicht zu heiß ist.«

Ich weiß nicht, ob Selene diese Anweisung gebraucht hätte, doch sie nickt nur, bevor sie in die Küche verschwindet.

»Sie hat eine erwachsene Tochter«, bemerke ich, in der Hoffnung, Harley ein wenig zu beruhigen. Doch ihr Kopf schnellt zu mir herum. Sie funkelt mich so böse an, dass ich mir am liebsten die Hände vor den Schritt halten würde. Nur zur Sicherheit.

Kurz folgt seltsames Schweigen, bevor ich wieder das Wort ergreife. »Hast du eine Jacke?«

»Ach ja, stimmt.« Sie geht zum Kleiderschrank im Flur und zieht einen schwarzen Mantel heraus. Sie hat Mühe, die

Kapuze ihres Pullovers herauszuziehen, also trete ich hinter sie, um ihr zu helfen.

Sie riecht wie eine Obstplatte. Nach Beeren. Mit einem Hauch Zitrone. Die Haut in ihrem Nacken fühlt sich unglaublich weich an, als ich ihre Kapuze herausziehe. Das war keine gute Idee von mir, denn jetzt ist mein Schwanz hellwach und steinhart.

Genau aus diesem Grund bin ich überhaupt in diese Situation geraten.

Ich räuspere mich und mache einen Schritt rückwärts.

»Danke«, sagt sie mit rauer Stimme. Weiß sie es? Hat sie es an ihrem Bein gespürt? Ich muss mich jetzt zusammenreißen.

»Kein Problem.« Mit einer Handbewegung bedeute ich ihr, voranzugehen. »Am Haus geht ein Weg entlang, der nach hinten führt.«

Hinten angekommen, bleibt Harley kurz stehen und lässt den Blick über den Garten schweifen, der voller Wege und Brunnen ist, die noch nicht in Betrieb sind. »Ganz schön beeindruckend.«

»Du müsstest den Garten mal im Sommer sehen. Viele Paare machen hier ihre Hochzeitsfotos.« Selene ist nicht nur Künstlerin, sie hat auch einen grünen Daumen. Ich kann mich noch an das Gesteck erinnern, das auf dem Sarg meiner Eltern lag.

»Kein Wunder«, erwidert sie.

Schweigend gehen wir nebeneinanderher, bis ich die Stille nicht länger ertrage.

»Ich beginne mit der offensichtlichsten Frage … Wie

hast du mich gefunden?« Kaum habe ich die Worte ausgesprochen, wird mir klar, wie sie klingen müssen. Gott, ich vermassle es gerade total. »Ich meine das nicht im schlechten Sinne. Ich schwöre.«

Sie ignoriert meinen Versuch, zurückzurudern. »Na ja, ich dachte, dein Name wäre *Denver* …«

»Bevor du fortfährst, würde ich mich gern dafür entschuldigen. Noch mal. Ich weiß nicht, warum ich dir den falschen Namen genannt habe. Ich war an jenem Abend nicht ich selbst. Ich war sauer wegen der Flugverspätung und aufgebracht, weil ich meine Familie verlassen musste, und … Es ist mir einfach herausgerutscht. Da wusste ich noch nicht, dass wir zusammen nach Hause gehen würden …«

»Schon okay. Wenn du es nicht getan hättest, hätte ich dich wahrscheinlich niemals gefunden. Wie ich schon sagte. Ich habe ihn in den Nachrichten gesehen, als sein Flugzeug mit diesem Musikproduzenten an Bord abgestürzt ist.« Sie schiebt die Hände in die Jackentaschen.

Ich nicke. Denver hat es aufgrund seines berühmten Passagiers landesweit in die Nachrichten geschafft.

»Warte. Das ist schon über ein halbes Jahr her.« Ich ziehe die Stirn kraus.

Sie wendet den Blick ab.

Als es mir dämmert, bleibe ich stehen. »Du hattest nicht vor, mich wissen zu lassen, dass ich eine Tochter habe, nicht wahr?« Ein schwarzes Loch breitet sich in meinem Magen aus. Vielleicht bin ich nicht der Einzige, der Schuldgefühle haben muss.

Sie sieht mich an und atmet laut aus. »Hör zu. Ich bin nicht hier, um dein Leben zu zerstören. Ich weiß, dass ich aus dem Nichts hier aufgekreuzt bin und du nicht mit so etwas gerechnet hast.«

Ich bin so verwirrt. Ich fahre mir durchs Haar und versuche, meine Gedanken zu sortieren. Ja, ich habe einen Kater, aber das, was sie da sagt, ergibt für mich einfach keinen Sinn. Sie kommt den ganzen Weg von Seattle hierher, um mir zu sagen, dass ich eine Tochter habe, und trotzdem will sie nicht, dass ich Teil ihres Lebens bin?

»Ich verstehe das alles nicht. Warum bist du hier? Willst du Geld?«

»Geld?« Sie weicht zurück, als hätte ich ihr gerade einen Zwanziger angeboten, damit sie mir einen bläst. Wut liegt wie Gift auf meiner Zunge. Ich muss jetzt vorsichtig sein. So will ich die Co-Elternschaft mit einer Frau, die ich kaum kenne, nicht beginnen.

»Ich brauche etwas von dir.« Sie macht einen Schritt nach vorn.

»Du versuchst nicht, mich zu finden, um mir zu sagen, dass ich eine Tochter habe. Und nachdem du auf wundersame Weise beschlossen hast, mich doch aufzusuchen, wartest du noch sechs Monate, bevor du hierherkommst. Ich habe dich gefragt, ob es um Geld geht. Anhand deiner Reaktion nehme ich an, dass es einen anderen Grund gibt. Ich verstehe nicht, was hier vorgeht, Harley.«

Ihr Rücken versteift sich. »Selbst wenn ich versucht hätte, dich zu finden, ROME, hätte ich dich nicht finden *können*, weil du mir einen falschen Namen genannt hast. Und hallo? Ich hatte nicht mal einen Nachnamen. Und auf deiner niedlichen kleinen Notiz hast du zufälligerweise keine Telefonnummer hinterlassen.« Sie dreht sich um und stemmt die Hand in die Hüfte. Ich weiß von meinen Schwestern, dass das nichts Gutes zu bedeuten hat. »Ich habe sechs Monate gebraucht, weil ich nicht wusste, was ich tun sollte. Und ich will kein Geld aus Mitleid. Uns geht's gut.« Sie dreht sich wieder um und stapft weiter den Weg hinab.

»Was willst du dann von mir?« Ich schließe zu ihr auf.

»Das habe ich doch schon gestern Abend gesagt. Deine DNA. Deine Krankenakte. Die Vorerkrankungen in deiner Familie.«

Ich runzle die Stirn. »Okay. Aber dachtest du, ich würde dir einfach alles geben, ohne eine Beziehung zu meiner Tochter aufbauen zu wollen?«

Sie sieht mich schräg von der Seite an. »Ich dachte, du wärst froh, wenn ich dich nicht damit belaste. Du hast auf mich nicht gerade wie einer gewirkt, der sich häuslich niederlässt.«

Sie sieht mich so angewidert an, dass ich am liebsten mit Steinen werfen würde. Sie hat sich in jener Nacht nur allzu bereitwillig auf mich eingelassen. Ja, ich habe sie nicht sofort wiedererkannt, aber je mehr ich darüber nachdenke, desto mehr Erinnerungen kommen zurück. Ich weiß noch, dass sie schon die Hand in meiner Hose hatte, bevor wir überhaupt in meinem Hotelzimmer waren. Sie wusste genau, was Sache war.

Aber das sage ich ihr nicht, denn es würde uns nicht weiterbringen.

»Vielleicht hast du mich falsch eingeschätzt. Und wofür brauchst du meine Krankenakte?«

Irgendwas sagt mir, dass sie es nicht nur wissen will, damit Calista später mal Bescheid weiß. Sie verschweigt mir nicht sechs Monate lang die Tatsache, dass ich eine Tochter habe, bevor sie hierherkommt und das Risiko eingeht, dass ich meine Rechte als Vater einfordere, nur damit Calista weiß, von wem sie die braunen Haare hat.

»Meine …« Kurz senkt sie den Blick zu Boden, bevor sie den Kopf hebt und mir direkt in die Augen sieht. »Ich meine, *unsere* Tochter … ist krank.«

Kapitel 7

HARLEY

Rome wird kreidebleich. Als hätte ich ihm in den Bauch geboxt – oder noch tiefer. »Calista ist krank?«, fragt er vorsichtig, als versuchte er, die Information zu verarbeiten. Seine Reaktion überrascht mich.

Vielleicht hätte ich es nicht einfach herausposaunen sollen. Aber ich hätte nicht damit gerechnet, dass er hier aufkreuzt. Darauf war ich nicht vorbereitet. Ich wollte die Sache so schnell wie möglich hinter mich bringen. Rein und wieder raus. Es hätte ganz einfach werden sollen, denn der Mann, den ich vor zwei Jahren kennengelernt habe, hätte mir auf Knien dafür gedankt, ihm kein Kind anhängen zu wollen. Doch die Verzweiflung in Romes Gesicht erzählt eine andere Geschichte. Sein entsetzter Blick und sein weißes Gesicht sagen mir, dass das hier nicht nach Plan laufen wird – wie alles in meinem Leben.

»Willst du dich lieber setzen?«, frage ich und steuere auf eine Bank zu, mit Blick auf die Stelle, wo wahrscheinlich die meisten Hochzeitsfotos gemacht werden. Im Moment blüht noch nichts, aber die Laube sieht bestimmt bezaubernd aus, wenn sie im Sommer mit Efeu bewachsen ist.

Er zögert kurz, bevor er sich zu mir setzt, auf die äußerste Kante, die Ellbogen auf die Knie gestützt, den Blick auf den nackten Boden gerichtet.

»Wir haben es erst vor Kurzem erfahren. Calista hat das Von-Willebrand-Syndrom. Es ist nicht super gefährlich, aber ... wir hatten Glück, dass es so früh entdeckt wurde. Als sie angefangen hat zu laufen, hat sie überall an ihren Armen und Beinen blaue Flecke bekommen. Ich hatte Panik, aber der Arzt meinte, ich würde überreagieren. Mein Bauchgefühl hat mir etwas anderes gesagt. Als sie einmal Nasenbluten hatte und ich die Blutung nicht stoppen konnte, bin ich zu einem anderen Arzt gegangen, der meine Sorgen ernst genommen und weitere Untersuchungen durchgeführt hat.«

»Ich verstehe nicht ganz. Was genau ist das?«

»Eine Blutgerinnungsstörung. Ihre Proteine funktionieren nicht richtig. Es gibt verschiedene Stufen. Sie ist bei Stufe zwei.«

Er fährt sich durch das dichte Haar. »Besteht eine Chance auf Heilung?«

Ich schüttle den Kopf. »Nein. Sie wird ihr ganzes Leben damit leben müssen. Falls sie mal operiert werden muss, muss ich es den Ärzten vorher sagen. Und es kann sein, dass ihre Periode zu stark sein wird. Darum werde ich mich kümmern müssen, sobald sie in die Pubertät kommt. Sie kann ein normales Leben führen. Es müssen nur ein paar Vorsichtsmaßnahmen getroffen werden. Aber ...«

»Gibt es irgendwelche Medikamente, die sie nehmen

kann? Irgendwas, damit es weggeht?«, fragt er mit einer Falte zwischen den Augenbrauen.

Kurz bin ich vollkommen sprachlos. Er ist tatsächlich ... besorgt? Ich war sicher, er würde versuchen, mich abzuschütteln, und denken, ich würde die Krankheit nur als Ausrede benutzen, um an seine DNA zu kommen, damit er Unterhalt zahlen muss. Aber ich glaube nicht, dass seine Reaktion nur gespielt ist. Ich glaube, er macht sich ernsthaft Sorgen um meine, ähm, unsere Tochter.

»Nein. Aber es geht ihr gut. Wirklich. Ich muss nur vorsichtig sein, wenn sie blutet. Manche Menschen haben die Krankheit ihr ganzes Leben lang, ohne es überhaupt zu merken. Du könntest es auch haben.«

Er verengt die Augen zu Schlitzen. »Das wüsste ich.«

»Nicht unbedingt. Der Arzt meinte, sie habe es wahrscheinlich von einem von uns geerbt. Und ich wurde darauf getestet. Ich habe es nicht.«

Er steht auf und geht vor mir auf und ab. Immer mal wieder wirft er mir einen Blick zu. »Dann bist du also hier, um mir die Schuld daran zu geben, dass sie den Rest ihres Lebens mit dieser Krankheit leben muss?«

Und weg ist er, der gelassene Rome.

»Ich gebe dir überhaupt keine Schuld. Ich bin hier, um herauszufinden, was auf sie zukommen wird. Damit ich nicht noch mal überrascht werde. Damit sie weiß, wo sie in Zukunft Antworten findet, falls sie welche suchen sollte.« Jetzt klingt meine Stimme wieder angespannt. Ich muss mich daran erinnern, dass ich zwei Monate Zeit hatte, um die Information zu verarbeiten. Er hat eben erst erfahren, dass er eine Tochter hat. Eine kranke Tochter.

Er setzt sich wieder. Zum Glück.

Ich hasse es, wenn jemand vor mir auf und ab geht. Das macht mich ganz nervös. Ich hatte mal einen Pflegevater, der immer vor dem Sofa auf und ab gegangen ist, während er mir diktiert hat, was ich am nächsten Tag im Haushalt zu erledigen hatte.

Ich schlinge die Arme um mich. Ich hasse es, dass ich mich einem Fremden gegenüber so öffnen muss. Aber wenn ich will, dass er mit mir zusammenarbeitet, muss er verstehen, was los ist. »Ich wurde als Kind von einer Pflegefamilie zur nächsten geschoben.«

Seine Schultern sacken zusammen, und er blickt mitleidig drein, bevor ich ihm sagen kann, dass ich ihm nicht leidtun muss. Es geht mir gut. Ich bin glücklich.

»Ich weiß nicht viel über meine Familiengeschichte. Als ich gemerkt habe, dass irgendwas mit Calista nicht in Ordnung ist, hatten wir unendlich viele Arzttermine. Jeder Arzt wollte wissen, welche Krankheiten in der Familie bestehen. Sowohl mütterlicher- als auch väterlicherseits. Ich konnte ihnen nichts sagen. Gar nichts. Ich habe mich so hilflos gefühlt. Und ich habe mir geschworen, nie wieder in diese Situation zu kommen. Deshalb bitte ich dich darum, den DNA-Test zu machen. Ansonsten will ich nichts von dir. Ich schwöre. Wir reisen morgen ab. Und du kannst dein Restaurant eröffnen und dein Leben weiterleben.«

Er starrt mich wütend an. »Du denkst, ich gehöre zu den

Typen, die erfahren, dass sie eine Tochter haben, und nichts mit ihr zu tun haben wollen?«

Ich stehe auf und schiebe die Hände in die Manteltaschen. »Ich brauche dein Geld nicht.«

»Zu schade«, sagt er nun lauter.

Jetzt bin ich froh, dass wir diese Unterhaltung draußen führen, damit Calista und Selene nicht mitbekommen, dass wir uns streiten.

»Ich will dein Leben nicht durcheinanderbringen. Das war nicht meine Absicht.«

»Das hast du bereits gesagt. Mehrfach. Nur ein bisschen von meiner Spucke, und weg bist du, richtig?«

»Richtig.« Ich nicke.

Er steht so schnell auf, dass ich erschrocken zurückweiche. Als er mir in die Augen sieht, lässt er die Arme hängen. Wieder dieser mitleidige Blick. UFF!

Er schiebt die Hände in die Hosentaschen. »So bin ich nicht. Ich kann mein Leben nicht einfach weiterleben, wenn ich weiß, dass ich eine Tochter habe und kein Teil ihres Lebens bin.«

Tief in meinem Inneren wusste ich, dass das ein Problem werden würde, als ich das Restaurant betreten und die ganze Familie am Tisch gesehen habe. Das hier ist seine Heimatstadt, nicht nur irgendein Ort, an dem er sich seit unserer gemeinsamen Nacht aufgehalten hat.

Wie dumm bin ich eigentlich, dass ich nicht besser nachgeforscht habe? Aber wenn man ein krankes Kind hat, denkt man nicht rational. Man tut das, was man tun muss, damit es alles hat, was es braucht. Und Calista braucht die DNA ihres Vaters.

»Tut mir leid, aber wir leben in Seattle. Ich weiß nicht, wie das möglich sein soll.«

Er starrt mich entsetzt an, als würde er die Worte nicht verstehen, die aus meinem Mund kommen. Dabei habe ich ihn als Typen in Erinnerung, dem es niemals die Sprache verschlägt.

»Dann müssen wir es eben möglich machen. Falls bei dem DNA-Test herauskommt, dass ich Calistas Dad bin, habe ich Rechte.«

»Falls? Du denkst, ich würde wild herumvögeln und wüsste nicht, wer der Vater meines Kindes ist?« Mit gehobenen Augenbrauen warte ich auf seine Antwort. »Jetzt, da du weißt, dass ich in Pflegefamilien aufgewachsen bin, denkst du wahrscheinlich, ich hätte psychische Probleme und würde mit allen möglichen Männern schlafen, weil ich nie erfahren habe, was es bedeutet, bedingungslos geliebt zu werden. Ist es das?«

»Nein!« Er macht einen Schritt auf mich zu.

Ich weiche zurück.

Er atmet lange und gequält aus. »Das denke ich überhaupt nicht.«

»Ach ja, richtig. Du kannst dich ja nicht mal an mich erinnern.«

»Doch, kann ich.«

Ich hebe eine Augenbraue.

»Langsam kommen die Erinnerungen zurück. Deine Augen. An die kann ich mich erinnern. Und, mein Gott, ich weiß, dass es total scheiße ist, dass ich mich nicht an deinen Namen erinnert habe. Aber damals war ich ein Wrack. Ich war ein anderer Mensch. Doch je mehr ich darüber nachdenke, desto mehr Erinnerungen kommen zurück.«

Na toll. Ich kann mich an jede Sekunde, jedes Detail erinnern, während ihm unsere gemeinsame Nacht im besten Fall nur schemenhaft im Gedächtnis geblieben ist. Als wir die Bar verlassen haben und in mein Auto gestiegen sind, war die sexuelle Spannung zwischen uns bereits auf der Skala bei zehn angelangt. Ich wollte ihn so sehr wie meinen nächsten Atemzug. Ich habe wohl verdrängt, dass er an jenem Abend betrunken war.

»Schön für dich. Aber es ist mir total egal, ob du dich daran erinnerst oder nicht.«

»Aber dass ich deinen Namen nicht mehr wusste, erwähnst du so oft wie möglich. Dass ich mich nicht richtig an dich erinnern kann, scheint dich wütend zu machen.« Er zieht leicht die Mundwinkel nach unten.

Damals wie heute bekomme ich den Eindruck, dass Rome für gewöhnlich nicht so ernst ist. Er scheint nicht gut mit Gefühlen klarzukommen.

Sieh mal einer an. Jetzt haben wir schon zwei Gemeinsamkeiten.

»Mach einfach den Test, damit ich diese Stadt endlich verlassen kann.«

»Der Test ist dir echt wichtig, was?« Sein Grinsen verrät mir, dass er gerade etwas ausheckt.

»Überhaupt nicht. Ich finde es großartig, mit meiner achtzehn Monate alten Tochter über dreitausend Kilometer zu reisen, ihren Vater inmitten einer Gruppe von Fremden zu finden und dass irgendeine Klatschseite über mich schreibt. So seltsam bin ich nun mal.«

Er grinst. Ein amüsiertes, arrogantes, eingebildetes Grinsen. Es ist dasselbe Grinsen, das mich an jenem Abend so fasziniert hat. Mein Magen macht einen Satz.

»Und mir ist es wichtig, meine Tochter kennenzulernen.«

Ich funkle ihn böse an.

Er lacht. »Scheint, als würden wir in einer Zwickmühle stecken.«

»Willst du damit sagen, dass du den Test nicht machen wirst?«

Er setzt sich wieder auf die Bank. Auf einmal verhält er sich ganz anders als noch vor ein paar Minuten. Lässig lehnt er sich zurück, legt einen Arm auf die Rückenlehne und den Knöchel aufs Knie. Auch das arrogante Grinsen ist immer noch da. »Überhaupt nicht. Ich mache den Test. Ich bin doch kein Monster.«

»Ich höre ein ›aber‹.« Ich hebe eine Augenbraue.

Er zwinkert. »Stimmt.«

Ich schnaube, und er lacht erneut. Ich hasse es, jemandem genau das zu geben, was er von mir erwartet. Als würde ich *ihm* in die Hände spielen statt umgekehrt.

»Was willst du?«

»Gib mir eine Woche. Dann kann ich ein wenig Zeit mit Calista verbringen. Und Ende der Woche sind die Testergebnisse da.«

»Und dann? Dann bist du fertig mit ihr?«

Er lacht. »Sorry. Aber du hast mich jetzt an der Backe. Wer hätte gedacht, dass *du* die Glückliche sein würdest?« Er tätschelt mein Knie.

»Die Glückliche? Ich habe in etwa so viel Glück, als würde ich von der Steuerbehörde überprüft werden.«

Seine Berührung hat überhaupt nichts Sexuelles. Trotzdem bekomme ich Gänsehaut.

»Für viele Frauen wäre es wie ein Lottogewinn.« Er zwinkert.

Ich verdrehe die Augen. »Da ist aber jemand ganz schön von sich überzeugt.«

Er steht auf und streckt mir seine Hand entgegen, damit ich einschlage. »Jetzt musst du nur noch zustimmen.«

»Und wenn ich es nicht tue?«

»Dann mache ich den Test nicht und werde meine Rechte einklagen.« Da ich seine Hand nicht schüttle, senkt er sie. »Ich will dir nicht das Leben schwer machen, Harley. Aber ich will in das Leben meiner Tochter integriert werden.«

Männer wie Rome Bailey sind schon immer mein Kryptonit gewesen. Bei arroganten Angebern beiße ich immer wieder an. Ich sollte Nein sagen. Aber es ist zu spät. Rome wird für immer Teil unseres Lebens sein. Soll er in dieser Woche ruhig herausfinden, wie schwer es ist, ein Kind großzuziehen. Mit ein wenig Glück wird er meine Vermutung bestätigen. Männer wie Rome Bailey bleiben nicht, wenn es schwierig wird.

»Deal.« Ich strecke ihm die Hand entgegen.

Überrascht legt er den Kopf schief und nimmt meine

kleine Hand in seine große. Gänsehaut breitet sich über meinen Arm aus.

»Fangen wir an.« Er zwinkert mir zu, dreht sich um und geht in Richtung Hintertür.

Kapitel 8

ROME

Ich lasse Harley stehen und gehe in Richtung Hintertür. Als ich vorhin bei Selene geklingelt habe, wusste ich noch nicht, was ich tun würde. Aber meine anfängliche Unschlüssigkeit ist inzwischen komplett verschwunden. Das kleine Mädchen, das höchstwahrscheinlich meine Tochter ist, ist krank. Das ändert alles. Ich werde keine Zeit mehr verschwenden.

»Rome.« Harley rennt mir hinterher und stellt sich vor mich, bevor ich die Tür öffnen kann.

»Ja?«

»Was hast du vor? Wir müssen zuerst darüber reden. Du kannst nicht einfach ins Haus stürmen und sie mitnehmen.«

Ich schüttle den Kopf. »Das habe ich auch nicht vor. Aber ich werde mich auch nicht die ganze Zeit im Hintergrund halten.«

»Können wir zuerst klären, was deine Absichten diese Woche sind?«

Ich will nach dem Türknauf greifen, doch sie schiebt sich dazwischen.

»Ich will meine Tochter kennenlernen.«

»Und dann?«

Ich atme laut aus. »Ich dachte, das hätten wir bereits geklärt. Ich mache den Test, und wir überlegen uns, wie wir es hinkriegen, dass ich Teil ihres Lebens sein kann.«

»Wir leben dreitausend Kilometer voneinander entfernt«, schreit sie und senkt dann die Stimme. »Wir können uns das Sorgerecht nicht teilen.«

»Wir brauchen jetzt noch keinen Plan. Ich gehe einfach rein, um mit meiner Tochter zu spielen und ihr zu sagen, dass ich ihr Daddy bin.« Irgendwie schaffe ich es, die Hand zwischen sie und den Türknauf zu schieben.

»Rome«, raunt sie durch zusammengepresste Zähne.

Sie ist niedlich, wenn sie wütend ist.

»Jetzt weiß ich wieder, wie der Name meines Bruders aus deinem Mund geklungen hat. Flehend. Als wolltest du nicht, dass ich aufhöre. Ganz anders als jetzt. Jetzt wünsche ich mir, ich hätte dir nicht den falschen Namen genannt.«

Mein Kommentar führt dazu, dass sie ihren Schutzwall fallen lässt und zurückweicht. Ich ergreife die Chance und trete durch die Tür.

»Ich weiß nicht, ob wir diese Woche beide überleben werden«, sagt sie und folgt mir.

Überrascht blickt Selene auf, als wir gemeinsam den Raum betreten.

Kurz lächelt mich Calista an, bevor sie schnell ihre Mutter ansieht. »Mama!« Ihr Lächeln wird noch breiter. Eifersucht breitet sich in mir aus. Ich will, dass sie mich auch so anlächelt. Denn es ist ein großartiges Lächeln. Das süßeste Lächeln überhaupt.

»Hey, Süße.« Harley geht an mir vorbei und setzt sich zu ihr auf den Boden. »Danke, Selene. Geh ruhig wieder an die Arbeit. Ich kümmere mich um sie.«

Selene reicht Harley einen Teller mit Essen. »Dann werde ich mich jetzt wieder meiner Kunst widmen. War schön, dich wiederzusehen, Rome.« Sie drückt meinen Arm und verlässt den Raum.

»Ebenso, Selene. Ich komme bald wieder vorbei.«

Sie kichert leise und lässt mich dann mit Harley und meiner Tochter allein.

Meine Tochter … Wer hätte das gedacht?

Ich setze mich in den Sessel neben Calista. Kurz sieht sie mich an, doch ihr Blick wandert sofort wieder zu Harley. Immer wieder späht sie zu mir herüber, als wollte sie überprüfen, ob ich noch da bin.

Großartig. Mein eigenes Baby hat Angst vor mir.

»Calista«, sagt Harley und hört auf, sie zu füttern. »Das ist Rome.« Sie deutet auf mich.

»Daddy«, korrigiere ich sie.

»Rome.« Harley strafft die Schultern.

»Daddy«, wiederhole ich fröhlich und mit einem Lächeln.

Harley gibt auf. »Sie kennt die Bedeutung des Wortes nicht.«

»Egal. Ich bin ihr Daddy.«

Lachend blickt Calista von mir zu ihrer Mom. Wir hören

auf zu diskutieren. Ich will nicht, dass sie mich für ein böses Monster hält.

»Lass uns zusammen in den Park gehen, nachdem sie gegessen hat«, schlage ich vor.

Calista lächelt und drückt sich hoch, um ihrem Hochstuhl zu entkommen.

»Noch nicht.« Harley schenkt mir einen eiskalten Blick. »Rome weiß nicht, dass wir zuerst aufessen, bevor wir solche Wörter benutzen.«

»Welche Wörter?« Ich sehe Calista an und richte den Zeigefinger auf meine Brust. »Daddy.«

Harley verdreht die Augen. »Der Ort mit den Schaukeln und der Rutsche.«

»Park?«

Wieder drückt sich Calista hoch, und ihre kleinen Finger wandern zu ihrem Sicherheitsgurt.

»Noch nicht«, sagt Harley mit lieblicher Stimme. Ich bin sicher, so wird sie mit mir niemals sprechen.

»Was ist so falsch daran, dass sie sich darauf freut, in den Park zu gehen?«, frage ich.

Jetzt fängt Calista an zu schreien. Sie ist wütend, weil wir sie nicht aus ihrem Stuhl heben.

»Daran ist überhaupt nichts falsch. Aber wie du siehst, isst sie jetzt nichts mehr.«

»Dann nehmen wir es eben mit. Sie kann auf dem Weg dorthin essen.«

Harley kneift sich in die Nasenwurzel und lehnt sich zurück, während ich Calistas Gurt öffne und sie aus dem Stuhl hebe. Japp, jetzt bin *ich* ihr Lieblingsmensch. Der König, der seine kleine Prinzessin vor dem bösen Muttermonster rettet.

»Sie muss ein Nickerchen machen, Rome.« Harley folgt uns in den Flur.

»Ist sie nicht eben erst aufgewacht?«

Harley verdreht die Augen. Meine Hand wandert zum Türknauf.

»Jacke. Sie braucht eine Jacke!«

Selene kommt aus ihrem Studio. Ihre Hände sind beschmiert mit gelber Farbe. »Alles in Ordnung?«

»Wir gehen mit Calista in den Park. Und danach vielleicht noch Eis essen«, erwidere ich lächelnd.

»Jamm, jamm«, sagt Calista in meinen Armen und tätschelt mir das Gesicht, wie sie es gestern Abend bei Harley gemacht hat.

»Calista«, sagt Harley in warnendem Ton.

Das Wort Nein gehört heute nicht zu unserem Wortschatz. Wenn ich nicht wüsste, dass Harley durchdrehen würde, würde ich vorschlagen, allein mit ihr in den Park zu gehen. Das wird aber genauso wenig funktionieren, wie zu versuchen, Harley wieder ins Bett zu kriegen. Das lasse ich lieber sein, denn ich brauche meine Eier noch.

»Ich habe keinen Kinderwagen dabei«, sagt sie und holt Calistas Jacke aus dem Schrank.

»Gut, dass du mich hast.« Ich spanne meinen Bizeps an.

Wieder verdreht sie die Augen. Vielleicht hat sie irgendeine Krankheit, die sie die ganze Zeit mit den Augen rollen lässt. Das sollte sie besser überprüfen lassen.

»Als ich dich kennengelernt habe, hast du kein einziges Mal die Augen verdreht.«

Sie steckt Calistas Arme durch die Jackenärmel und holt ihre Mütze. »Oh doch, ganz sicher.«

»Nope. Du hast ganz verträumt dreingeblickt und warst verrückt nach meinen Bauchmuskeln.«

»Entweder hast du deinen Blackout überwunden, oder du denkst dir den Mist gerade aus.« Sie schubst mich leicht.

»Hey, ich habe ein Baby auf dem Arm.« Ich tue, als würde ich das Gleichgewicht verlieren. Als Calista lachend den Kopf in den Nacken fallen lässt, richte ich mich schnell auf.

Hui, das war alles andere als lustig. Ihr Kopf war nur wenige Zentimeter vom Kleiderhaken entfernt.

Harley sieht mich an, als wollte sie sagen, *Ich hab's dir ja gesagt*, und öffnet die Tür. »Lass uns gehen, Süße«, sagt sie.

»Deine Babysprache ist wirklich beeindruckend. Aber nur, damit du's weißt. Im Schlafzimmer stehe ich nicht auf Baby Talk.« Warum macht es mir so großen Spaß, diese Frau auf die Palme zu bringen?

»Das, was du im Schlafzimmer hören willst, ist nicht für kleine Ohren bestimmt.« Sie folgt mir und zieht die Haustür hinter sich zu.

Inzwischen ist es wärmer geworden. Ich freue mich über das schöne Wetter. Irgendwie hoffe ich, dass Harley bis zum Gründertag bleibt. Vor allem, da Calista eine Bailey ist.

Boah ... Mir ist gerade klar geworden, dass sie die Erste der nächsten Bailey-Generation ist. Freude mischt sich mit Trauer, weil Mom und Dad sie niemals kennenlernen werden.

Aber ich muss mich auf das Hier und Jetzt konzentrieren und schiebe die Gedanken an die Zukunft beiseite.

Ich bin nicht lange nachtragend. Mir ist es wichtig, nach vorn zu blicken und weiterzumachen. Es überrascht mich also nicht, dass ich jetzt, da ich Harley dazu überredet habe, die Woche noch zu bleiben, alles gebe. Es macht mir Angst, für einen anderen Menschen verantwortlich zu sein, bis er achtzehn Jahre alt wird. Aber es ist weniger wegen Calista, sondern mehr wegen ihrer Mommy, die mir die kalte Schulter zeigt. Es überrascht mich, dass es sich so natürlich anfühlt, Vater zu sein. Hätte man mich letzte Woche gefragt, wie ich reagieren würde, wenn mir eine Fremde sagt, ich sei der Vater ihres Babys, hätte ich mit Sicherheit gesagt, ich würde mich aus dem Staub machen.

»Was machst du beruflich?«, frage ich.

»Ich kellnere. Immer noch der gleiche Laden wie vor zwei Jahren. Aber daran kannst du dich wahrscheinlich nicht erinnern.« Sie lächelt zuckersüß und richtet den Träger ihrer Handtasche.

»Ich verstehe, dass du beleidigt bist, weil ich mich nicht sofort an dich erinnert habe. Aber glaube nicht, man könnte dich leicht vergessen.«

Abrupt bleibt sie stehen und durchbohrt mich mit ihrem Blick. »Ich bin nicht beleidigt. Es könnte mir nicht egaler sein.«

»Warum fängst du dann immer wieder damit an? Ich habe dir doch gesagt, dass die Erinnerungen langsam zurückkommen.«

Calista fährt über meine Bartstoppeln. »Au.« Sie zieht die Hand zurück.

»Ich weiß. Daddy tut dir weh«, sagt Harley.

»Morgen rasiere ich mich, Süße.« Ich küsse ihre Hand, doch sie legt sie wieder an meine Wange und pikst mich mit ihrem kleinen Finger.

Um zum Park zu kommen, müssen wir durch die Innenstadt, was bedeutet, dass überall Augen und Ohren sind. Sollte ich Harley besser vorwarnen? Oder soll ich sie ins kalte Wasser schubsen? Hm. Mal sehen, wie gut sie zu Fuß ist.

»Um zum Park hinter der Bibliothek zu kommen, müssen wir über die Main Street.«

»Ich wusste gar nicht, dass Selenes Unterkunft so nah an der Innenstadt ist.«

»Wenn man mit dem Auto fährt, muss man um den ganzen See herumfahren. Aber wir können einfach am See entlanggehen.«

»Ähm … Und wie kommen wir wieder zurück? Sie wird später müde sein. Man ist mit einem Baby nicht den ganzen Tag unterwegs. Vor allem nicht bei dem Wetter.«

Ich winke ab. Ihr böser Blick sagt mir, dass sie nicht gern die Kontrolle abgibt. Das habe ich komischerweise anders in Erinnerung. Ich weiß jetzt wieder, dass es ihr gefallen hat, als ich ihr genau gesagt habe, was sie tun soll. Vor allem, als sie sich ausgezogen hat.

»Das wird schon.«

Sie hebt die Augenbrauen. Sie trägt heute eine süße Frisur. Ein hoher Pferdeschwanz, der hin und her schwingt, wenn sie geht. Und nein, ich stelle mir gerade nicht vor, wie es wäre, ihr Haar um meine Faust zu wickeln, während ich sie von hinten nehme.

»Wa Wa.« Calista deutet auf den See.

»Wasser. Ja. Du bist so schlau.« Ich pikse sie in den Bauch, und sie kichert.

Ist sie zu jedem so freundlich? Oder mache ich irgendwas richtig?

»Ich wette, die meisten Frauen würden dich anbetteln, mit ihnen zu schlafen, wenn sie dich mit ihr sehen würden.«

Mein Kopf schnellt zu ihr herum. Harley schlägt die Hand vor den Mund und reißt die Augen auf.

»Scheiße. Habe ich das eben laut gesagt?«, murmelt sie zwischen ihren Fingern hindurch.

»Ja, hast du.« Ich muss lachen, was Calista ebenfalls zum Lachen bringt. Jetzt wirkt es so, als würden wir Harley auslachen.

»Es war nur ein Gedanke. Und nur, damit du es weißt. Ich bin *keine* dieser Frauen.« Sie beschleunigt ihren Schritt und geht vor uns her.

»Ich glaube, Mommy findet Daddy attraktiv«, bemerke ich.

»Kein bisschen«, antwortet sie über ihre Schulter.

»Und ob«, sage ich zu Calista und kitzle sie am Bauch, was wieder ein zuckersüßes Lachen hervorzaubert.

»Komm runter von deinem hohen Ross.«

Ich schließe zu Harley auf. Ein paar Minuten lang gehen wir schweigend nebeneinanderher.

»Du kellnerst also, ja? Ziemlich schwierig, wenn man sich um ein Baby kümmern muss.«

Harley funkelt mich böse an und geht wieder voraus. »Manche von uns sind eben nicht privilegiert aufgewachsen.«

»Willst du damit etwa sagen, *ich* sei privilegiert aufgewachsen?«

»Na ja, ich habe schon viel von den *Baileys* gehört.« Bei Baileys zeichnet sie Gänsefüßchen in die Luft. »Die Retter der Stadt.« Dann schüttelt sie den Kopf.

Ihr Hintern muss mich an jenem Abend magisch angezogen haben, denn verdammt, es fällt mir echt schwer, die Pfoten von ihr zu lassen.

»Kein Wunder, dass du eine männliche Nutte bist, die mit allem schläft, was eine Mu ...«

»Moment mal. Ich habe mein College-Geld dafür benutzt, um eine Ausbildung zum Koch zu machen. Alles, was ich habe, habe ich selbst verdient. Okay? Aber ich verstehe, dass es für dich nach viel aussehen muss.«

Sie wirbelt so schnell herum, dass ihr der Pferdeschwanz ins Gesicht peitscht. »Du weißt überhaupt nichts über mich.«

Okay, vielleicht bin ich gerade zu weit gegangen.

»Tut mir leid. Aber dann tu *du* bitte nicht so, als wäre *mein* Leben das reinste Märchen.«

»Na schön.« Sie stemmt die Hände in die Hüften.

Ich führe uns weiter in Richtung Main Street. Doch wir hätten uns keinen ungünstigeren Zeitpunkt aussuchen können, denn in diesem Moment kommt G'Ma D direkt auf uns zu.

»Fuck«, murmle ich.

»Fuk«, sagt Calista.

Harley atmet laut aus. »Großartig. Wie lange hat das jetzt gedauert? Zehn Minuten?«

»Oh, glaub mir. In spätestens einer Sekunde sagst du es auch.«

G'Ma D sieht von dem Zettel in ihrer Hand auf, und unsere Blicke treffen sich. Alles passiert wie in Zeitlupe. Ihr Blick wandert von mir zu Harley und weiter zu Calista. Ihre Augen beginnen zu leuchten. Dann stapft sie auf uns zu, als hätte sie eine Mission.

»Schnall dich an. Jetzt wird's holprig«, sage ich.

»Wovon redest ...« Harley hält inne, als die kleine blauhaarige Frau vor uns die Arme nach Calista ausstreckt.

Japp, das wird interessant.

Kapitel 9

HARLEY

»Gib sie mir«, fordert die alte Dame. Sie war auch dabei, als ich Romes Restaurant gestürmt habe. Sie hat Calista die ganze Zeit angestarrt, als hätte sie magische Kräfte und könnte herausfinden, ob meine Tochter das Kind ihres Enkels ist.

»Ähm.« Als ich nach Calista greife, berühre ich aus Versehen Romes muskulöse Brust. Die Erinnerung an unsere gemeinsame Nacht durchzuckt mich wie ein Blitz. Wie ist das überhaupt möglich? Er trägt doch eine Jacke.

Ich kann diese Nacht seit zwei Jahren nicht vergessen, während sich Rome nicht daran erinnert. Dass seine Erinnerungen angeblich zurückkommen, glaube ich ihm nicht.

Als ich Calista wieder auf dem Arm habe, starrt sie die blauhaarige Frau vor uns an. Die *schmollende* blauhaarige Frau, wohlgemerkt.

»Du kannst sie nicht einfach nehmen«, sagt Rome zu seiner Großmutter.

»Sie ist meine Urenkelin. Und ich bin deine Großmutter.

Pass also auf, wie du mit mir redest.« Dann streckt sie mir die Hand entgegen. »Ich bin Dori Bailey. Deine zukünftige Schwiegeroma. Aber ich hasse dieses ganze Schwieger-Zeug. Belassen wir es also bei Oma.«

»Wir werden nicht heiraten«, bemerkt Rome trocken. »Würdest du uns jetzt bitte in Ruhe lassen? Es ist der erste Tag, den ich mit meiner Tochter verbringe.«

Doch Dori winkt ab. »Dir bleiben mehr Jahre als mir. Ich bin alt und könnte morgen schon tot sein.« Dann sieht sie mich an. »Ich bin der netteste Mensch überhaupt. Ich bin die Mutter von Romes Dad und die Großmutter aller neun Bailey-Kinder. Ich bin eingetragenes Mitglied beim Roten Kreuz. Lass mal überlegen. Was noch?« Sie sieht Rome an. »Greif mir mal unter die Arme. Du weißt, dass ich nicht gern prahle.«

Rome verdreht die Augen, und sie boxt ihm in den Bauch. »Hey«, beschwert er sich.

Calista beobachtet das Geschehen mit großen Augen. »Au«, sagt sie.

»Du schlägst mich vor meiner Tochter? Ein tolles Vorbild bist du.«

Dori dreht ihm den Rücken zu. »Jedenfalls. Ich bin Dori. Und wer bist du?«

»Harley.«

»Tut mir leid, dass dich mein Enkel geschwängert hat und dann einfach abgehauen ist.«

»Ich wusste nicht, dass sie schwanger war«, erwidert Rome genervt.

Dori hebt die Hand. »Er ist das schwarze Schaf der Familie. Nun ja. Sie sind beide schwarze Schafe. Er und sein Bruder Denver. Die zwei haben es noch nicht geschafft, endlich erwachsen zu werden. Würde ich ihn nicht so lieben, würde ich dir raten, die Beine in die Hand zu nehmen und um dein Leben zu laufen.« Sie dreht sich um und kneift ihm in die Wange. »Aber von seiner Beziehungsunfähigkeit abgesehen, ist er ein lustiges Kerlchen. Aber das weißt du bestimmt schon. Schließlich hast du die Kleine bekommen.«

»G'Ma D?« Hinter ihrem Rücken formt Romes Mund ein *Sorry*.

»Würden Sie sie gern halten?« Ich halte ihr Calista entgegen.

Überrascht reißt Rome die Augen auf. Verdammt, ich bin ja von mir selbst überrascht. Aber dass sie mir ihren ganzen Lebenslauf heruntergerattert hat, nur um ihre Enkelin zu halten, hat mich weich werden lassen.

Ich will, dass Calista das hat, was ich als Kind nicht hatte – eine Familie, die sie liebt und unterstützt.

»Hier.« Sie drückt ihre Tüten gegen Romes Bauch. Er hat Schwierigkeiten, sie zu greifen, schafft es aber schließlich. Ein paar Mal öffnet und schließt sie die runzligen Finger, bevor sie Calista entgegennimmt und sie wie ein Profi auf ihre Hüfte setzt. »Du bist so süß.« Sie kitzelt ihren Bauch, und Calista lacht, was Dori dazu antreibt, es zu wiederholen.

Rome lächelt mich an und beobachtet fasziniert, wie die beiden miteinander interagieren. Komischerweise bin ich kein bisschen eifersüchtig oder ängstlich. Ich habe keine Angst, dass mir diese Frau Calista wegnehmen könnte.

Als sich Dori jedoch umdreht und mit Calista den Bürgersteig hinabgeht, zerspringt mein innerer Frieden wie Kristall.

Bevor ich reagieren kann, schließt Rome zu ihr auf. »G'Ma D?«

»Ich dachte, wir würden in den Park gehen.«

Rome sieht mich an. Ich winke ab.

»Wii«, sagt Calista.

»Das stimmt. Wii. Schaukelst du gern?«, fragt Dori.

»Wii«, wiederholt Calista.

»ROME!«, ruft eine Männerstimme hinter uns.

Rome und ich drehen uns um, doch Dori bleibt nicht stehen. Ich beobachte sie genau, obwohl ich sie locker einholen könnte.

»Colin«, sagt Rome. »Was ist los?«

»Der Kühlschrank. Er ist so warm wie ein Sommertag in Florida.« Er hebt die Augenbrauen.

Der junge Kerl sieht mich an und grinst, als hätte ihm gerade jemand ein Geheimnis verraten. Vielleicht sollte ich mir ein Schild um den Hals hängen, auf dem ›Ich bin die Mutter von Rome Baileys Kind‹ geschrieben steht.

»Mist.« Rome sieht zuerst Dori an und dann mich.

»Geh ruhig«, sage ich.

»Aber …« Zögernd verlagert er das Gewicht von einem Fuß auf den anderen.

»Wirklich. Wir treffen uns dann im Park. Ich bin sicher, deine Großmutter lässt uns nicht entwischen.«

»Ich bin übrigens Colin.« Der blonde Kerl streckt mir seine Hand entgegen. Er ist süß. Eben der nette Junge von nebenan. Zu schade, dass ich eher auf Bad Boys stehe. Automatisch wandert mein Blick zu Rome, der unglücklich dreinblickt.

»Harley.« Ich gebe Colin die Hand.

»Okay. Bin gleich da, aber …« Rome greift in die Windeltasche und zieht mein Handy hervor.

Mein Blick wandert zu Dori, die sich auf dem Bürgersteig mit jemandem unterhält. Ebenfalls eine ältere Dame mit feuerrotem Haar. Ganz offensichtlich gefärbt. Zum Glück kann ich sie von hier aus beobachten, aber wer weiß, was sie dieser armen Frau gerade erzählt.

In diesem Moment klingelt Romes Handy in seiner Jackentasche.

»Jetzt hast du meine Nummer und ich deine. Nur zur Sicherheit.« Er steckt mein Handy zurück in die Tasche.

»Super.«

Er zwinkert und will die Hand auf meinen Rücken legen, doch ich weiche zurück. »Okay. Wir sehen uns dann im Park.« Dann joggt er los in Richtung seines Restaurants. Colin schlendert gemächlich hinter ihm her und sagt jedem Hallo, der ihm über den Weg läuft.

Tagsüber ist die Innenstadt von Lake Starlight idyllisch und gemütlich. Mit all den Läden, Bäckereien, Imbissen, Restaurants, dazwischen ein Versicherungsvertreter, ein Tierarzt und verschiedene Arztpraxen, hat man beinahe den Eindruck, man wäre an einem Filmset.

»Oh, da ist sie ja«, sagt Dori und winkt mich zu sich, als sie mich auf sich zukommen sieht.

»Hi«, sage ich zu der rothaarigen Frau.

»Harley, das ist meine gute Freundin Ethel. Sie wartet

noch auf ihren ersten Urenkel.« Wieder pikst sie Calista in den Bauch, doch diesmal windet sich die Kleine und streckt die Arme nach mir aus.

»Und Rome ist der Vater?«, fragt Ethel. Jetzt von Nahem sehe ich die etlichen Schichten Make-up und den leuchtend roten Lippenstift.

»Ja«, antwortet Dori an meiner Stelle. »Wo ist er eigentlich?«

»Irgendein Notfall im Restaurant. Wir treffen uns im Park.«

Calista hört nicht auf zu zappeln. Dori gibt schließlich auf und gibt sie mir. »Ja, wir gehen jetzt wii«, sagt sie mit großen Augen zu Calista. »Wir sprechen uns später, Ethel.«

»Steht unser Mahjong-Date heute Abend noch?«, fragt Ethel.

Dori sieht sie ausdruckslos an. »Sei doch realistisch, Ethel. Glaubst du wirklich, ich würde meinen Titel abgeben?«

Ich muss lachen.

Kurz funkelt mich Ethel böse an, bevor sie freundlich lächelt. »Wir sehen uns später. Es war schön, Sie kennenzulernen, Harley.«

»Ebenso«, erwidere ich und schließe zu Dori auf, die beschlossen hat, dass ihre Unterhaltung mit Ethel nun vorbei ist.

»Sie spielen Mahjong?«, frage ich. Erleichterung überkommt mich, als der Park in Sichtweite kommt.

»Man muss das Gehirn schließlich auf Trab halten. Ich

und meine Mädels probieren alle acht Monate ein neues Spiel aus.«

»Alle acht Monate?« Das erscheint mir ein ziemlich langer Zeitraum.

»Wir sind alt. Wir brauchen allein zwei Monate, um die Spielregeln zu verstehen. Dann bleiben noch sechs Monate, um die eigene Strategie zu perfektionieren. Mahjong habe ich ausgesucht«, erklärt sie stolz. Ich glaube, ich mag sie.

»Das finde ich großartig.«

»Mach dich nicht über mich lustig, Harley. Ich weiß, dass es total lächerlich ist, dass so alte Weiber wie wir ein Spiel in einer fremden Sprache spielen.« Sie winkt jemandem zu, der Calista und mich neugierig beäugt. »Kümmere dich nicht um sie. Lake Starlight ist neugierig. Daran wirst du dich gewöhnen müssen.«

»Ich habe nicht vor, lange zu bleiben ...«

Sie nickt. »Ich wurde schon in Lake Starlight geboren. Ich verstehe, warum manche Menschen es nicht mögen. Die Bewohner stecken immer ihre Nasen in fremde Angelegenheiten. Es gibt da diese Klatschseite namens Buzz Wheel. Alles, was man tut, kann auf diesem Blog landen. Und dann können es alle lesen. Und wenn man dann auch noch eine Bailey ist ...«

»Ich bin aber keine Bailey.«

»Sie aber.« Sie deutet mit dem Kopf auf Calista.

Ich setze sie auf die Schaukel und erwähne nicht, dass auf Calistas Geburtsurkunde mein Name steht. Sullivan.

»Es muss schwer sein, sie ganz allein großzuziehen.

Hast du Familie, die dir hilft?« Sie schubst Calista an, die fröhlich kichernd die Beine baumeln lässt.

»Ich habe Freunde, die mir helfen.« Ich lehne mich mit der Schulter gegen das Holzgerüst.

Es sind nur wenige Leute im Park, denn es liegt immer noch überall Schnee. War es nicht Romes Idee? Und jetzt sind *wir* diejenigen, die draußen in der Kälte stehen?

»Keine Familie?«, hakt Dori nach.

Am besten lege ich gleich die Karten auf den Tisch, denn ich werde es sowieso nicht schaffen, diese Frau vom Thema abzubringen. Sie wird auf keinen Fall nachgeben. Als wäre ich eine Auster – und sie will an meine Perle kommen.

»Man hat mich als Kind vor einer Feuerwache ausgesetzt. Dann bin ich von Pflegefamilie zu Pflegefamilie gewandert, bis ich achtzehn wurde.«

Sie schubst Calista weiter an, ohne mich anzusehen. »Das tut mir leid. Das war bestimmt schwer für dich.« Zum ersten Mal höre ich so etwas wie Sorge in ihrer Stimme. »Ich wünschte, meine undankbaren Enkelkinder wüssten, wie gut sie es haben.«

»Es geht mir gut.« Mit meiner Kindheit habe ich schon vor langer Zeit Frieden geschlossen. Oder besser gesagt mit meiner nicht vorhandenen Kindheit.

»Das glaube ich dir, Süße.« Sie lächelt, aber es wirkt gekünstelt.

Sie ist es nicht wert, dass ich ihr das Gegenteil beweise, sage ich mir selbst. Dass ich in Pflegefamilien aufgewachsen bin, definiert mich nicht als Menschen.

»Du meintest, du würdest nicht lange bleiben. Wo lebst du? Seattle?«

Calistas Kopf sinkt auf ihre Brust. Das Schaukeln und die frische Luft haben sie bereits müde gemacht. Ich wünschte, ich hätte den Kinderwagen mitgebracht.

»Ja. Da leben wir.«

Dori nickt. Dann hält sie die Schaukel an und hebt Calista aus dem Sitz. Kurz flattern ihre Lider, bevor ihre Augen komplett zufallen, den Kopf auf Doris Schulter. Wortlos setzt sich Dori mit ihr auf eine Bank.

Calista ist so eine Verräterin. Warum kann ich keine Tochter haben, die wie ein Klammeraffe an mir hängt und nichts mit Fremden zu tun haben will?

»Hast du dort einen Job?«, fragt Dori.

Ich zucke mit den Schultern. »Ich bin Kellnerin in einer Bar am Flughafen. Und ich gehe zur Schule.«

»Schule? Was für eine Schule?«

»Massagetherapie.« Ich setze mich neben sie und beobachte, wie Calista mit offenem Mund schläft. Ihr Zeitplan ist vollkommen durcheinander. Die Nacht wird bestimmt der reinste Albtraum.

»Oh, ich war auch schon mal bei der Massage. Meine Enkelkinder hielten es für ein gutes Geschenk zum Muttertag. Aber mal ehrlich. Keiner will eine über siebzigjährige Frau massieren. Ich bin trotzdem hingegangen. Wenn man alt ist, kümmert einen so etwas nicht mehr.«

Ich muss lachen.

»Meine Masseurin hat mir erzählt, sie sei aus den unteren achtundvierzig Staaten hierhergezogen, weil sie in

Alaska besser bezahlt würde. Ich meine, ja, die Lebenshaltungskosten hier oben sind höher, aber sie meinte, sie würde das Doppelte bekommen. Unglaublich, oder?«

Das war ja klar. Ausgerechnet mit dem, was ich mache, verdient man hier das Doppelte. Und wie gut, dass ausgerechnet Dori davon weiß.

»Ich bin noch in der Ausbildung. Ich muss noch einen Kurs belegen.«

»Oh. Nur noch einen Kurs?«

»Ja. Aber Calista hat gesundheitliche Probleme. Deswegen musste ich aussetzen. Denn zwischen Arbeiten und Arztterminen ...« Ich halte inne. Diese Frau war selbst Mutter. Sie weiß, was es bedeutet.

»Was hat Calista denn?« Sie runzelt die Stirn.

Es bringt nichts, es zu verschweigen. Ich glaube, in dieser Familie behält sowieso keiner etwas für sich. Zumindest Dori scheint alles zu wissen.

Ich erkläre, was Calista hat und was es bedeutet, während sich Doris Stirn immer tiefer in Falten legt. »Deshalb bin ich hier. Damit Rome einen DNA-Test macht. Da ich keine Ahnung habe, woher ich komme, will ich, dass sie wenigstens die Krankengeschichte väterlicherseits kennt.«

»Wie gut, dass wir uns begegnet sind. Du musst mich unbedingt besuchen kommen. Dann zeige ich dir Calistas langen Stammbaum und erzähle dir alles über die Krankheiten der einzelnen Familienmitglieder.«

»Das ist sehr nett von Ihnen, aber ich brauche nur seine DNA. Das ist alles.«

Sie schweigt eine Weile, während sie Calistas Rücken

streichelt. »Und sobald du seine DNA hast, gehst du zurück nach Seattle?«

Ich schiebe den Finger unter Calistas Hand, die auf Doris Schulter liegt, und starre meine Tochter an. »Ja. Aber Rome hat mich gebeten, eine Woche zu bleiben. Dann wird er den Test machen.«

Sie lächelt. »Rome ist mein klügstes Enkelkind. Wusstest du das?« Dann zwinkert sie.

Sie denkt, Rome könnte mich davon überzeugen, zu bleiben. Aber sie wissen noch nichts von Shane. Einer meiner Freunde ist nämlich mehr als nur ein Freund.

Kapitel 10

ROME

An der Kreuzung bleibe ich stehen und warte darauf, dass ich die Straße überqueren kann. Ich bin so schnell gerannt, dass ich jetzt nach Atem ringen muss. Wer weiß, was aus G'Ma Ds Mund kommt?

Oh, Mann, ich habe überhaupt keine Kondition mehr. Ich brauche dringend mehr Cardio in meinem Leben. Und jetzt bin ich auch noch Vater. Ich weigere mich, den Körper eines Dad zu haben. Es ist Zeit, das Sportprogramm zu intensivieren.

G'Ma D, Harley und Calista sitzen zusammen auf einer Bank. Calistas Kopf liegt auf G'Ma Ds Schulter, während die zwei Frauen ins Gespräch vertieft sind.

Ich wusste, dass es keine gute Idee war, die beiden allein zu lassen. Warum habe ich Colin überhaupt eingestellt, wenn er sich nicht mal um einen Kühlschrank kümmern kann? Zum Glück hat Jack von Hammer Time Hardware gute Kontakte. Innerhalb der nächsten Stunde wird jemand vorbeikommen, um das Ding zu reparieren.

Habe ich überhaupt Zeit, um Calista und Harley in mein Leben zu integrieren? Nein, verdammt. Kein bisschen. Ich werde in nur zwei Wochen mein Restaurant eröffnen. Ich Dummerchen hielt es für eine gute Idee, den Gründertag als Eröffnungsdatum auszuwählen. Als eine Art Hommage an meine Eltern. Doch jetzt kann ich nur noch daran denken, wie ich Harley dazu überreden kann, länger zu bleiben.

Sie hat erzählt, sie sei in Pflegefamilien aufgewachsen, was wahrscheinlich bedeutet, dass sie keine Eltern hat. Keine Familie. Was für ein dreckiger Gedanke. Sie hat in Seattle bestimmt Freunde und ein Leben. Ich kann nicht von ihr erwarten, dass sie ihre Sachen packt und hierherzieht.

Als die Straße endlich frei ist, jogge ich los und bekomme gerade noch den Rest des Gesprächs mit.

»Rome ist mein klügstes Enkelkind. Wusstest du das?«, fragt G'Ma D.

»Oh, G'Ma D. Ich liebe dich auch.« Ich beuge mich hinunter und gebe ihr einen Kuss. Ich komme mir vor wie ein eifersüchtiger Freund, als ich Calista auf ihrer Schulter schlafen sehe.

»Das hast du von mir.« Sie zwinkert. »Ich sollte jetzt besser gehen.« Sie steht auf, übergibt Calista an Harley, die mich entgeistert anstarrt, während sie versucht, meine Kleine wieder zum Schlafen zu kriegen.

»Das ging aber schnell.« Doch ich will mich nicht beschweren. Ich dachte, sie würde den ganzen Tag an uns kleben.

»Was denn? Ich kann nicht ewig hier herumsitzen. Ich

habe Dinge zu erledigen.« Dann lehnt sie sich weiter zu mir. »Aber war ich die Erste?«

Ich ziehe die Augenbrauen zusammen. »Die Erste was?«

»Die erste Bailey, die sie auf den Arm nehmen durfte.« Sie lächelt schon jetzt, als hätte sie gerade für irgendwas den Hauptpreis gewonnen.

»Ähm ... ja. Abgesehen von mir.«

Sie tätschelt mir den Arm. »Gut. Und jetzt muss ich üben. Ich habe heute Abend ein wichtiges Spiel.« Sie beugt sich herunter, gibt Harley einen Kuss auf die Wange und Calista einen auf den Kopf. »Bis bald.«

»Okay«, erwidert Harley verwirrt. »Viel Glück heute Abend.«

»Wofür?«, frage ich.

Doch G'Ma D ignoriert mich und winkt zum Abschied. »Oh, ich brauche kein Glück. Aber danke trotzdem.«

Ich setze mich auf ihren Platz.

»Sie ist lustig.« Harley reibt Calista den Rücken.

»Sie ist vollkommen irre. Sag's ruhig. Ich bin auch nicht beleidigt.« Ich bin überrascht, dass Calista sofort wieder eingeschlafen ist.

»Der Kühlschrank?«

»Der Elektriker wird innerhalb der nächsten Stunde da sein.«

Sie nickt. »Wann eröffnest du?«

»In ein bisschen mehr als zwei Wochen.« Ich fummle am Saum meiner Jacke herum.

»Das ist großartig. Dass du dein eigenes Restaurant hast. Das ist ein großer Schritt.«

Ich sehe sie an. »Ja. Innerhalb eines Monats Vater *und* Restaurantbesitzer. Große Veränderungen für Rome Bailey.«

Ihre Schultern sacken leicht zusammen.

»Ich wollte nicht sticheln.« Ich drehe mich weiter zu ihr.

»Ich könnte es dir nicht verübeln. Ich weiß nicht, wie ich dich hätte finden sollen. Ich habe eine Kollegin am Flughafen bestochen, nachzusehen, ob es irgendwelche Denvers gab, die am nächsten Morgen nach New York geflogen sind. Aber sie hat keinen gefunden. Da dachte ich mir schon, dass ich falsche Infos hatte.«

»Hey, lass es uns einfach vergessen. Ich bin nicht sauer. Wir hatten einen One-Night-Stand und haben ein wundervolles Baby produziert. Wir sollten jetzt nach vorne blicken. Ich weiß, dass ich dich nicht dazu zwingen kann, eine ganze Woche hierzubleiben.«

Während ich auf Jacks Rückmeldung gewartet habe, habe ich über unseren Deal nachgedacht. Und es ist nicht fair. Außerdem, glaube ich wirklich, dass sie sich innerhalb einer Woche in Lake Starlight verlieben wird? Verdammt, ich bin hier aufgewachsen, und selbst ich weiß, dass diese Stadt gewöhnungsbedürftig ist.

»Wie meinst du das?«, fragt sie.

»Ich habe in zwei Tagen den Termin. Wenn du danach zurück nach Seattle willst, kannst du gehen.«

Sie denkt nach. »Dann willst du also nicht …« Sie räuspert sich. »Okay, okay.« Dann steht sie auf und positioniert die immer noch schlafende Calista auf ihrer Schulter. »Kannst du mir sagen, wie ich zurückkomme?«

»Ich begleite dich.« Ich stehe auf.

»Nein. Du musst dich um deinen Kühlschrank, dein Restaurant und dein Leben kümmern. Schon gut.«

Offensichtlich ist gar nichts gut. Sie ist ganz wacklig auf den Beinen, und ihre Stimme klingt gepresst. Irgendwas ist los.

»Harley, was genau glaubst du, was ich vorhabe?« Wie G'Ma D schon sagte – ich bin der kluge Enkel. Ich kapiere schnell, dass Harley denkt, ich würde sie als alleinerziehende Mutter zurück nach Seattle schicken.

»Oh, du musst kein schlechtes Gewissen haben. Ich habe dich ganz schön überrumpelt. Mir ist es sowieso lieber, wenn ich mit ihr allein bleibe. Ich meine, als sie deine Grandma einfach akzeptiert hat, hat das schon ein bisschen den Beschützerinstinkt in mir geweckt. Ich ... ich habe nur meine Gedanken abschweifen lassen. Schon in Ordnung.«

Ich berühre ihren Arm und warte darauf, dass sie mich ansieht. Dann streichle ich Calistas Hinterkopf. »Ich bin ihr Vater. Ich *werde* Teil ihres Lebens sein. Wir müssen uns etwas einfallen lassen, wie ich sie regelmäßig sehen kann. Und ich werde Unterhalt zahlen. Aber es war falsch von mir, dich dazu zu zwingen, eine Woche hierzubleiben. Dir mit dem Test zu drohen. Ich hätte gern, dass du bleibst. Aber die Entscheidung liegt bei dir.«

Eine Träne rollt über ihre Wange. Und es kommen noch mehr. Doch als sie den Rücken strafft und tief Luft holt, bin ich sicher, sie wird keine weitere Träne mehr entwischen lassen.

»Willst du nicht, dass ich Teil ihres Lebens bin?«, frage ich.

Doch sie schüttelt den Kopf. »Nein. Das ist es nicht.«

»Warum bist du dann so traurig?«

»Willst du sie?«, fragt sie.

»Aber natürlich will ich sie.«

Sie nickt und wendet den Blick ab. »Dann bleiben wir für eine Woche. Mach den Test, wann immer du willst. Ich verspreche dir, dass wir bleiben, damit du deine Tochter kennenlernen kannst. Danach müssen wir weitersehen. Ich kann es mir nicht leisten, für längere Zeit im Cozy Cottage B & B zu übernachten.«

Mein Magen blubbert vor Freude. Wie bei einem verdammten Mädchen. »Wirklich? Du willst tatsächlich bleiben? Für mich? Warum?«

Jetzt kommen noch mehr Tränen. Sie kramt in der Wickeltasche, was ziemlich schwierig ist mit Calista auf dem Arm. Also nehme ich sie ihr ab und drehe sie um, damit sie den Kopf auf meine Schulter legen kann. Wir müssen ihr unbedingt einen Kinderwagen besorgen.

»Sie hat einen Dad, der sie vor nicht einmal vierundzwanzig Stunden kennengelernt hat. Trotzdem ist er bereit, sein Leben auf den Kopf zu stellen, um sie zu integrieren. Das kann ich ihr nicht nehmen. Ich weiß, wie es sich anfühlt, so etwas nicht zu haben.« Mit einem Taschentuch wischt sie sich die Tränen weg.

Mein Herz schmerzt für Harley. Aber ich weiß, dass sie kein Mitleid will. Also gebe ich mir Mühe, mir nichts anmerken zu lassen.

»Du dachtest, es wäre für mich in Ordnung, sie nie wieder zu sehen?«

Sie zuckt mit den Schultern.

»Ich glaube, ich muss nicht nur Calista kennenlernen, sondern du musst auch mich kennenlernen.« Ich lege den Arm um ihre Schultern. »Fangen wir damit an, dass ich dich füttere.«

Sie lacht. »Mich füttern? Ich bezweifle, dass du in deinem schicken Restaurant irgendwas anbietest, das ich mag.«

Ich schnaube. »So wenig Vertrauen in meine Fähigkeiten. Ich hoffe, du hast Hunger. Aber eins nach dem anderen. Wenn ihr für eine Woche bleibt, brauchen wir zuerst einen Kinderwagen.« Ich führe uns zur Sweet Home Baby Boutique, wo ich stolz den ersten Einkauf für meine Tochter tätige.

• • •

Eine Stunde später sitzen Harley und Calista in meinem Restaurant an einem Fensterplatz. Calista sitzt in einem Hochstuhl und isst Makkaroni mit Käse, während ich versuche, den Kinderwagen zusammenzubauen.

»Nein. In der Anleitung steht, dass Teil E und Teil …« Colin wedelt mit der Anleitung vor meinem Gesicht herum. Ich reiße sie ihm aus der Hand und feuere sie zu Boden.

Verdammte Scheiße. Ich weiß nicht, ob ich will, dass Calista in diesem Ding sitzt, sobald ich damit fertig bin.

»Ich helfe dir.« Harley will aufstehen.

Doch ich hebe die Hand. »Nope. Ich schaffe das schon.«

Als bräuchte ich noch mehr Zuschauer, kommen auch noch zwei Vollidioten ins Restaurant.

»Wir haben geschlossen«, sage ich und sehe Colin an. »Schmeiß sie raus.«

Er blickt besorgt drein, denn er ist kein besonders großer Kerl. Um ehrlich zu sein, ist er dazu noch ziemlich dürr, aber mit einem Messer kann er umgehen. Deshalb ist er auch mein Souschef.

»Wir gehören zur Familie.« Denver setzt sich neben Calista und pflückt ihr eine Nudel aus dem Haar.

»Nur einer von euch«, bemerke ich und breche ein Plastikteil entzwei. »Fuck.«

»Fuk«, sagt Calista. Harley starrt mich an und atmet lange und genervt aus.

»Willst du mir etwa weismachen, du hättest in ihrer Gegenwart noch nie geflucht?«, frage ich.

Schweigend nippt Harley an ihrer Limonade. Doch ihr freches Grinsen verrät mir, dass Calista das Wort schon längst kennt.

»Ich habe mich noch gar nicht richtig vorgestellt. Ich bin Denver.« Er streckt ihr die Hand entgegen.

Harley schüttelt sie und mustert sein Gesicht. Das passiert immer. Sie versucht herauszufinden, wie sie uns auseinanderhalten kann. Denver hat eine kleine Narbe am Kinn. Mit sechs Jahren hat er unter der Dusche Spiderman gespielt und ist hingefallen. Und meine Mom meinte immer, meine Nase sei ein wenig breiter. Aber das ist mir ehrlich gesagt noch nie aufgefallen.

»Ich bin Liam.« Unser Kumpel streckt ihr seine Hand

hin. Sie schüttelt sie und starrt den Berg von einem Mann fasziniert an. Auch Calista legt den Kopf in den Nacken und sieht ihn mit großen Augen an. Süß. Als wäre er ein Riese.

Sie pikst ihm den Finger in den muskulösen, tätowierten Arm und wedelt mit den Armen.

»Du bist brillant. Ja, ein Vogel.« Denver fährt ihr durchs Haar, und sie lächelt ihn an.

Wir müssen ihr unbedingt beibringen, dass sie sich vor Fremden in Acht nehmen muss. Wobei man ihr das mit Denver nicht verdenken kann. Wahrscheinlich denkt sie, er wäre ich.

»Schön, euch kennenzulernen«, sagt Harley.

»Du baust das total falsch zusammen«, bemerkt Liam, setzt sich neben mich und nimmt mir die Teile aus der Hand.

»Dann mach du es doch.«

Ich setze mich neben Harley und lege den Arm auf ihre Rückenlehne. Als sie mich jedoch schräg von der Seite ansieht, ziehe ich ihn schnell zurück und lege die Hand in meinen Schoß.

»Hunger?«, frage ich meinen Bruder.

»Immer«, erwidert Denver, greift nach einer Gabel und klaut eine von Calistas Nudeln. »Und?«, fragt er kauend. »Was machst du so, Harley?«

»Ich kellnere und mache eine Ausbildung zur Masseurin.«

Denvers Mundwinkel biegen sich nach unten. Ich weiß, dass er mich gleich blamieren wird.

»Massage? Aber nicht mit Happy End, oder? Habt ihr

euch so etwa kennengelernt? Hast du an Rome geübt? Unterhalb der Gürtellinie kann man uns nämlich unterscheiden.«

»Ja. Meiner ist größer.« Ich grinse.

Denver lacht.

»Erzähl mal, Denver. Wie viele Massagen mit Happy End hattest du schon?«, scherzt Harley.

Er hebt die Hand. »Noch gar keine. Dafür muss ich nicht bezahlen.«

»Aber du kennst Etablissements, die so etwas anbieten?« Sie schlägt die Beine übereinander und stützt die Ellbogen auf den Tisch. Inzwischen wird mir immer klarer, warum ich mit ihr geschlafen habe. Ihre Schlagfertigkeit ist verdammt sexy.

»Die kennt doch jeder.« Er zuckt mit den Schultern.

»Ich nicht.« Sie reißt die Augen auf und sieht mich an. »Rome?«

»Nope.« Ich schüttle den Kopf.

Denver grinst mich frech an.

»Liam?«

Liam ist schon halb fertig mit dem Kinderwagen. Verdammter Angeber.

»Noch nie. Ich gehe nur wegen meiner Rückenschmerzen zur Massage. Die kriege ich immer, weil ich mich den ganzen Tag vornüberbeugen muss. Ich habe noch nie von einer Masseurin gehört, die ihre Hände an verbotene Stellen wandern lässt.« Er blickt nicht auf, während er weiter die Anleitung liest. Es wurmt mich, dass er sich auf eine Unterhaltung konzentrieren, eine Frage beantworten und gleichzeitig einen Kinderwagen zusammenbauen kann.

»Wie auch immer.« Denver schnappt sich die Gabel und will Calista noch mehr Nudeln klauen, doch sie zieht die Schüssel zu sich und drückt sie an ihre Brust.

»Meins!«

»Mann, keiner hier hat mich lieb.« Denver tut, als würde er schmollen. Calista beobachtet ihn aufmerksam, bevor sie ihm die Schüssel wieder zuschiebt. »Scheiße, ich liebe sie schon jetzt.« Er lächelt zuerst Harley an und dann mich.

»Schei«, sagt Calista, und Harley wirft die Hände in die Luft.

»Fertig.« Liam springt auf und schiebt den Kinderwagen ein paarmal vor und zurück.

»Wer zum Teufel bist du? Galileo?«, fragt Denver.

Alle schnappen nach Luft.

»Du kennst Galileo?«, frage ich.

Er schüttelt den Kopf und löst Calistas Sicherheitsgurt. »Nur du und ich, Mädchen.« Dann tanzt er mit ihr durchs Restaurant. »Scheiß auf die anderen.«

Calista berührt sein Gesicht und strahlt ihn an, als wäre er der lustigste Kerl auf der ganzen Welt. Harley sieht mich kurz an. Kein Lächeln. Nichts. Dann wandert ihr Blick wieder zu den beiden. Hier gibt es so viel Liebe für Calista. Ich frage mich, wie viel Liebe es für sie in Seattle gibt.

Kapitel 11

HARLEY

Rome hat diese Woche jeden Tag mit Calista und mir verbracht. Wir sind in den Park gegangen, haben Grandma Dori in der Seniorenresidenz besucht, waren bei Romes Elternhaus und haben das Grab seiner Eltern besucht. Die meiste Zeit trägt er Calista, und ich schiebe den teuren Kinderwagen, den er ihr gekauft hat. Ihre Beziehung wird jeden Tag inniger.

Wir haben den Labortermin auf Ende der Woche verschoben. Aber heute holt er mich ab, damit ich ihn zum DNA-Test begleite. Wir gehen allein. Da wir nicht wissen, wie lange es dauern wird, bleibt Calista bei Selene. Ich bin nicht mal sicher, warum ich ihn überhaupt begleite. Eigentlich gibt es keinen Grund, dabei zu sein. Aber er hat gefragt, ob ich mitkäme, und ich habe Ja gesagt. Mit einem Mal fühlt sich alles so endgültig an. Das letzte Häkchen auf unserer langen Liste, bevor wir zurück nach Seattle fliegen.

Shane hat mir gestern Abend übrigens geschrieben. Die Situation ist so kompliziert, dass ich keine Ahnung habe, wo ich anfangen soll. Er hat seinen großen Fall abgeschlossen und meinte, er freue sich, mich bald wiederzusehen. Er wird uns in Seattle vom Flughafen abholen.

Als Romes Truck vor dem Haus hält, greife ich nach meinem Mantel und verabschiede mich von Selene.

»Eine gute Zeit in Anchorage. Und gute Fahrt.« Calista sitzt auf Selenes Hüfte.

Es war schön, diese Woche Selenes Unterstützung zu haben. Sie hat ein paarmal auf Calista aufgepasst, sodass ich ein wenig Zeit hatte, um online nach Kursen zu suchen, um meine Ausbildung endlich abzuschließen. Es ist schön, Menschen um sich zu haben, die einem helfen. Selene ist fast wie eine Mutter. Nicht, dass ich wüsste, wie es ist, eine zu haben.

»Danke.« Ich gebe Calista einen Kuss. »Sei schön brav.«

Calista zieht an Selenes Haar und starrt sie an. Japp, wir haben uns beide schon an die neue Situation gewöhnt. Das ist nicht gut.

Rome klopft an. Als ich die Tür öffne, steht er da. Wie jeden anderen Tag der Woche auch. Aber ich schwöre, er wird jedes Mal heißer, wenn sich diese Tür öffnet. Heute trägt er Jeans und Sweatshirt, darüber eine Jacke. Das Haar hat er zurückgegelt. Es ist nicht so schön verwuschelt wie sonst. Sein Bad-Boy-Vibe ist einer braveren Version gewichen. Ich weiß noch nicht, welcher Look mir besser gefällt. Ihm steht beides.

»Da!«, sagt Calista, und unsere Köpfe schnellen zu ihr herum.

»Was?« Rome stürmt an mir vorbei und streckt ihr seine

Arme entgegen. Calista lehnt sich nach vorn, und Selene reicht sie ihm.

»Da! Da!«, wiederholt Calista. Rome hält sie hoch in die Luft und schaukelt sie hin und her, wie sie es am liebsten mag.

»Das ist richtig! Dada.« Er deutet auf sich und drückt sie an sich.

Selene zieht sich zurück, um uns ein wenig Raum zu geben für Calistas neue Erkenntnis. Nicht, dass sie wüsste, was das Wort bedeutet, aber Rome wiederholt es jeden Tag. Inzwischen ist es wohl hängen geblieben.

Rome drückt sie an seine Brust, die Hand an ihrem Hinterkopf, und grinst mich über ihre Schulter breit an. Es ist ein Grinsen, das sagt: »Dieses Mädchen werde ich niemals hergeben.« Und ich kann es ihm nicht verübeln. Ich werde sie auch niemals hergeben.

»Dada und Mommy müssen etwas erledigen. Du bleibst solange bei Tante Selene, okay?« Während er mit ihr spricht, hält er sie in die Höhe und sieht ihr in die blauen Augen.

Er dreht sie um, legt die Hand unter ihren Bauch und tut, als wäre sie ein Flugzeug, während er sie Selene überreicht.

Wie kitschig. Und wie süß. Ich hätte es nie für möglich gehalten, dass ein Mann wie Rome in Babysprache spricht und mit unserer Tochter Flugzeug spielt.

Ich hätte auch nie gedacht, dass ich ein schlechtes Gewissen haben würde, wenn sie ihn Dada nennt, denn in nur zwei Tagen werde ich sie voneinander trennen.

»Fahrt jetzt besser los. Ihr wisst schon. Der Verkehr.« Selene zwinkert und scheucht uns zur Tür.

Rome gibt Calista einen letzten Kuss auf den Kopf, bevor er mir die Tür öffnet.

Ich weiß, dass ich Selene vertrauen kann. Ich musste Calista schon häufig einem Babysitter überlassen, wenn ich arbeiten oder zur Schule musste. Trotzdem ist da immer diese Angst, dass sie nicht mehr da ist, wenn ich zurückkomme.

»In Alaska gibt es so was wie Verkehr?« Ich hebe eine Augenbraue.

»Hey, Alaska ist überaus beliebt.« Mit einer Handbewegung scheucht mich Rome zur Tür hinaus.

»Tschüss, Selene. Wird nicht allzu lange dauern«, sage ich und werfe Calista eine Kusshand zu. Sie kapiert sofort, was los ist, und schiebt die Unterlippe nach vorn.

»Geht jetzt, Rome«, sagt Selene, denn sie weiß, was gleich passieren wird.

Calista fängt genau in dem Moment an zu weinen, als Rome die Tür zuzieht.

Ich greife nach dem Türknauf, halte dann aber inne.

»Worauf wartest du? Los. Hol sie. Wir nehmen sie mit«, sagt Rome besorgt.

Ich sehe ihn an. So habe ich ihn jetzt schon ein paarmal erlebt. Die Anspannung in seiner Stimme, seine Bereitschaft, an mir vorbeizupreschen, um sie zu holen. Ich lege das Ohr an die Tür und höre Selene singen. Als Calistas Weinen verstummt, nehme ich die Hand vom Türknauf.

»Was habe ich verpasst?«, fragt er.

Ich lege die Hand auf seinen Unterarm und deute mit dem Kopf in Richtung Bürgersteig. »Lass uns gehen. Selene schafft das schon.«

Rome bleibt auf der Veranda stehen, unsicher, ob er mir glauben oder lieber die Tür niederreißen soll. Zum Glück folgt er mir schließlich zu seinem Truck.

Dann geht es auf nach Anchorage. Seine Rockmusik ist zwar so leise, dass wir uns unterhalten könnten, aber worüber sollten wir reden?

Ja, okay. Erwischt. Wir könnten ein ganzes Meer mit Problemen füllen, die wir lösen müssen. Warum nicht jetzt darüber sprechen? Also drehe ich mich zu ihm.

Mit den Daumen klopft er den Takt der Musik auf dem Lenkrad mit. Er ist wirklich verdammt attraktiv. Egal, sage ich mir selbst. Es hat mich nicht zu kümmern.

»Sicher, dass es für dich okay ist, den Test zu machen?«, frage ich.

Er nickt und lächelt. Es ist das Lächeln, bei dem jede Frau sofort das Höschen ausziehen würde. »Für Calista würde ich alles tun. Scheiße. Apropos.« Er greift nach seinem Handy in der Mittelkonsole, tippt darauf herum, ohne den Blick von der Straße abzuwenden, und reicht es mir. »Hast du schon von Buzz Wheel gehört?«

»Ich habe euch alle schon deshalb stöhnen hören.« Ich blicke hinunter auf das Display. Rome hat die Buzz-Wheel-Seite geöffnet. Hübsches blau-schwarzes Logo und alles.

»Sieh es als eine Art Aufnahmeritual. Sie haben über uns geschrieben. Ich wollte, dass du es weißt. Falls dich die Leute komisch ansehen oder dich beim Namen ansprechen.«

Schaudernd beginne ich, den neuesten Blogeintrag zu lesen.

VATER GEFUNDEN

Die neue Frau in der Stadt mit dem Baby im Schlepptau ist Harley Sullivan. Das Mädchen heißt Calista. Der Vater des Kindes? Kein Geringerer als Rome Bailey. Ich weiß. Ich hätte auch meine Hand dafür ins Feuer gelegt, dass es Denver ist. Obwohl ich gehört habe, dass es eine Verwechslung gab. Also, wer weiß? Die zwei Neuzugänge wurden schon überall in Lake Starlight gesichtet, immer begleitet von Rome, der wohl den Tourguide spielt. Kann es die Kleine schaffen, einen der verrückten Bailey-Zwillinge zu zähmen? Ich glaube, ich spreche für uns alle, wenn ich laut JA sage! Egal, ob Mama und Dada zusammenkommen – es gibt auf jeden Fall etwas zu feiern, denn die Baileys heißen eine neue Generation willkommen. JUHU!

Ich scrolle weiter nach unten.

Noch eine Meldung. Anscheinend fällt der Apfel tatsächlich nicht weit vom Stamm. Karen Radcliffe, Holly Radcliffes (schon bald Holly Bailey) Mutter, und Brian Canmore wurden im Hinterzimmer von Lard Have Mercy dabei erwischt, wie sie mit Schlagsahne herumgespielt haben. Ich glaube, ich spreche für uns alle, wenn ich sage, ich würde immer noch den Pecan Pie bestellen – aber ohne Sahne. Die Radcliffes haben wohl eine Schwäche für Sex in der Öffentlichkeit. Holly und Austin schaffen es auch nicht, im heimischen Schlafzimmer zu bleiben.

Dann folgt noch eine E-Mail-Adresse, an die man Nachrichten und Fotos schicken soll.

»Was ist das? Die Highschool?« Ich lege das Handy zurück in die Mittelkonsole.

»Ja, so in der Art. Aber irgendwie bringt es die Bewohner auch enger zusammen.«

Ich sage nichts. Aber ich kann die Faszination nachvollziehen. »Erzähl mal. Wie viel von einem Bad Boy steckt tatsächlich in dir?«

Er lacht leise, verlässt Lake Starlight und fährt auf den Highway. Beim Gedanken, dass ich mich immer weiter von Calista entferne, zieht sich mein Magen zusammen.

»Wir sind hier in einer Kleinstadt. Das meiste ist Gerede. Außerdem kann es in so einer Stadt ganz schön öde werden. Denver, Liam und ich wollen eben ein wenig Spaß haben. Auf unsere Art.«

Ich drehe mich weiter zu ihm. Seine langen Finger trommeln noch immer auf dem Lenkrad herum. »Du hast meine Frage nicht beantwortet.«

Sein Gesichtsausdruck verrät, dass ich ihn erwischt habe. Er zuckt mit den Schultern. »Wie definierst du einen Bad Boy?«

»Auf keinen Fall. Du stellst mir jetzt keine Gegenfrage, um der Antwort aus dem Weg zu gehen.«

Sein Lachen erfüllt den Innenraum des Wagens und umhüllt mich wie eine warme Decke. Habe ich deshalb vor zwei Jahren mit ihm geschlafen? War seine flirtende Art damals auch schon so verführerisch? Wahrscheinlich schon.

»Falls deine Interpretation eines Bad Boy die ist, dass man jede Nacht mit einer anderen Frau schläft, dann nein. Dann bin ich kein Bad Boy.«

Schnaubend verdrehe ich die Augen.

»Ich will damit nicht sagen, dass ich ein Heiliger bin. Ich schlafe nicht mit Frauen, weil ich eine Beziehung will. Es geht rein um Sex. Aber ich gehe nicht jeden Abend ins Lucky's, um Frauen abzuschleppen.« Er sieht mich schräg von der Seite an und überholt einen LKW. »Ich weiß, dass du das nur schwer glauben kannst. Für gewöhnlich suche ich weibliche Gesellschaft, wenn ich wütend oder traurig bin.«

»Weibliche Gesellschaft?«

»Soll ich lieber einen Fick sagen?«

Ich schüttle den Kopf.

»Keine Sorge. Ich bin kein Blödmann. Ich weiß genau, warum ich es tue.«

»Und warum?«

Er blickt zur Seite und wechselt wieder auf die rechte Fahrspur. »Frauen helfen mir dabei, meinen Ärger zu vergessen. So einfach ist das.«

»Du hast keinen Sex, wenn du glücklich bist?«

»Kommt darauf an, wo ich bin. Wenn ich mit meinem Bruder und Liam zusammen bin, bauen wir für gewöhnlich Scheiße, wenn wir gut drauf sind. Dumme Scheiße, die meistens den Sheriff involviert.«

»Okay, dann bist du ziemlich weit oben auf der Bad-Boy-Skala.« Ich versuche, mich auf die herrliche Aussicht auf die Berge zu konzentrieren und den Gedanken beiseitezuschieben, dass Männer wie Rome Bailey keine feste Beziehung eingehen. Im Laufe der Jahre hat es unendlich viele Männer gegeben, von denen ich dachte, ich könnte sie ändern. Und ich werde Rome nicht dieser Liste hinzufügen.

Deshalb ist es mit Shane so einfach. Er weiß, was er will. Er zeigt seine Gefühle ganz offen. Er ist stabil. Ein guter Kerl. Berechenbar.

»Was ist mit dir?«

»Was?« Für den Moment verdränge ich Shane aus meinen Gedanken.

»Du hast mit mir geschlafen. Heißt das, du bist ein Bad Girl?«

»Ich habe vor langer Zeit gelernt, dass Sex nur Sex ist. Und ich finde, ich habe das Recht, Sex mit wem auch immer zu genießen. Es muss nicht immer an Bedingungen geknüpft sein.«

»Das dachte ich bei uns auch. Und jetzt sitzen wir hier mit einem dicken Bungee-Seil zwischen uns. Calista wird uns für immer verbinden.«

Das ist mir erst in den letzten Tagen wirklich bewusst geworden. Je enger die Beziehung zwischen ihm und Calista wird, desto klarer wird mir, dass er sie nicht mehr verlassen kann. Dass mein kleines Mädchen einen Vater verdient. Sie hat es verdient, alles zu haben, was ich nicht hatte.

»Das stimmt.« Ich lasse den Blick aus dem Fenster schweifen und frage mich, was die Zukunft wohl bringen mag. Wie werden wir das mit der Entfernung regeln? Co-Elternschaft? Finanzielles?

»Lass uns den Test hinter uns bringen. Danach gehen wir was essen und sprechen über unsere Pläne.«

Rome kann wohl Gedanken lesen. Ich kann nicht weiter in diesem Schwebezustand leben. Ich muss wieder zur Schule und zur Arbeit. Sonst verliere ich noch beides.

Ich muss zurück in mein *richtiges* Leben.

Kapitel 12

ROME

Ich bestelle für uns beide in meinem Lieblingsfischrestaurant mit Blick auf den Golf von Alaska. Es ist ein einfacher Laden mit Plastiktischdecken auf Holztischen. Die Krabbenbeine werfen sie einem einfach auf den Tisch, dazu gibt es Butter und Cocktailsoße in Plastikbehältern.

»Ich sollte besser Selene anrufen.« Harley greift nach ihrem Handy.

»Ich habe ihr geschrieben, als du auf der Toilette warst. Calista schläft.«

Sie wirft einen Blick auf ihr Smartphone und nickt. »Schlafenszeit.«

»Ja.« Ich kenne den Zeitplan unserer Tochter nicht so gut wie Harley, aber inzwischen beginne ich, ihn mir einzuprägen.

Sie beobachtet die Fischerboote im Hafen. »Es ist wunderschön hier.«

Ich sehe sie an. Ich könnte jetzt kitschig sein und ihr sagen, dass sie auch wunderschön ist, aber ich glaube, darauf würde sie nicht gut reagieren. Und wenn ich will, dass das mit der Co-Elternschaft funktioniert, sollten wir besser keine sexuelle Beziehung eingehen.

Aber mir ist klar, warum ich damals mit ihr geschlafen habe. Sie ist umwerfend. Das nette Mädchen von nebenan, aber mit dem gewissen Etwas. Sie vergräbt ihre Gefühle ganz tief in ihrem Inneren. Ich glaube, sie würde niemals zugeben, dass sie leidet. Sie will niemandem ihre Verletzlichkeit zeigen.

Die letzten Jahre waren für sie bestimmt nicht einfach. Ich selbst habe mit meinem Restaurant zu kämpfen. Die zwei sind erst vor einer Woche in mein Leben getreten.

»Das mit der Massagetherapie ... Wie lange dauert es noch, bis du mit der Ausbildung fertig bist?« Ich richte mich auf meinem Stuhl gerader auf.

Sie wendet den Blick von den hart arbeitenden Fischern auf ihren Booten ab und sieht mich an. »Ich muss noch einen Kurs machen. Aber ich musste ihn verschieben, als Calista krank wurde.«

»Das tut mir leid.«

Sie schüttelt den Kopf. »Muss es nicht. Es ist nicht deine Schuld.«

»Trotzdem.« Ich rücke mein Besteck gerade.

Ich würde ihr gern erzählen, was ich bei meinen Recherchen herausgefunden habe, weiß aber nicht, wie sie reagieren wird.

»Das Blöde ist, dass meine Freundin Miranda gerade ihren Abschluss gemacht hat. Sie arbeitet bereits. Darauf bin ich irgendwie eifersüchtig, verstehst du?«

»Ein Freund von mir ist Spitzenkoch in einem bekannten Restaurant in New York. Ich verstehe dich. Ich bin den langen Weg gegangen. Bin durch Europa gereist, um zu lernen und meine Kochkünste zu verfeinern, während er direkt nach der Kochschule diese Stelle bekommen hat. Und jetzt bin ich wieder in Lake Starlight und eröffne hier ein Restaurant. Aber wie man so schön sagt ... Vergleich ist der Dieb der Freude.«

Sie nickt. »Das sage ich mir auch immer wieder. Und ich würde auch nichts ändern wollen. Unsere gemeinsame Nacht. Calista. Sie ist wirklich das Beste, was mir je passiert ist. Es ist nur ...«

»Was?« Ich lehne mich weiter zu ihr, denn je mehr sie sich öffnet, desto leiser wird ihre Stimme, und ich will nicht, dass sie aufhört zu reden. Ich finde es toll, dass sie mir genug vertraut, um mich wissen zu lassen, was sie denkt.

»Sobald ich zertifizierte Masseurin bin, kann das unser Leben verändern. Ich könnte abends öfter zu Hause sein. Wir könnten in eine größere Wohnung ziehen. Aber ich habe das Gefühl, mein Leben steht gerade still.«

Dieses Gefühl ist mir fremd. Ich bin schon immer rastlos gewesen. Hauptsächlich, weil es mir bisher zu langweilig erschien, mich häuslich niederzulassen. Nach Lake Starlight zurückzukehren, war eine schwierige Entscheidung, denn ich wusste, wo auch immer ich ein Restaurant eröffnen würde, würde es bedeuten, dass ich dauerhaft bleiben müsste. Schließlich habe ich beschlossen, wenn ich schon für unbestimmte Zeit irgendwo bleiben muss, dann in meiner Heimatstadt bei meiner Familie.

Ich beschließe, auch weiterhin meiner Lebensphilosophie treu zu bleiben, die kurz zusammengefasst *Scheiß drauf* lautet. »Ich habe nach Massagetherapiekursen hier gesucht.« Die Worte purzeln nur so aus meinem Mund.

Sie verzieht das Gesicht, greift nach ihrem Wasser und zieht so fest am Strohhalm, dass sich ihre Wangen nach innen wölben. Sie will es mir wohl schwer machen, was? »Warum?«

»Weil ich will, dass ihr bleibt.«

So. Jetzt habe ich es gesagt. Ich habe kein Problem damit, mich verletzlich zu zeigen. Und ich glaube, es ist keine Schwäche, zuzugeben, dass ich meine Tochter in meinem Leben haben will. Ich will, dass sie in Lake Starlight aufwächst.

»Rome.« Harley seufzt. »Wir haben ein Leben …«

»Was für ein Leben? Du kannst bei mir kellnern. Und wenn du nicht willst, finde ich einen anderen Job für dich. Du kannst deine Ausbildung abschließen. Ich habe acht Geschwister und eine ganze Stadt voller Menschen, die uns helfen werden. Was gibt es in Seattle für dich, was es hier nicht gibt?«

Wieder richtet sie den Blick aus dem Fenster. Ich beobachte sie genau. Etliche Emotionen huschen über ihr Gesicht. Ich glaube, sie hat keine Ahnung, wie transparent sie ist. Ich würde mein Restaurant darauf verwetten, dass sie denkt, sie könnte ihre Gefühle verstecken, aber ich sehe sie.

»Es gibt da etwas, das du wissen solltest. Etwas, das ich dir noch nicht gesagt habe.«

Meine Eingeweide verknoten sich. Als sie den Kopf wieder zu mir dreht, weiß ich, dass das, was sie mir jetzt sagen wird, alles zwischen uns verändern wird.

»Ich habe ... Es gibt da jemanden ... Ich habe in Seattle einen Freund.«

Zack.

Ich habe das Gefühl, von einem Tsunami überrollt zu werden, der mir die Luft zum Atmen nimmt. Warum habe ich das nicht in Betracht gezogen? Ich habe keine Beziehung, das heißt aber nicht, dass Harley auch keine hat. Sie ist wunderschön. Natürlich hat sie jemanden gefunden.

»Oh« ist alles, was ich hervorbringe.

Sie lehnt sich nach vorn. »Es ist nichts Ernstes. Aber auch nichts Lockeres.«

»Weiß er, warum du hier bist?«

Sie nickt.

»Denkt sie ...« Meine Stimme wird brüchig. »Denkt Calista, er wäre ihr ...«

»Nein.« Sie schüttelt den Kopf und sieht mich flehend an. »So ist es nicht. Sie haben sich kennengelernt, und du weißt ja, wie sie ist. Für sie ist keiner ein Fremder.«

Magensäure steigt in mir auf, und ich schlucke schwer.

Die Kellnerin kommt zu uns herüber und platziert die Krabbenbeine in der Tischmitte. Dann lächelt sie freundlich und fragt, ob wir sonst noch etwas bräuchten. Harley schüttelt den Kopf und verzieht die Mundwinkel nach unten. Ich starre auf die Plastiktischdecke und versuche zu begreifen, dass Harley einen Freund hat. Ich hatte gute Argumente, warum sie besser bleiben sollte. Jetzt habe ich nichts.

»Kann er dir in Seattle ein gutes Leben bieten?«, frage

ich und versuche, meine Eifersucht bezüglich seiner Beziehung zu Calista zu verdrängen.

»Er ist Anwalt.«

»Natürlich ist er das.« Die Worte kommen aus meinem Mund, bevor ich es überhaupt merke.

»Was soll das heißen?«

»Nichts.«

»Bitte verstehe doch ...«

Ich greife nach einem Krabbenbein und beginne, die Schale aufzuknacken. »Ich verstehe schon.«

Sie sinkt nach hinten. »Ich hätte nicht gedacht, dass dich das so treffen würde. Ich meine, das ist mein Leben. Wir betreten gerade ganz neues Terrain.«

»Und du wolltest mir nicht schon früher erzählen, dass du einen Freund hast? Einen festen Bestandteil in Calistas Leben?« Selbst ich höre die Verbitterung in meiner Stimme. Woher kommt bloß diese Eifersucht? Es geht hier um Calista, nicht um Harley. Nicht um uns als Familie. Es geht darum, dass ich Vater bin. Und ich kann verdammt noch mal kein Vater sein, wenn sie in Seattle leben und Calista irgendeinen Anwalt-Arsch öfter sieht als mich.

»Rome, das ist jetzt kindisch.«

Ich ziehe ein großes Stück Krabbenfleisch ab und lege es auf ihren Teller. »Fändest du es in Ordnung, wenn ich eine Freundin hätte und dir nichts davon erzählen würde?« Ja, okay, ich kapiere ja, dass ich mich gerade wie ein Idiot benehme. Wir kennen uns erst seit einer Woche. Ich muss mich jetzt zusammenreißen. »Egal. Lass uns einfach essen und überlegen, was wir tun sollen. Ich kann dich wohl nicht dazu überreden, zu bleiben und deinen Abschluss hier zu machen ... Wann hast du vor, zurück zu deinem Anwalt zu gehen?«

»Rome.« Sie seufzt erneut.

»Sorry ... Seattle. Wann willst du zurückfliegen?«

Sie zupft ein Stück Krabbenfleisch ab und tunkt es in die geschmolzene Butter. »In zwei Tagen.«

Mein Magen rutscht mir in die Kniekehle. »Und du hast wahrscheinlich nicht vor, zurückzukommen?«

Alles, was ich mir die letzten Tage ausgedacht habe, schwebt gerade wie ein Papierstapel zum Fenster hinaus.

»Vielleicht irgendwann mal. Aber es ist nicht so, als könnte ich mir Urlaub nehmen.«

»Verstehe.« Ich starre auf meinen Teller. »Ich lasse mir etwas einfallen, wie ich euch besuchen kann. Aber können wir wenigstens vereinbaren, dass wir ein paar Mal die Woche FaceTimen?«

Im Vergleich zu der Zeit, die ich diese Woche mit meiner Tochter verbringen durfte, ist das nur ein schäbiger Ersatz.

»Auf jeden Fall. Ich will sie dir nicht wegnehmen. Und Shane ...«

Ich hebe eine Augenbraue. »Der Anwalt?«

Sie nickt. »Er ist nicht ihr Vater. Und er tut auch nicht so. Darüber musst du dir keine Sorgen machen.«

»Okay.« Aber vielleicht wird er es eines Tages tun.

Dann widmet sie sich ihrem Krabbenfleisch. Immer mal wieder blickt sie zu mir auf, um zu überprüfen, ob alles in Ordnung ist.

Japp, alles super. Mir wurde innerhalb von nur einer Woche meine Tochter vorgestellt und wieder weggenommen. Einfach großartig.

Unterm Tisch wippe ich mit dem Knie und versuche, ein wenig von der angestauten Wut abzubauen. Ich muss dringend weg von ihr. Einen sicheren Ort für meine Gefühle finden. Wie kann ich bitte auf einen Typen eifersüchtig sein, den ich nicht mal kenne? Warum kümmert es mich überhaupt?

Calista, denke ich mir. Dieser Sturm der Gefühle, der in mir tobt, liegt allein an meiner Tochter.

Ja, das werde ich mir einfach weiter einreden. Früher oder später werde ich es bestimmt glauben.

Kapitel 13

HARLEY

Es klingelt an der Tür des Cozy Cottage B & B. Da aus Selenes Atelier *Heart of Gold* von Neil Young dringt, gehe ich davon aus, dass sie gerade mit ihrer Kunst beschäftigt ist. Also nehme ich Calista, die mit den Klötzchen spielt, die Rome ihr gekauft hat, auf den Arm und gehe mit ihr zur Tür.

Ich werfe einen Blick durch den Spion, beiße mir auf die Unterlippe und öffne. »Hi.«

»Komm her.« Dori reißt mir Calista aus dem Arm und deutet auf sich selbst. »Grandma Dori.«

Calista kennt sie bereits und befühlt ihr blaustichiges Haar.

»Du bist die Einzige, der ich erlaube, direkt nach dem Friseur mein Haar anzufassen.« Sie lächelt meine Tochter an, als würde sie sie seit dem Tag ihrer Geburt lieben.

Das ist das Merkwürdigste an der ganzen Sache. Diese Menschen lieben meine Tochter, weil sie einen Teil ihrer DNA in sich trägt. Ich verstehe ja, dass man sich einfach in sie verlieben muss. Aber sie haben alle schon eine Bindung zu ihr aufgebaut. Und ich bin froh, dass sie das haben wird, was ich als Kind nicht hatte – eine Familie, die sie liebt und will.

Auch wenn sie Tausende Kilometer entfernt sein werden. Dieser Gedanke macht mich nachdenklich.

»Hör zu. Ich wollte dich entführen …«, setzt Dori an zu erklären.

Ich reiße die Augen auf, und sie hebt die Hand.

»Nicht wirklich entführen. Aber ich will mit dir wohin fahren.«

»Ich nehme Calista besser wieder.« Ich strecke die Arme nach ihr aus.

Doch Dori drückt meinen Arm herunter. »Rome hat mir erzählt, dass ihr morgen zurückfliegt. Calista hatte noch gar keine Gelegenheit, ihre Tanten kennenzulernen. Dafür kannst du mir dankbar sein, denn ich habe ihnen mit Prügel gedroht, falls sie dich damit belästigen sollten, Calista sehen zu wollen. Du und Rome habt erst mal Zeit für euch gebraucht, um alles zu sortieren. Jedenfalls wollte ich dich durch einen Trick dazu bringen, auf einen Brunch zu Holly und Austin zu kommen. Doch Savannah hielt es für keine gute Idee. Meinte, du würdest mich dann nicht in guter Erinnerung behalten. Also bin ich nun hier und frage dich offen und ehrlich.«

»Und es scheint, als würde dir das überhaupt nicht passen.« Ich muss kichern.

»Ich regle die Dinge eben gern auf meine Art. Aber Savannah hatte schon irgendwie recht.« Sie lehnt sich nach vorn, als wäre Savannah in der Nähe. »Aber verrate ihr nicht, dass ich dir das gesagt habe.«

»Okay.«

»Okay. Kommst du nun mit? Freiwillig?«

Ich schüttle den Kopf. »Nein. Wir kommen nicht mit.«

»Siehst du? Genau aus diesem Grund wollte ich dich austricksen. Hör zu. Das wird lustig. Und du hast noch mal eine kleine Pause, bevor du dich wieder allein rund um die Uhr um Calista kümmern musst. Es gibt Wein. Und Holly ist eine ziemlich gute Köchin. Zwar nicht so gut wie ich, aber ich bin schließlich hier, um dich abzuholen. Ich konnte nicht beides machen. Bitte. Es sind ihre Tanten …« Sie schließt die Tür hinter sich und folgt mir ins Wohnzimmer.

»Dodo.« Calista tätschelt Doris Kopf.

»Nix Dodo«, erwidert Dori.

Ich muss mir auf die Unterlippe beißen, um mir das Grinsen zu verkneifen.

Calista legt den Kopf auf ihre Schulter. »Dodo«, wiederholt sie sanft.

»Warum sagt sie das? Hat sie in die Windel gemacht?« Dori dreht sie um und wirft einen Blick in ihre Windel. »Nope.«

»Ähm.«

»Dodo!«, ruft Calista nun lauter.

»Kein Dodo!«, erwidert Dori und sieht mich verdutzt an.

»Vielleicht nennt sie dich Dodo, weil sie Dori nicht aussprechen kann.«

Mit offenem Mund starrt sie mich an. »Oh nein. Es gibt schon genug Leute, die mich mit diesem dummen Fisch vergleichen. Ich lasse nicht zu, dass mich meine erste Urenkelin Dodo nennt.« Dann deutet sie auf sich selbst. »Planänderung. Nana.«

»Dodo!«

Wieder richtet sie den Zeigefinger auf ihre Brust. »Nana.«

»Dodo.« Calista will herunter und fängt an zu zappeln.

»Okay. Aber nur, wenn ihr mitkommt.« Dori nimmt meine Jacke vom Kleiderhaken und wirft sie mir zu.

»Ich sollte dich doch in guter Erinnerung behalten. Aber jetzt hast du komplett deine Manieren verloren.«

»Du solltest dich geehrt fühlen. Das bedeutet, dass ich dich wie Familie behandle.« Dann greift sie nach Calistas Mantel, setzt sie auf den Boden und beugt sich hinunter, um sie anzuziehen. »NANA zieht dir jetzt deinen Mantel an.« Sie schreit Nana förmlich, als würde sie damit etwas bewirken. Doch Calista ist genauso stur wie ich. Sie wird Dodo erst mal beibehalten.

»Ich habe keinen Kindersitz fürs Auto. Wir müssen zu Fuß gehen.«

»Nein. Ich habe mein Auto. Und ich habe uns einen Kindersitz gekauft.«

»Uns?«

»Ja.« Sie öffnet die Tür. In der Einfahrt steht ein riesiger alter Cadillac. Ein Wagen, wie Elvis ihn früher gefahren hat. »Aber kein Wort darüber, denn eigentlich darf ich nur bis Sonnenuntergang fahren.«

»Wer hat das gesagt?«

»Sheriff Miller«, flüstert sie. »Wir haben eine Abmachung.« Sie zwinkert.

Großartig. Ich bringe meine Tochter also in Gefahr.

»Vielleicht sollte ich besser fahren? Du kannst mir den Weg sagen, und ich fahre. Ich habe es diese Woche wirklich vermisst, Auto zu fahren.«

Sie verengt die Augen zu Schlitzen. »Ich bin eine sehr gute Fahrerin.«

Ich winke ab. »Das weiß ich doch. Aber dann kannst du mit Calista hinten sitzen und sie beschäftigen.«

Ihre Augen beginnen zu strahlen. »Perfekt.« Sie reicht mir die Schlüssel. Ich bin überrascht, wie einfach es war, sie zu überzeugen. Vielleicht hat Dori recht, dass man manchmal tricksen muss.

»Ich hinterlasse Selene noch schnell eine Notiz.« Ich gehe in die Küche und schreibe eine kurze Nachricht, die ich neben den Teekessel lege.

»Wird bestimmt langsam teuer, hier zu übernachten«, bemerkt Dori, als wir das Haus verlassen und zu ihrem Cadillac gehen.

»Ja. Wenn ich wiederkomme, muss ich mir etwas anderes einfallen lassen.«

Ich muss immer noch die letzte Rechnung bezahlen. Dafür werde ich meinen letzten Gehaltscheck vom Kellnern benutzen müssen.

»Ich würde dir ja anbieten, bei mir zu übernachten, aber Ethel würde es nicht passen, wenn Calista in der Seniorenresidenz wohnen würde. Sie ist so eine Nervensäge.«

Ich inspiziere den Rücksitz, auf dem bereits ein nagelneuer Kindersitz wartet.

»Keine Sorge. Kingston hat ihn eingebaut. Wenn er nicht gerade aus Flugzeugen springt, führt er bei der Feuerwehr die Sicherheitskontrollen durch. Dieser Junge. Eines Tages werde ich seinetwegen einen Herzinfarkt bekommen.«

Kingston. Kingston. Ich weiß nicht mehr genau, welcher von den Kerlen das war.

Ich setze Calista in den Kindersitz und schnalle sie an. Dori setzt sich neben sie. Ich stelle die Windeltasche auf den Beifahrersitz und richte die Spiegel und den Fahrersitz aus. Als ich den Zündschlüssel drehe, dröhnt Elvis aus den Lautsprechern.

Ich werfe einen Blick in den Rückspiegel und drehe die Lautstärke herunter. Calista hält sich die Ohren zu.

»Das ist der King, Süße. Wenn er singt, hält man sich nicht die Ohren zu.« Dori nimmt ihre Hände und senkt sie.

»Man kann nie wissen. Vielleicht hat er sich im Wald versteckt und beobachtet uns«, scherze ich und spiele auf das Gerücht an, dass er tatsächlich noch lebt.

»Ja, vielleicht«, erwidert Dori ohne einen Funken Humor in der Stimme.

Alles klar. Keine Witze über den King.

• • •

Fragt bitte nicht, wie wir es in einem Stück zu Holly geschafft habe. Aufgrund von Doris späten Anweisungen habe ich so viele Kurven und Autos geschnitten, dass die Leute bestimmt dachten, Dori würde am Steuer sitzen.

Ich parke vor einem hübschen Haus im Stil einer Blockhütte, daneben eine Garage für drei Autos. Es ist ziemlich abgelegen. Man erreicht es über eine lange gewundene Zufahrtsstraße. Keine Nachbarn weit und breit. Es sei denn, man zählt die Tiere dazu. Ich weiß nicht, ob das etwas für mich wäre. Wahrscheinlich bekommt man hier zum Frühstück Bärenbesuch.

Vor dem Haus stehen bereits drei Autos. Anscheinend sind sie es gewohnt, immer viel Besuch zu haben, denn sie haben eigens für Besucherfahrzeuge einen Bereich ihres Vorgartens abgetrennt.

»Das war mal das Haus von Romes Eltern. Jetzt leben hier Austin, sein ältester Bruder, und dessen Verlobte Holly.«

Da fällt mir wieder der Buzz-Wheel-Artikel ein, in dem es um Karens Tochter Holly ging.

»Es ist sehr schön«, sage ich, während wir darauf zugehen.

Dori öffnet die Haustür, die Windeltasche über ihrer Schulter, während ich Calista auf dem Arm habe. »Wir sind da!«, ruft sie und geht hinein, ohne auf mich zu warten.

Ich schließe die Tür und weiß nicht, ob ich hier warten soll oder nicht.

Als ich mich umdrehe, steht eine von Romes Schwestern vor mir. Oder zumindest nehme ich an, dass sie seine Schwester ist. Sie ist groß, blond und trägt einen hübschen marineblauen Hosenanzug. Sie wirkt, als hätte sie ihr Leben komplett im Griff. Daneben komme ich mir mit meinem unordentlichen Dutt vor wie das reinste Chaos.

»Hi. Wir haben uns noch gar nicht richtig kennengelernt. Ich bin Romes Schwester. Savannah.« Sie streckt mir ihre Hand entgegen.

»Hi. Ich bin Harley. Und das ist ...«

»Calista.« Sie versucht zwar nicht, sie auf den Arm zu nehmen, streichelt ihr aber über das Haar. »Sie ist bezaubernd.«

»Danke.«

»Komm. Wir haben gerade den Wein aufgemacht. Und Holly hat diese großartigen Sandwich-Dinger vorbereitet. Und es gibt auch was, das die Kleine bestimmt essen kann.«

Die Küche ist vollgestopft mit plaudernden Frauen. Hinter der Küchentheke stehen Karen und noch eine Frau. Sie sind am Ofen und am Kühlschrank zugange. Ein eingespieltes Team. Jetzt kapiere ich, dass die andere Frau Holly sein muss.

Eine Blondine und eine Frau mit rostrotem Haar stehen von ihren Hockern an der Frühstückstheke auf und kommen auf mich zu.

»Juno«, sagt die Rothaarige. »Tante Juno«, sagt sie zu Calista und berührt ihren Arm.

»Brooklyn«, stellt sich die Blondine vor. »Tante Nummer eins«, flüstert sie Calista zu und hebt den Zeigefinger.

»Oh.« Die andere Rothaarige hinter der Theke wischt sich die Hände an ihrer kleinen Schürze. »Ich bin Holly. Herzlich willkommen.« Statt mir die Hand zu schütteln, umarmt sie mich und küsst Calista die Schläfe. »Ich habe einen

Hochstuhl ergattert. Und wir haben ihr einen kleinen Bereich abgetrennt, in dem sie spielen kann. Wir haben zwei Hunde. Myles und Daisy. Austin geht gerade mit ihnen Gassi, damit sie ein wenig Energie loswerden. Myles ist ein bisschen …«

»Spastisch.« Brooklyn krümmt sich.

Holly schüttelt den Kopf. »Nein. Er freut sich nur immer so.«

»Er hat dreimal versucht, Wyatts Eier zu vernaschen«, erwidert Brooklyn und nippt mit gehobenen Augenbrauen an ihrem Wein.

»Das macht er aber nur bei ihm«, sagt Holly.

»Wahrscheinlich riecht er sein Geld.« Lachend winkt Brooklyn ab. »Komm rein und mach's dir bequem.«

Ich setze mich auf einen der Stühle und Calista auf meinen Schoß. Sie sieht sich um und weiß gar nicht, worauf sie sich zuerst konzentrieren soll. Brooklyn ist wohl am heißesten auf ihre Aufmerksamkeit, denn sie beginnt sofort, sich hinter ihren Händen zu verstecken und Kuckuck zu spielen.

»Oh, das hat Brian im Diner auch mit ihr gemacht. Sie hat es geliebt«, sagt Karen, beugt sich über die Theke und tätschelt meine Hand. »Willkommen.« Es ist, als wollte sie mir mit ihrem Lächeln versichern, dass ich hier sicher bin. Wieder spüre ich diese Verbundenheit. Als wüsste sie, was ich durchmache.

»Darf ich?«, fragt Brooklyn, stellt sich vor mich und streckt die Arme aus. »Wir gehen nur nach nebenan und spielen ein bisschen. Wir haben ihr alle was mitgebracht.«

Ich nicke. Und natürlich hat Calista kein Problem damit,

mit ihr mitzugehen. Sofort vergräbt sie die Finger in Brooklyns Haar.

Tränen brennen mir in den Augen, doch ich halte sie zurück. Dass all diese Menschen meine Tochter bedingungslos lieben und Teil ihres Lebens sein wollen, überwältigt mich. Dass sie ihr Sachen kaufen, um uns das Leben einfacher zu machen. Damit hätte ich in einer Million Jahren nicht gerechnet, als ich hierherkam.

»Und morgen fliegt ihr zurück nach Seattle?«, fragt Savannah, steckt das Handy weg und nimmt sich ein Sandwich.

»Ja.«

Ich sehe mich um und frage mich, wo Grandma Dori steckt.

»Sie ist gleich wieder da. Das ist ihre Taktik. Zuerst trickst sie einen aus, dann taucht sie ab. Aber pass auf. Als Nächstes steht ein Pastor mit Rome vor der Tür.« Savannah lacht.

»Für gewöhnlich verliert sie keine Zeit. Austin hat sie auch ausfindig gemacht.« Holly lächelt hinter der Theke, wo sie weiter das Essen vorbereitet.

»Und sie ist für mich zu Wyatt gegangen«, bemerkt Brooklyn aus dem Wohnzimmer. »Mischt sich immer ein, diese Frau«, erklärt sie Calista, die als Antwort lacht und sabbert.

»Wir entschuldigen uns besser schon mal im Voraus. Aber danke, dass du gekommen bist und ein wenig Zeit mit uns verbringst.« Savannah lächelt und zückt wieder ihr Handy.

Die nächsten zehn Minuten erzählt mir Juno von ihrer Partnervermittlung, während Holly und Karen über den Buzz-Wheel-Artikel scherzen. Als ein Mann, der wohl Austin sein muss, mit zwei Hunden an der Leine hereinkommt, einer davon springt wild auf und ab, habe ich ein Déjà-vu. Warum kommt mir das alles so vertraut vor, obwohl ich noch nie hier gewesen bin?

»Lass ihn nicht von der Leine«, warnt Holly, doch Austin hat den Haken bereits geöffnet. Myles stürmt ins Wohnzimmer und leckt Calista das Gesicht.

Sie verzieht das Gesicht, wie sie es immer tut, wenn sie gleich anfängt zu weinen. Ich will gerade aufstehen und zu ihr gehen, als die Haustür auffliegt und zuknallt, was die Aufmerksamkeit aller auf sich zieht.

»Das Maß ist voll!« Romes Stimme dröhnt durch das ganze Haus.

Er bleibt im Durchgang zwischen Küche und Wohnzimmer stehen, sieht Brooklyn mit Calista, hebt sie hoch und drückt sie an seine Brust. Er inspiziert sie, als hätte Myles sie zerfleischt, und blickt einen nach dem anderen böse an. »Ihr habt alle die Grenze überschritten.« Er sieht sich um. »Wo ist sie?«

Kapitel 14

HARLEY

»Sie ist weg.« Juno deutet in Richtung Fenster. Natürlich stürmen wir alle sofort hinüber, um gerade noch zu sehen, wie der Cadillac davonbrettert.

Ich nehme Rome Calista ab und wische die eine Träne weg, die über ihre Wange rollt.

»Sie wird sich noch umbringen«, murmelt Austin. »Heißt das, ich kriege jetzt ein Sandwich?« Er gibt Holly einen Kuss auf die Wange und eilt in die Küche.

»NEIN!«, schreit sie und rennt ihm hinterher. »Die sind für unsere Gäste.«

Er schnappt sich eins und hält es hoch über ihren Kopf, als sie danach greifen will. »Die schafft sie bestimmt nicht alle«, sagt er, den Blick auf mich gerichtet und auf meine Zustimmung wartend.

»Nur zu, großer Junge«, erwidere ich und gebe Calista einen Kuss auf die Wange. Es scheint ihr wieder besser zu gehen.

»Euer Köter ist ein Problem«, bemerkt Rome.

»Er hat sie abgeleckt.« Austins Blick ist auf seine Verlobte gerichtet. Er lacht, während sie in die Luft springt und versucht, ihm das Sandwich aus der Hand zu reißen. »Rome, geh ins andere Zimmer. Das ist nicht für deine Augen bestimmt«, sagt er und beobachtet, was wir alle sehen können – wie Hollys Brüste wippen.

»Nichts, was ich nicht schon mal gesehen hätte«, erwidert Rome, greift nach seinem Sandwich und hält es Calista hin. Sie knabbert an der Brotkante.

Manchmal überrascht es mich, wie instinktiv Rome als Vater handelt. Während ich jeden Tag das Gefühl habe, alles falsch zu machen, ist er wie Clark Kent.

»Aber bei ihr noch nicht. Also geh.«

»Na schön.« Mit dem Kopf deutet Rome auf das Nebenzimmer.

Ich folge ihm, werfe aber noch mal einen Blick über die Schulter und beobachte, wie sich Austin das Sandwich in den Mund stopft, Holly an den Hintern greift und sie hochhebt. Mann, das ist verdammt sexy. Spielerisch schlägt sie nach ihm, obwohl sie sich bestimmt insgeheim denkt, *Trag mich ins Schlafzimmer.*

Ich reiße den Blick von ihnen los und spüre ein Kribbeln zwischen meinen Schenkeln. Es ist lange her, dass mich ein Kerl so wollte. Shane ist ein rücksichtsvoller Liebhaber. Er stellt immer sicher, dass ich vor ihm komme. Und er hat kein Problem damit, es mir ordentlich zu besorgen. Aber es fühlt sich immer an wie eine To-do-Liste, die er nacheinander abhakt. Unserem Sexleben fehlen Leidenschaft und Spontaneität.

Rome sitzt auf dem Fußboden und schiebt Myles mit dem Unterarm weg.

»Wuff«, sagt Calista und streckt die Hand nach Myles aus.

»Böser Hund«, schimpft Rome.

»Hab ein wenig Nachsicht mit ihm.« Brooklyn vergräbt die Hände in seinem Fell und streichelt ihn, bis er sich neben sie legt.

Calista krabbelt aus Romes Schoß und auf den Hund zu.

»Oh nein. Nicht«, sagt er, doch sie krabbelt einfach weiter. Er sieht mich an, und ich nicke. »Wenn was passiert, bist du schuld«, sagt er und richtet den Zeigefinger auf mich.

Calista tapst hinüber zu Brooklyn, setzt sich neben sie und streckt die Hand nach Myles aus. Brooklyn streichelt ihn weiter, und Calista beginnt, es ihr gleichzutun. Es ist so süß, wie sie Brooklyn anhimmelt. Als wäre sie elf und Brooklyn Taylor Swift.

»Warum bringt uns Dori hierher und geht dann?«, frage ich.

Savannah setzt sich neben mich aufs Sofa, Juno in den Sessel neben Rome.

»Sie mischt sich mal wieder ein. Meinte, es würde euch vielleicht dazu bringen, in Lake Starlight zu bleiben. Sie hat sogar diese Broschüren mitgebracht.« Savannah deutet auf den Tisch, auf dem ein paar Massagetherapie-Flyer liegen.

»Aber warum ist sie gegangen?«

»Sei froh, dass du dir keine Geschichten über sie und Grandpa anhören musstest.« Austin und Holly betreten das Wohnzimmer. Holly stellt einen Teller mit Crackern und

Käse auf den Couchtisch und setzt sich dann zu Austin. Jeder, der die zwei zusammen sieht, würde anfangen, an die wahre Liebe zu glauben. Ganz bestimmt.

»Ich bin so verwirrt«, sage ich.

»Sie versucht, dich mit Baileys zu ersticken«, erwidert Rome. »Sie denkt, wenn du uns alle kennenlernst und siehst, was wir zu bieten haben, bleibst du. Die alte Wachtel muss überall ihre Nase hineinstecken.«

Austin schlägt ihm auf den Hinterkopf. »Respekt«, sagt er. Rome fasst sich an die Stelle und nickt.

»Sie meint es nur gut«, erklärt Austin. »Seit dem Tod unserer Eltern hat sie das Gefühl, Mutter, Vater und Großmutter in einer Person zu sein. Und ich kann mich nicht darüber beklagen, dass sie sich gern einmischt.« Er und Holly sehen einander an, und mein Magen zieht sich zusammen. Wie es wohl ist, zu wissen, dass es jemanden gibt, der einen so sehr liebt?

Ich greife nach einer der Broschüren und studiere sie eine Weile. Als ich über den Rand des Flyers spähe, stelle ich fest, dass mich Rome beobachtet. Unsere Blicke wandern zuerst zu Calista, die immer noch mit Brooklyn spielt, bevor sie sich wieder treffen.

»Der nächste Kurs beginnt in drei Wochen«, sagt er leise.

»Woher weißt du das?«, flüstere ich.

»Ich habe nachgesehen.« Er zuckt mit den Schultern.

Ich nicke.

»Ich könnte auf sie aufpassen, während du zur Schule gehst.«

Ich lasse den Blick durch den Raum schweifen. Alle sind

mit irgendwas beschäftigt, aber es ist seltsam, sich darüber zu unterhalten, wenn alle dabei sind.

»Ich brauche eine Minute für mich«, sage ich. »Holly, wo ist das Badezimmer?«

Holly hört kurz auf, mit ihrem Verlobten zu flirten, und sieht mich an. »Oh, den Flur hinab und dann rechts.«

»Danke.«

Ich werfe Calista einen letzten Blick zu. Aber Rome ist ja da. Sein Beschützerinstinkt scheint noch größer zu sein als meiner. Mein kleines Mädchen ist hier sicher.

Warum macht mich das traurig? Ach ja, weil wir morgen gehen.

• • •

Als ich die Badezimmertür öffne, steht Rome da und streckt mir seine Hand entgegen, um mich irgendwohin zu führen.

»Was ist mit Calista?«

»Meine Schwestern passen auf sie auf. Denk daran. Wir sind zu neunt.«

Ich nicke.

»Alles gut. Versprochen.«

Ich lege meine Hand in seine. Eine Flut an Emotionen ergreift mich. Wie kann es sein, dass ich mich bei diesem Mann so sicher fühle, obwohl ich ihn eigentlich gar nicht kenne?

Er führt mich zur Hintertür hinaus auf einen Balkon mit Blick auf eine Feuerstelle und ein Waldstück und eine

Treppe hinab. Er spricht kaum, während er mich einen Weg entlangführt. Ich frage mich, was er vorhat.

An einem kleinen See im Wald angelangt, führt er mich zu einer Bank am Ufer. Ich setze mich, und er nimmt direkt neben mir Platz.

»Ich hätte mir wirklich gewünscht, du würdest es selbst begreifen, aber ich befürchte, das wird nicht passieren. Also mache ich es jetzt einfach.«

»Was machen?«, frage ich und befürchte schon, er zückt gleich einen Ring und geht auf die Knie oder so was in der Art.

»Die Karten offen auf den Tisch legen.«

»Okay«, erwidere ich zögerlich.

»Ich will, dass du und Calista in Lake Starlight bleibt. Ich will, dass du deinen Abschluss hier machst. Ich passe auf sie auf. Und wenn ich keine Zeit habe, habe ich genug Familie, die sich um sie kümmern kann. So bekommst du schneller deine Lizenz, und ich verliere meine Tochter nicht.«

Seufzend stehe ich auf und gehe zum Rand des Sees. In den vergangenen Tagen war es wärmer, sodass die letzten Schneehaufen nun fast geschmolzen sind.

»Das ergibt doch Sinn. Ich verstehe ja, dass du in Seattle deinen Anwalt hast.«

»Shane«, korrigiere ich ihn.

Rome nickt. Ich glaube, er will seinen Namen nicht aussprechen, weil er sonst zu real wird.

»Komm schon. Ich war während deiner Schwangerschaft und der ersten achtzehn Monate nicht da. Lass mich jetzt da sein.«

Ich muss zugeben, dass es durchaus seinen Reiz hat. Hier gibt es so viele Familienmitglieder, zu denen Calista eine Beziehung aufbauen könnte.

Was habe ich wirklich in Seattle? Shane und Miranda. Miranda wird eines Tages ihr eigenes Leben führen. Und Shane? Seit ich hier bin, habe ich mich nicht mehr richtig mit ihm unterhalten. Wir haben uns nur geschrieben. Aber er ist ein netter Kerl. Wir könnten eine gemeinsame Zukunft haben.

»Ich wüsste gar nicht, wo wir wohnen sollten.«

»Bei Savannah«, dringt Doris Stimme aus dem Wald.

»Was zum Teufel?« Ich schnappe nach Luft. Mit ihrem plötzlichen Erscheinen hat sie mich total erschreckt.

»G'Ma D?«, fragt Rome und blickt hinter sich. Mit einem Mal sitzt sie auf der Bank. »Bist du eine Hexe?«

Sie lacht. »Nein. Ich habe Ethel nur ihr Gebiss zurückgebracht. Ich habe vorhin für sie darauf aufgepasst und vergessen, es ihr zurückzugeben.«

Rome reibt sich die Nasenwurzel. »Ich will es gar nicht wissen.«

»Ist wahrscheinlich besser so, Schätzchen«, sagt Dori.

»Was machst du hier am See?«, fragt er.

»Das war das Lieblingsplätzchen von mir und deinem Großvater. Ich komme immer her, wenn ich ihn vermisse.«

Ich sehe Dori mitfühlend an. »Das tut mir leid.«

Sie winkt ab. »Er ist schon so lange nicht mehr da. Redet ruhig weiter, ihr zwei.«

Rome sieht mich flehend an. »Du ruinierst es gerade. Fast hätte ich sie gehabt.«

»Hättest du wohl gern, was?«, frage ich.

Er nickt. »Auf jeden Fall. Das Angebot ist einfach zu gut.« Er leckt sich über die Unterlippe. Er hat recht. Ich suche vielleicht nach Ausreden, um zu bleiben, aber vielleicht aus den falschen Gründen. Das zwischen uns entwickelt und entfaltet sich, und ich will wissen, was es bedeutet. Aber ich kann mich nicht auf diesen Mann einlassen und die Hoffnungen meiner Tochter auf eine Zukunft mit einer Familie zerstören. Vor allem nicht, da es der Hauptgrund wäre, hierzubleiben.

»Und der Job im Restaurant? Ist das sicher?«

»Auf jeden Fall.« Er nickt zögerlich lächelnd.

»Ich gehe und sage es Savannah«, verkündet Dori, und schon hört man knackende Äste.

»Rome, wenn ich das wirklich mache, stelle ich mein ganzes Leben auf den Kopf.«

Er nickt. »Vertrau mir.«

»Dir vertrauen?« Ich blicke hinaus auf den See und wünschte, er würde mir einen Rat geben.

Schon mein ganzes Leben lang habe ich auf mein Bauchgefühl gehört. Ich hatte keine Eltern, die mir mit Rat und Tat zur Seite gestanden hätten. Klar, es gab Berater, aber die wollten vor allem sichergehen, dass ich ein funktionierender Teil der Gesellschaft werde. Sie glauben, sie würden einen guten Job machen, indem sie überprüfen, dass es dir gut geht und du nicht unterernährt bist. Immer mal wieder trifft man auf einen Sozialarbeiter, der gerade angefangen hat und noch glaubt, er könnte das System verändern. Aber irgendwann geben sie alle auf. Mich zu bitten, jemandem zu vertrauen, ist in etwa so, als würde man verlangen, dass jedes Pflegekind in einer liebenden Familie aufwächst, die es nicht des Geldes wegen tut. Unmöglich.

Ich lege die Hände auf meinen Bauch. *Sag mir, was ich tun soll*. Was ist das Beste für mich und Calista? Rome stellt sich neben mich. Als seine Schulter meine berührt, durchströmt Wärme meinen Körper. Mein Bauch schreit, dass ich bleiben soll, also sage ich es, bevor ich mich umentscheiden kann. »Ich bleibe.«

Er lehnt sich weiter zu mir. »Sag mir, dass ich das gerade richtig verstanden habe.«

Ich kichere wie ein Schulmädchen. »Wir bleiben.«

Dann hebt er mich hoch und wirbelt mich herum. »Du wirst es nicht bereuen. Das verspreche ich dir. Und du bekommst nur die besten Schichten. Savannah wird es lieben, eine Mitbewohnerin zu haben. Und meine Schwestern und Holly und … Verdammt, sogar Denver wird es lieben, Calista zu babysitten.« Er lässt mich herunter, und mein Körper gleitet langsam an seinem herab. Dann nimmt er mein Gesicht zwischen seine großen Hände. »Du wirst deine Entscheidung nicht bereuen.« Dann landen seine Lippen auf meinen.

Kurz halte ich ganz still. Ich lasse ihn gewähren, obwohl ich weiß, dass ich ihn von mir schieben sollte, doch mein Körper hört nicht mehr auf die Signale meines Gehirns. Er drückt mich fest an sich, streichelt über meinen Rücken, legt die Hand in meinen Nacken und zieht meinen Kopf zu sich.

Seine Lippen sind weich und einladend. Sein Duft ist

einfach betörend. Am liebsten würde ich *Nimm mich* schreien, doch dann fangen mein Gehirn und mein Körper an, wieder miteinander zu kommunizieren. Ich mache einen Schritt zurück.

»Es geht nicht.« Ich schlage die Hand vor den Mund und hoffe, sein Geschmack wird in der kühlen Luft Alaskas augenblicklich verschwinden.

»Tut mir leid. Da habe ich wohl überreagiert. Ich freue mich nur so.« Er verlagert das Gewicht auf die Fersen und hebt die Hände. »Ich weiß, dass du den Anwalt hast. Ich hätte das nicht tun sollen.«

Ich nicke und frage mich, wie lange wir gerade unsere Körper aneinandergepresst haben. Wahrscheinlich nicht länger als eine Sekunde, aber es hat sich angefühlt wie eine Ewigkeit.

»Shane«, korrigiere ich ihn und wünschte, ich hätte an *ihn* gedacht, als mich Rome geküsst hat.

»Ach ja, stimmt.«

Ohne einander zu berühren, gehen wir zurück zum Haus. Seltsames Schweigen liegt nun zwischen uns. Ich schließe die Augen und hole tief Luft.

Hoffentlich ist es tatsächlich mein Bauch, der mir sagt, was ich tun soll – und nicht meine Mumu.

Kapitel 15

ROME

»Ich weiß nicht, warum ich mich darauf eingelassen habe.« Savannah steht in ihrem Türrahmen, die Hände in die Hüften gestemmt.

»Würdest du bitte aus dem Weg gehen?«, fragt Liam, ohne darauf zu warten, dass sie tatsächlich beiseitegeht.

Sie straft ihn mit einem vernichtenden Blick. Wäre sie eine Hexe, würde er sich jetzt in Luft auflösen. Doch als er sie leicht anstößt, tritt sie schließlich beiseite.

»Es ist ja nicht für immer. Außerdem hast du genug Platz. Die Wohnung überm Terra & Mare ist für Calista eine einzige Gefahrenzone. Und Austin und Holly sind frisch verlobt und vögeln die ganze Zeit. Ich will nicht, dass meine Tochter Seufz- und Stöhngeräusche imitiert.«

»Was ist mit Liam? Er hat mehr Zimmer, als er braucht«, erwidert sie.

»Liam ist Junggeselle. Für ihn gilt das Gleiche wie für Austin und Holly.«

»Was willst du mir damit sagen?« Sie folgt uns die Treppe

hinauf, eine qualvolle Stufe nach der anderen, während wir den Karton mit dem Gitterbett hochtragen.

»Dass du nicht flachgelegt wirst«, erwidert Liam.

»Du hast ja keine Ahnung, wie oft ich flachgelegt werde.«

»Wie lange ist es schon her?«, will er wissen. »Vibratoren zählen nicht. Und der Anzugtyp, den du letzten Sommer gedatet hast, auch nicht.«

Endlich sind wir oben. Während ich versuche herauszufinden, wie wir das Kinderbett ins Zimmer kriegen, starren sich Liam und Savannah an, als würde derjenige verlieren, der zuerst blinzelt.

»Warum sollte er nicht zählen?« Ich wusste, sie würde Liam Kontra geben. Er liebt es, ihre Knöpfe zu drücken. Mehr als Calista bei ihrem Spielzeugtelefon, von dem sie sich nicht trennen kann.

Liam schnaubt. »Ich bitte dich. Ich wette, der Typ hat von Frauen so wenig Ahnung wie ein dreizehnjähriger Junge.«

»Das ist unfair. Lass dir gesagt sein …«

»Lass uns weitermachen.« Ich hebe meine Seite des Betts an und beende ihren Streit. Liam hebt die andere Seite an. Gemeinsam schaffen wir es irgendwie, das Kinderbett ins Zimmer zu bekommen.

Calista wird hier schlafen, während Harley ins Gästezimmer zieht. Seht ihr? Alles hat perfekt funktioniert.

Mit seinem Taschenmesser öffnet Liam den Karton. Ich ziehe die Aufbauanleitung hervor.

»Was zum Teufel ist das denn? Das ist ja das reinste Puzzle.«

Ich begutachte die ganzen Holz- und Metallteile, die Liam auf dem Fußboden ausbreitet. *Wir sind am Arsch.*

»Oh, lass es einfach Liam machen.« Savannah winkt ab, und ich starre sie mit offenem Mund an.

Sie hat Liam gerade ein Kompliment gemacht. Das ist zuletzt 2011 passiert.

Liam sagt zwar nichts, aber sein breites Grinsen reicht, um Savannah, die gerade die Anleitung liest, aufzuregen. Sie stapft aus dem Zimmer.

»Ich finde das total unfair.«

Ich folge ihr. »Ich bitte dich. Ein wenig Gesellschaft wird dir guttun. Harley ist großartig. Und wer könnte meine Tochter bitte nicht lieben?«

Sie atmet genervt aus und nimmt die Fotos von der Kommode im Gästezimmer. Eins davon zeigt sie mit unseren Eltern bei ihrem Abschluss, ein anderes meine Mom und sie als Baby.

»Du kannst deine Sachen ruhig drinlassen«, sage ich.

»Nein. Wenn sie schon hier wohnt, soll sie auch das Gefühl haben, dass es ihr Zimmer ist. Sie muss es mit ihren eigenen Sachen füllen, damit sie sich wie zu Hause fühlt. Nicht, als würde sie bei einer Fremden leben.«

Sie sammelt weiter ihre persönlichen Gegenstände ein.

Ich lehne mich mit der Schulter gegen den Türrahmen. »Danke, Savannah. Ich weiß das wirklich sehr zu schätzen.«

Sie nickt und sieht mich an. »Darf ich dich was fragen?«

»Klar.« Ich zucke mit den Schultern.

»Was erhoffst du dir davon, dass sie in Lake Starlight

bleibt?« Sie nimmt eine Aufbewahrungskiste aus dem Schrank und setzt sich auf die Bettkante.

Ich schwöre, sie ist die einzige Person, die ich kenne, die leere Aufbewahrungsboxen besitzt. Nur für den Fall.

»Ich weiß es nicht. Aber ich will nicht noch mehr von Calistas Leben verpassen. Und ich habe mein ganzes Geld und das verschiedener Investoren in Terra & Mare gesteckt. Ich kann jetzt nicht einfach abhauen.«

Gestern Nacht habe ich an die Decke gestarrt und mir dieselbe Frage gestellt. Unser Kuss am See hinter meinem Elternhaus war vorbei, ehe er angefangen hat. Aber ich habe einen Vorgeschmack darauf bekommen, wie sich ihr Körper an meinen schmiegt. Wie es sich anfühlt, sie in meinen Armen zu halten. Dass ich bereits eine Nacht mit ihr verbracht habe, mich aber nur noch bruchstückhaft daran erinnern kann, zerfrisst mich innerlich. Würde ich jetzt mit ihr schlafen, würde ich sie langsam nehmen und ihren Körper Stück für Stück erkunden, als wäre ich ein Abenteurer, der eine Karte von Harleyland zeichnen will.

Aber sie hat den Kuss schnell beendet. Hat schnell Nein gesagt. Und ich kann nicht behaupten, dass sie unrecht hatte. Mehr als ein oder zwei Nächte kann ich ihr nicht versprechen. Meine letzte ernsthafte Beziehung hatte ich … Nun ja, noch nie.

»Die ganze Sache könnte nach hinten losgehen«, sagt Savannah und zupft einen Fussel von der hellblauen Bettdecke. »Du könntest beide verlieren.«

»Wie meinst du das?«

»Ich sehe es. Wie du sie ansiehst.«

»Wie denn?« Jetzt bin ich neugierig.

»Ich sehe, wie du ihren Hintern begutachtest. Wie du ihr in den Ausschnitt starrst, wenn sie sich zu Calista herunterbeugt. Was mich jedoch wundert, ist, wie du sie ansiehst, wenn sie deine Tochter im Arm hält. Dann siehst du sie an, als könntest du sie lieben. Und vielleicht tut es ein kleiner Teil in dir bereits.«

»Was hast du denn geraucht?« Ich drücke mich vom Türrahmen ab.

Sie zuckt mit den Schultern. »Du hast gefragt. Ich bin nur ehrlich.«

Sie hat unrecht. »Vielleicht sehe ich Calista so an, weil ich *sie* liebe.«

Sie schnappt sich die Kiste vom Bett. »Okay, vielleicht liege ich falsch. Vielleicht aber auch nicht.« Sie schenkt mir ein kleines Lächeln und verschwindet in ihrem Schlafzimmer.

Ich schüttle Savannahs Bemerkungen ab und gehe in Calistas zukünftiges Zimmer. Liam hat das halbe Kinderbett schon zusammengebaut.

»Was zum Teufel? Seit wann bist du Mr. Ich-kann-alles?«

Er zeigt mir den Mittelfinger. »Nur weil ich mich dazu entschieden habe, nicht aufs College zu gehen, heißt das nicht, dass ich ein Idiot bin«, murmelt er. Als er den Schraubenzieher dreht, bewegen sich die Muskeln in seinen massiven Unterarmen. Wenigstens weiß ich, dass Calista in dem Ding sicher ist, wenn Liam es zusammenbaut.

»Ich hole die Matratze«, sage ich und drehe mich um.

»Sie hat recht, weißt du?« Er sagt es gerade laut genug, dass ich es hören kann.

»Wer?«

»Savannah.«

Ich bleibe stehen und drehe mich wieder um. »Ich sollte Buzz Wheel eine E-Mail schreiben, dass ihr euch in der letzten halben Stunde gegenseitig Komplimente gemacht habt.«

»Behalte es besser für dich.« Er hält inne, legt den Schraubenzieher beiseite und sieht mich an. »Aber mach diesmal nicht das, was Rome Bailey tun würde, okay?«

»Was soll das denn heißen?« Ich lege die Stirn in Falten.

»Ich will damit nur sagen, dass du nicht mit beiden Füßen hineinspringen sollst, nur um dann ans andere Ende zu schwimmen und dich heimlich aus dem Staub zu machen.«

»Wann habe ich so etwas jemals getan?«

Er hebt die Augenbrauen, als wollte er fragen: »Soll ich jetzt wirklich deine Vergangenheit zusammenfassen?«

Mach doch. Ich bin kein Kerl, der so etwas tut.

»Ich könnte mindestens fünf Vorfälle aufzählen. Aber hier geht es um deine Tochter, Mann. Und um ihre Mutter. Diese zwei Frauen werden so oder so für immer in deinem Leben sein. Also versau es nicht. Das ist alles, was ich sagen will.«

»Na schön. Danke für dein Vertrauen.« Ich ignoriere auch Liams Rat und verlasse das Zimmer.

Seit wann sind er und meine Schwester einer Meinung?

Ich jogge die Treppe hinunter und hole die Matratze aus

meinem Truck. Als ich wieder nach oben gehe, höre ich, wie sich Liam und Savannah in normalem Tonfall unterhalten.

Und sie sagen, *ich* sei derjenige, der Scheiße gebaut hat. Eiskalt, die beiden.

Ich lehne gerade die Matratze gegen die Wand im Flur, als es unten an der Haustür klopft, also renne ich wieder hinunter. Es sind Harley und Calista in ihrem Kinderwagen.

»Hey«, sagt sie.

»Hey. Ich bin immer noch dabei, das Kinderbett aufzubauen.«

Sie greift unter den Kinderwagen. »Ich habe Savannah zum Dank ein Geschenk besorgt.«

Es ist ein Kuchen von Lard Have Mercy.

»Was ist das für einer?«

Sie krümmt sich. »Hoffentlich hat Karen recht. Zitronenbaiser?«

Ich nicke. »Nur Savannah könnte etwas so Saures lieben.« Ich öffne die Tür und werfe einen Blick in den Kinderwagen. Calista schläft.

»An der frischen Luft wird sie immer schnell müde.«

»Kommt rein.« Ich halte Harley die Tür auf, damit sie mit dem Kinderwagen in den Flur fahren kann. »Komm hoch und begutachte deine neue Bleibe.« Sie lässt Calista im Kinderwagen und folgt mir nach oben.

Zuerst führe ich sie in Calistas Zimmer, und oh Wunder – meine Schwester und mein bester Freund gehen sich mal wieder gegenseitig an die Gurgel.

»Du hast es falsch gemacht«, sagt Savannah und deutet auf die Anleitung.

»Überhaupt nicht«, widerspricht Liam.

»Doch!« Jetzt wird sie lauter.

»Nein«, erwidert Liam tonlos.

»Hey, schaut mal, wer da ist.«

Savannah dreht sich um. »Hi«, sagt sie lächelnd.

»Vielen Dank, dass wir bei dir wohnen dürfen. Wir bereiten dir auch keine Umstände. Versprochen. Und sobald ich festen Boden unter den Füßen habe, werde ich nach einer eigenen Wohnung suchen.«

»Mach dir keinen Kopf, Harley. Savannah hat ein wenig Lebensfreude bitter nötig«, bemerkt Liam.

Savannah schnaubt und presst die Kiefer so fest zusammen, wie sie es nur tut, wenn Liam in ihrer Nähe ist. »Komm. Ich zeige dir dein Zimmer.«

Die zwei Frauen gehen. Nachdem sie sich das Zimmer angeschaut haben, fängt Calista an zu weinen. Ich will sie gerade holen, doch Harley hält mich auf. »Ich mache das schon.«

Savannah folgt ihr nach unten. Ich höre, wie sie dann in die Küche gehen und die Besteckschublade aufgezogen wird. Japp, das hat Harley gut ausgesucht. Zitronenbaiser ist Savannahs heimliche Schwäche.

»Wie hast du das vorhin genau gemeint?«, frage ich Liam und halte ein Teil fest, während er es anschraubt.

»Komm schon, Mann. Das weißt du genau. Jede Frau, der du bisher nachgejagt bist ... Sobald sie dich will, ist die Jagd vorbei. Dann hast du kein Interesse mehr und gehst. Verdammt, alle waren total schockiert, als du beschlossen hast, in Lake Starlight ein Restaurant zu eröffnen. Jeder weiß, dass du nie lange an einem Ort bleibst.«

»Und du schon?«

»Smokin‹ Guns habe ich schon seit sechs Jahren. Ich habe mein ganzes Leben hier verbracht. Ich rede nicht nur von Beziehungen, Rome. Ich meine alles. Du zeigst bei nichts sonderlich viel Verbindlichkeit.«

»Verdammt. Ich bin Koch.«

Er zuckt mit den Schultern. Was soll das heißen? Es braucht echt viel Verbindlichkeit, um Koch zu werden.

»Unter wie vielen Köchen hast du in Europa gearbeitet?«, fragt er.

Ich versuche nachzuzählen. »Ich bin viel gereist, um verschiedene Küchen kennenzulernen, Arschloch.«

»Okay«, sagt er, als wäre er nun besänftigt, aber ich kenne ihn besser.

Langsam verstehe ich, warum sich meine Schwester ständig über ihn aufregt.

Ich weiß, dass ich das Richtige tue. Ich bin bereit, Verantwortung zu übernehmen, und brauche weder seine Zustimmung noch seine guten Ratschläge.

»Ich will damit nur sagen, dass du sie nur einmal verletzen musst. Dann ist sie weg. Für immer.«

»Ich würde Calista niemals wehtun.«

Seht ihr? Er liegt so falsch.

»Ich spreche nicht von Calista.«

Und dann dreht sich der Mistkerl einfach um und baut weiter das Kinderbett zusammen.

Kapitel 16

HARLEY

Meine Hände zittern, als ich Shanes Nummer wähle.

»Hey, Babe. Ich kann es kaum erwarten, dich morgen wiederzusehen. Tut mir leid, dass dein Flug storniert wurde. Ich hoffe, du hast davon erfahren, bevor du zum Flughafen gefahren bist.«

Bitte verurteilt mich nicht dafür, dass ich gelogen habe. Es fällt mir echt schwer. Ich bin es nicht gewohnt, Menschen zu verletzen.

»Hey. Was das angeht …«

»Was ist los? Scheiße. Warte kurz.« Er hält die Hand über den Hörer. »Nein, ich sagte, ich brauche Colt versus Ferguson. Schreib es dir bitte auf.«

Irgendjemand murmelt etwas, dann nimmt er die Hand wieder von der Sprechmuschel.

»Okay, bin wieder da.«

»Du machst wieder Überstunden«, bemerke ich, um das, was ich sonst zu sagen habe, noch ein wenig hinauszuzögern.

»Ja, ich habe noch einen anderen großen Fall bekommen. Aber ich kann euch morgen trotzdem abholen. Danach muss ich allerdings sofort wieder ins Büro. Tut mir wirklich leid. Eigentlich wollte ich mit dir zu dem Thai gehen, den du so liebst.«

Nicht *ich* liebe den Thai, sondern *er*. Calista verabscheut das Essen, aber trotzdem schön, dass er an uns gedacht hat.

»Darüber musst du dir keine Gedanken machen, denn die Situation hier hat sich verändert.«

Meine Güte, warum gibt es keinen Service, der für einen Schluss macht? Es ist fürchterlich.

»Alles okay? Mit Calista?«

»Ja, uns geht es gut. Ähm …«

»Hat der Mistkerl etwa den DNA-Test nicht gemacht? Ich habe einen befreundeten Anwalt in Alaska, der dir helfen kann.«

»Shane, ich habe beschlossen zu bleiben. Es tut mir leid. Aber ich bin es Calista schuldig. Hier gibt es ein College, an dem ich meine Ausbildung abschließen kann. Und ihr Dad hat acht Geschwister, die mir mit Calista helfen können.«

Stille.

»Shane?«

»Hast du vor, mit ihm zusammenzukommen?«

»Nein«, erwidere ich schnell. Den Kuss behalte ich für mich. »Es hat nichts mit ihm zu tun. Du weißt doch, wie ich aufgewachsen bin. Ich kann jetzt nicht einfach abhauen. Calista zuliebe. Sie sind ihre Familie. Eine richtige Familie. Ich will, dass sie das hat, was ich nie hatte.«

»Okay. Aber sie kann zu ihnen doch auch eine Beziehung aufbauen, wenn du hier bei mir in Seattle bist.«

Irgendjemand sagt etwas im Hintergrund. Diesmal legt er nicht die Hand auf das Telefon, bevor er schreit: »Mein Gott, Bonnie. So schwer ist das doch nicht. Geh runter ins Archiv!«

Ich hasse es, wenn Leute innerhalb einer Millisekunde ausrasten. Es aktiviert meinen Fluchtreflex.

»Es tut mir leid. Wirklich. Aber ich muss es für meine Tochter tun. Ich habe keine Ahnung, wie lange ich bleiben werde. Deshalb muss ich unsere Beziehung beenden. Es wäre dir gegenüber nicht fair …«

»Fair? Es wäre fair, wenn du nach Hause kommen würdest. Das zwischen uns ist etwas Gutes. Ich verstehe ja, dass dein Kindheitstrauma dir sagt, dass du vor etwas Großartigem wie dir und mir wegrennen sollst. Aber du musst diese Unsicherheiten ignorieren und zu mir zurückkommen. Ich finde ein Kindermädchen für dich. Dann kannst du deine Ausbildung abschließen. Ich gebe dir alles, was du willst. Du musst es nur annehmen.«

Shanes Argumentation hat auf jeden Fall Gewicht. Das kann ich nicht abstreiten.

Er hat seine Gefühle schon immer offen gezeigt und gesagt, was er will. Verdammt, er hätte uns schon nach unserem zweiten Date bei ihm einziehen lassen, ohne dass er Calista überhaupt kennengelernt hatte. Aber ich will von keinem Mann abhängig sein. Was würde dann aus mir werden, wenn er doch irgendwann beschließen sollte, dass er mich nicht mehr will? Ich hasse es, dass ich jetzt von Rome so abhängig bin. Aber ich tue es für meine Tochter. Sie braucht diese Beziehungen in ihrem Leben. Sie hat es verdient, bei einer Familie zu sein, die sie will. Also nehme ich das Angebot an, bei Savannah zu wohnen und bei Rome zu arbeiten, um es möglich zu machen.

Eines Tages werde ich mich bei ihnen revanchieren, obwohl sie anscheinend keine Gegenleistung erwarten.

Shane ist eine ganz andere Geschichte. Bei ihm hatte ich schon immer das Gefühl, dass seine Versprechungen an Verpflichtungen geknüpft sind. Doch dafür hat er mir Sicherheit geboten. Das schien mir ein fairer Deal zu sein.

»Es tut mir leid. Aber ich werde nicht zurückkommen. Ich wünsche dir viel Glück. Du bist ein wundervoller Mann. Eines Tages wirst du jemanden sehr glücklich machen.«

Wieder Schweigen.

»Ich finde wirklich, dass du gerade eine voreilige Entscheidung triffst.«

»Nein, tue ich nicht«, erwidere ich. »Ich höre nur auf mein Bauchgefühl.«

»Würdest du mehr auf deinen Kopf hören, hättest du jetzt keine achtzehn Monate alte Tochter. Dann hättest du nicht an den Arsch der Welt fliegen müssen, um ihren Vater zu finden.«

Ich lehne mich zurück. So kenne ich Shane überhaupt nicht. Ich meine, es ist nicht so, als hätte ich ihn noch nie etwas Gemeines zu seiner Assistentin Bonnie sagen hören, aber zu mir war er noch nie so.

»Ich schätze, du hast recht, Shane. Als ich mit dir zusammengekommen bin, habe ich auch auf mein Bauchgefühl gehört. Da hätte ich wohl auch besser meinen Kopf benutzen sollen. Dann müsste ich jetzt nicht mit dir Schluss machen. Ein schönes Leben noch.«

Klick.

Verdammt, was für eine Erleichterung.

• • •

Terra & Mare wird das schickste Restaurant sein, in dem ich je gekellnert habe. Als ich durch die Tür gehe, bin ich sogar ein wenig nervös.

»Rome!«, rufe ich. Es wirkt, als wäre das Restaurant nun bereit, endlich aufzumachen.

Er hat beschlossen, es einen Tag nach dem Gründertag zu eröffnen, weil er mit Calista zur Parade und danach auf den Jahrmarkt gehen will.

»Hey.« Er kommt von hinten, wischt sich das Gesicht mit dem Saum seines T-Shirts und enthüllt ein Sixpack, das so zum Anbeißen ist, dass ich vor lauter Lust wie angewurzelt stehen bleibe. »Der verdammte Kühlschrank ist schon wieder aus.«

Ich darf mich nicht zu ihm hingezogen fühlen. Das führt zu nichts Gutem.

»Der ist wohl vom Lastwagen gefallen.« Ich stelle meine Handtasche auf einen Tisch, folge ihm in die Küche und bin froh, dass ich nicht länger so tun muss, als würde ich seine Bauchmuskeln nicht begaffen.

»Wo ist Calista?«, fragt er.

»Mit Karen und Brian im Park.« Ich habe es zwar noch

niemandem gesagt, aber es ist wirklich schön, ein wenig Hilfe zu haben.

»Dieser Kühlschrank regt mich so auf. Aber die guten Nachrichten sind …« Er zückt sein Handy und setzt sich auf die Küchentheke. »Ich bin der Vater.« Er sagt es, als wäre er Maury Povich, und hält mir sein Handy hin, auf dem eine E-Mail geöffnet ist.

»Hast du etwa daran gezweifelt?« Ich hebe eine Augenbraue.

Lachend wischt er sich noch mehr Schweiß von der Stirn. Doch diesmal benutzt er zum Glück seinen Ärmel und nicht den Saum seines Shirts. »Keine Sekunde.«

Unsere Blicke treffen sich. »Fühlt es sich anders an, jetzt, da du es schwarz auf weiß hast?« Ich lehne mich gegen die Theke und verschränke die Arme vor der Brust. Kurz fällt sein Blick auf meinen Ausschnitt.

»Nein. Aber ich habe angerufen, um sicherzustellen, dass sie die Ergebnisse an deinen Arzt in Seattle weiterleiten. Er muss Calistas Krankenakte an einen Arzt hier schicken. Damit jeder Bescheid weiß, falls irgendwas sein sollte.«

Ich nicke. In letzter Zeit ist so viel passiert, dass ich fast vergessen hätte, wie wichtig das ist. Vor allem, wenn jetzt auch andere auf sie aufpassen.

»Wir müssen allen Bescheid geben, dass sie sofort in die Notaufnahme muss, falls sie sich verletzt.«

»Moment.« Er greift nach seinem Handy und tippt kurz darauf herum. Dann vibriert mein Smartphone in meiner hinteren Hosentasche. Ich wurde einer Gruppe mit dem Namen »Bailey Crew« hinzugefügt.

> ROME: *FYI. Falls ihr auf Calista aufpasst und sie sich schneidet oder aus sonstigen Gründen blutet, müsst ihr sie sofort ins Krankenhaus bringen. Dann ruft ihr Harley oder mich an.*

Es erscheinen drei Reihen an Punkten, gefolgt von einer Nachrichtenflut.

Ich habe keine Ahnung, wer wer ist, aber alle wollen wissen, was los ist. *Ist was passiert? Warum?*

»Jetzt hast du alle in Panik versetzt«, bemerke ich.

Er zuckt mit den Schultern. »Glaub mir. Dieser Familienchat wird dir eine Menge Kopfschmerzen ersparen. So viel einfacher, als acht separate Nachrichten zu schreiben.« Er gleitet von der Theke. Zwei Sekunden später klingelt es von der Tür.

»Rome!«, ruft eine männliche Stimme.

»Hier hinten!«, erwidert er.

Es ist der Typ, der mir am ersten Abend gesagt hat, wie ich zu Romes Restaurant komme.

»Hey, Jack. Das ist Harley. Ich glaube, ihr habt euch noch nicht kennengelernt.«

»Doch, haben wir. Irgendwie. Aber schön, dich jetzt offiziell kennenzulernen, Jack.«

»Ebenso«, sagt er und stellt seine Werkzeugkiste auf den Boden. »Harley kam neulich in meinen Laden und hat mich nach dem Weg gefragt«, erklärt er Rome.

»Ah, verstehe.« Nachdenklich stemmt Rome die Hände in die Hüften und starrt auf den Industriekühlschrank. »Glaubst du, ich sollte ihn einfach zurückschicken?«, fragt er.

Während die zwei Männer über den Kühlschrank diskutieren, schreibe ich den anderen eine Nachricht, dass es Calista gut geht, erkläre aber, was sie hat und welche Risiken ihre Krankheit birgt.

Wieder folgen etliche Nachrichten. *Danke, Harley. Meine arme Nichte. Was können wir für sie tun?* Dann schicken sie mir alle ihre Namen passend zu den Nummern, und ich vertreibe mir die Zeit damit, sie abzuspeichern. Es dauert so lange, dass ich am Ende nicht mehr sicher bin, ob ich Bailey tatsächlich richtig geschrieben habe.

»Ich bin an der Bar«, sage ich, obwohl ich nicht mal sicher bin, ob die beiden Männer überhaupt noch wissen, dass ich da bin.

Ich lasse den Blick über den dunklen Holztresen und die Glasregale mit den Flaschen schweifen. Rome hat keine Kosten und Mühen gescheut. Seine Weinauswahl ist exquisit. Und die Liköre liegen auch alle im oberen Preissegment. Ich frage mich, wie gut so ein Restaurant in einer Stadt wie dieser laufen wird. Nicht, dass es eine arme Stadt wäre. Aber alle, die ich bisher kennengelernt habe, scheinen eher zu den Leuten zu gehören, die lieber in ein Diner gehen.

Ich präge mir ein, wo die Weinkühler, Eiskübel und Gläser stehen, damit das nächste Woche kein Desaster wird und ich mithalten kann.

»Hey.« Rome kommt herein. »Und? Findest du es gut?«, fragt er.

»Du hast wirklich ganze Arbeit geleistet. Hast du jemals gekellnert?« Ich inspiziere noch ein paar Flaschen.

»Nein. Aber ich habe schon in genügend Restaurants gearbeitet, um zu wissen, was man unbedingt braucht. Gib mir Bescheid, falls noch etwas fehlt.«

»Das sollte erst mal reichen.«

Er setzt sich an die Bar. »Was darf's sein, Rome?«, frage ich und lehne mich über den Tresen. Wieder fällt sein Blick auf mein Dekolleté, also richte ich mich auf.

»Kannst du dich nicht mehr daran erinnern?«

»An jenem Abend hast du mit vier Kurzen angefangen. Danach hast du nur noch Bier getrunken.«

Er nickt. »Klingt ganz nach mir. Ich nehme einfach ein Wasser.«

Ich greife unter die Theke, greife mir eine Wasserflasche und öffne sie für ihn.

»Du musst morgen ein paar Vorstellungsgespräche führen. Ich passe auf Calista auf.«

»Vorstellungsgespräche?« Ich lege den Kopf schief.

»Du kannst nicht jeden Abend kellnern. Du musst zur Schule. Und Calista gibt es auch noch.«

Ich lege den Kopf noch schiefer und versuche zu verstehen, was er mir damit sagen will.

»Du bist die Barchefin. Du musst entscheiden, wen ich einstellen soll. Ich habe mir alle Bewerbungen angesehen. Einen Typen habe ich bereits genommen. Ich habe ihm gesagt, er solle vorbeikommen, damit du dein Einverständnis geben kannst. Wenn er dir nicht gefällt, schicke ich ihn in die Wüste.«

»Barchefin? Nein, Rome.« Ich schüttle den Kopf.

»Doch. Ich kenne keine, die qualifizierter wäre als du. Es passt perfekt.«

»Perfekt? Du wusstest nicht mal, dass ich nach Lake Starlight komme. Welche Pläne hattest du davor?«

Er lacht leise und nimmt einen Schluck von seinem Wasser, ohne den Blick von mir abzuwenden. »Ich hatte noch keinen. Dein Timing war perfekt.«

Ich lehne mich gegen den Tresen. »Tust du das, weil ich Calistas Mutter bin?«

Er lacht erneut. »Nein. Ich tue es, weil du Erfahrung hast. Aber sag mir, wenn es dir zu viel ist.«

Ich beschließe, sein Angebot anzunehmen, auch wenn es mir schwerfällt. »Nein. Schon in Ordnung.«

»Gut.« Er nickt, leert die Flasche in Rekordzeit, drückt sie zusammen und stellt sie auf die Theke. »Ich bin froh, dass wir das geklärt haben.« Dann steht er auf. »Falls ich das mit dem Kühlschrank allerdings nicht in den Griff bekomme, wird es keine Eröffnung geben.«

»Alles klar. Dann lass ich dich mal. Ich hole Calista ab.«

»Gib ihr einen Kuss von mir.« Er geht zurück in die Küche.

»Hey, Rome«, rufe ich ihm hinterher. Er bleibt stehen und dreht sich um. »Glückwunsch. Du bist jetzt offiziell Vater.«

Er lächelt zufrieden. »Danke.« Dann zwinkert er. »Ich bin hin und weg.«

Ich erwidere sein Lächeln und beobachte, wie er durch die Schwingtür in die Küche verschwindet.

Ich lege die Hand auf meinen Bauch, damit sich die Raupen nicht in Schmetterlinge verwandeln. Was Rome angeht, sind Schmetterlinge nicht erlaubt. Es steht zu viel auf dem Spiel.

Kapitel 17

HARLEY

Der Gründertag ist ganz anders, als ich es mir vorgestellt habe.

Rome wollte unbedingt, dass ich auf dem Bailey-Wagen mitfahre – was auch immer das bedeutet. Aber ich habe mich geweigert. Ich bin keine Bailey. Calista schon. Aufgeregt warte ich nun am Straßenrand der Main Street, bis der Wagen auftaucht. In den letzten Wochen habe ich nicht nur zu Rome Vertrauen gefasst, sondern zu seiner ganzen Familie. Aber dass meine Tochter auf dem Wagen mitfährt, macht mich nervös.

»Hey.« Holly reißt mich aus meinen Gedanken und stellt sich zu mir.

»Was machst du denn hier?«, frage ich.

»Ich bin noch keine Bailey.« Sie legt der Frau hinter sich die Hand auf die Schulter. »Das sind Francie und Jack.«

»Hi, Jack. Schön, dich kennenzulernen, Francie.« Ich rücke ein Stück beiseite, um ihnen Platz zu machen.

Die dunkelhaarige Frau lächelt herzlich und schüttelt mir die Hand. »Gefällt es dir in Lake Starlight?«

»Ja, danke.«

»Hat Rome dir erzählt, dass wir den Kühlschrank wieder zum Laufen gebracht haben?«, fragt Jack.

Ich nicke. »Ja, hat er. Gute Arbeit.«

Francie strahlt ihren Ehemann an.

»Ich wusste gar nicht, dass du Jack bereits kennst«, sagt Holly.

»Kleinstadt eben. Du weißt ja, wie das ist.«

Holly nickt. Jack zwinkert mir zu und verrät nicht, dass ich ursprünglich nach Denver gesucht habe.

Ich lächle ihn an, dankbar für seine Diskretion.

»Ich habe gehört, Calista fährt auf dem Wagen mit.« Holly stößt mich mit dem Ellbogen an.

»Ja. Hoffentlich passiert nichts.«

Sie legt den Arm um meine Schultern. »Wird es nicht.«

Ich schlüpfe unter ihrem Arm hervor, doch sie merkt es nicht einmal, da in diesem Moment zwei Reihen an Muscle-Cars auftauchen. Aus den Lautsprechern dröhnt *Shake it Up* von The Cars.

Alle Menschen fangen an zu tanzen und zu singen.

»Bin ich gerade an einem Filmset gelandet?«, frage ich.

Holly neben mir tanzt, als wäre sie auf einem Ball in den Fünfzigern, und verlagert das Gewicht immer wieder von einem Fuß auf den anderen. Doch ich traue mich nicht, ihr zu sagen, dass sie in der falschen Ära gelandet ist. »Ja, nicht wahr?«

Francie wippt mit dem Kopf. Kein Wunder, dass sie sich

nahestehen. Sie wissen beide nicht, wie man sich zu der Musik bewegt. Vielleicht sollte ich ihnen zeigen, wie man den Twist tanzt.

»Liam sucht immer die besten Songs aus.« Jack schnappt sich seine Frau und wirbelt sie herum.

In was für eine Stadt bin ich bloß gezogen?

»Habt ihr gehört, dass sie die Parade dieses Jahr geändert haben?«, fragt Francie Holly.

»Ich dachte mir schon, dass ich euch hier finde.« Hinter uns taucht Wyatt mit einer älteren Frau an seiner Seite auf.

»Du bist auch nicht auf dem Wagen, was?« Holly tanzt weiter, während sie mit ihm spricht.

»Ihr seid verlobt. Ich bin immer noch nur der Freund.« Wyatt lacht, und die ältere Dame hakt sich bei ihm unter. »Das ist meine Mutter Eva«, erklärt er.

Wir winken alle und sagen Hallo.

»*Sea of Love* kommt direkt vor dem Bailey-Wagen«, sagt Francie. »Das ist mein Lieblingsteil.« Sie blickt zu Jack auf, der sie wieder herumwirbelt.

Liam sitzt im vordersten Auto und zwinkert mir zu. Dann biegen die Wagen um die Kurve.

Danach folgt ein Umzugswagen mit einer sanften Ballade.

Darauf steht ein Mann im Anzug, der in ein Mikrofon singt, neben ihm sitzt in einem Sessel eine Frau in einem Brautkleid und blickt ihn verliebt an.

»Das soll dir besser Francie erklären. Sie ist die Romantikerin von uns.« Holly rückt beiseite, und Francie hakt sich bei mir unter.

»Okay. Also. *Sea of Love* von The Honeydrippers war das Hochzeitslied von Mr. und Mrs. Bailey, Romes Eltern. Seit ihrem Tod zollt ihnen die Stadt jedes Jahr Tribut. Die Theater-AG der Highschool kümmert sich um den Umzugswagen.«

Ich nicke und sehe mich um. Alle wiegen sich nun hin und her und singen den Text mit – Francie lauter als alle anderen.

Jetzt mal im Ernst. Ich bin wohl in Corneyville, USA, gelandet.

Als der Wagen näher kommt, schlägt Francie die Hand vor den Mund und schnappt nach Luft.

»Ja, ich habe ihnen dieses Jahr ein wenig geholfen«, sagt Holly, als wir das riesige Bild von Mr. und Mrs. Bailey bei ihrem Hochzeitstanz sehen.

Romes Eltern.

Bei Austin und Holly hing ein Bild von ihnen an der Wand, aber es ist Jahre später entstanden. Da hatten sie schon eigene Kinder und waren keine Kids mehr mit Rehaugen, die noch ihre ganze Zukunft vor sich hatten.

Die Jungs sehen mehr aus wie ihr Dad, die Mädchen wie ihre Mutter. Außer Phoenix und Sedona, die dunkle Haare haben. Aber der Mann auf dem Bild, der zu seiner Frau herabblickt, könnte Rome sein. Sie sehen sich erstaunlich ähnlich.

Francie wischt ein paar Tränen weg. »Ich vermisse sie so sehr.«

Holly packt sie an den Schultern, schiebt sie hinüber zu Jack und stellt sich wieder neben mich. »Jeder sagt, wie erstaunlich sie gewesen seien. Das waren sie bestimmt auch, wenn man bedenkt, was für tolle Kinder sie bekommen haben, nicht wahr?« Sie bekommt glasige Augen, während der Wagen an uns vorüberzieht.

Er ist noch nicht um die Ecke gebogen, da beginnt die Menge zu jubeln.

»Ist das der Titelsong von den *Golden Girls*?«, frage ich, als das Lied vom nächsten Umzugswagen schallt.

Holly nickt lachend, als sie in Sichtweite kommen. »Japp. Das hat Rome ausgesucht. Er ist nicht gerade der sentimentale Typ.« Sie scheint mir meine Verwirrung anzusehen. »Jedes Jahr muss eines der Bailey-Kinder einen Song auswählen, den sie dann gemeinsam singen. Es muss etwas sein, womit sie der Stadt danken. Und dieses Jahr hat Rome das Lied ausgesucht.«

»Und er hat diesen Song genommen?«

»Wie ich schon sagte. Er ist nicht unbedingt sentimental.« Gemeinsam mit Francie und Jack beginnt sie zu singen. Sogar Wyatt und seine Mutter stimmen mit ein.

Der Wagen kommt näher. Ich muss unweigerlich lächeln. Calista hat den besten Platz, direkt neben Dori und ein Stockwerk höher als ihr Dad. Fast rutscht mir das Herz in die Hose, doch dann sehe ich, dass sie in einem Autositz sitzt, der sich kein Stück bewegt. Keine Ahnung, wie Rome ihn festgemacht hat, aber er scheint wunderbar zu halten.

»Keine Sorge, Harley. Ich habe ihn eigenhändig angebracht.« Jack greift zu mir herüber und berührt meine Schulter.

»Sie geht nirgendwohin«, bestätigt Francie.

»Danke.«

Rome entdeckt mich in der Menge und zwinkert mir zu. Alle Bailey-Geschwister singen den Song mit Enthusiasmus. Calista lächelt und winkt, lacht und spielt mit ihren Füßen und bestaunt alles mit großen Augen. Ich beobachte, wie Rome über die Schulter blickt, um sicherzugehen, dass mit ihr alles in Ordnung ist.

Als sie mich entdeckt, winke ich und werfe ihr eine Kusshand zu, doch sie streckt die Arme aus und versucht, sich aus ihrem Sitz zu befreien. Dori will sie kitzeln, doch es hilft nichts. Calista schlägt ihre Hände weg. »Nein, Dodooo!«, ruft sie, falls mich meine Fähigkeiten im Lippenlesen nicht im Stich lassen. »Mama!«

Ich winke noch mal und klatsche, um ihr zu sagen, dass sie das toll macht.

»Ohoh. Ich glaube, sie hat genug«, flüstert Holly.

Dori versucht erneut, sie zu kitzeln, beugt sich zu ihr herunter und gibt ihr einen Kuss auf den Kopf, aber Calista schlägt nach ihr. Die Menge lacht, und Dori errötet.

»Bitte sag mir, dass das gerade nicht passiert ist.« Ich beiße mir auf die Unterlippe.

»Oh doch, es ist passiert«, erwidert Wyatt leise lachend.

Rome kümmert sich darum. Er reicht Denver sein Mikro, greift nach oben, löst Calistas Sicherheitsgurt und hebt sie aus dem Sitz. Als er sie an seine Brust drückt, jubelt die Menschenmenge noch lauter und beginnt zu klatschen.

»Du wunderst dich sicherlich. Aber das hier ist für die Stadt eine große Sache. Das erste Bailey-Enkelkind.« Holly drückt meine Hand. »Die ganze Aufmerksamkeit überwältigt dich bestimmt. Ging mir am Anfang genauso. Falls du darüber reden willst, ich bin da.«

»Danke«, erwidere ich, immer noch unsicher, was ich von all dem halten soll.

Rome singt den Rest des Songs nicht mit. Stattdessen drückt er Calista an sich. Ihre Tränen versiegen. Dann legt sie den Kopf an seine Schulter, schließt die Augen und steckt den Daumen in den Mund. Er wiegt sie hin und her, als hätte er es seit ihrer Geburt getan.

»Oh, er wiegt sie in den Schlaf«, sagt Wyatts Mom hinter mir. »Wie bezaubernd.«

Die Menge sieht es wohl genauso, denn die Jubelschreie verwandeln sich in »Ahhs«. Tränen brennen mir in den Augen.

Mein kleines Mädchen ist bei seinem Daddy.

Ich hätte nie gedacht, dass dieser Tag kommen würde. Ich wollte nicht wirklich, dass er kommt. Aber jetzt, da er da ist, kann ich nicht leugnen, wie glücklich ich darüber bin.

Die ganze Stadt sieht, was für ein toller und liebevoller Vater Rome ist. Diese Szene will ich mir für immer einprägen. Egal, was auch passiert – ich will mich für immer an diesen Moment erinnern, denn er zeigt, dass die zwei zusammengehören.

Mein Handy piept. Es ist eine Nachricht von Holly. Ich sehe sie an, bevor ich ihre Nachricht öffne.

»Man muss solche Momente festhalten. Lass dir das von einem Mädchen ohne Vater gesagt sein.« Sie lächelt.

Ich öffne ihre Nachricht und betrachte das Foto. Calista

schlingt fest die Arme um Romes Hals, als hätte sie Angst, er könnte gehen.

Keine Sorge, mein kleines Mädchen. Ich verspreche dir, dass ich ihn dir niemals wegnehmen werde. Egal, was auch passiert.

»Danke«, krächze ich und blinzle die aufsteigenden Tränen weg.

Sie lächelt, und Rome grinst mich frech an, als wollte er sagen: »Siehst du? Ich hab's voll im Griff.«

Und das hat er.

Und es ist verdammt sexy.

Kapitel 18

ROME

Der Wagen kommt am Ende der Umzugsroute zum Stehen, und meine Geschwister steigen ab. Denver reicht mir seine Hand, da Calista an mir hängt wie ein Babykoala.

»Nun ja, das war interessant«, bemerkt G'Ma D.

»Tut mir leid. Sie war müde. Und sie hat Harley gesehen«, erwidere ich.

Sie küsst Calistas Stirn. »Schon okay. Ich verzeihe ihr. Aber wenn diese Stadt jetzt anfängt, mich Dodo zu nennen …« Sie schüttelt den Kopf und hakt sich bei Juno unter. »Bring mich zur Bibliothek.«

»Colton, wir bringen Grandma zur Bibliothek«, ruft Juno. Da er ihren Anweisungen immer Folge leistet und die ganze Zeit schon hier gewartet hat, joggt er los, um zu ihnen aufzuschließen.

Diese Freundschaft werde ich nie verstehen.

»Austin!«, schreit Holly durch die Menge.

Schnurstracks geht er auf sie zu und zieht sie in seine

Arme, sobald sie in Reichweite ist. »Ich habe dir ja gesagt, dass du mitfahren sollst.«

Sie berührt seine Wange. »Wenn ich eine Bailey bin.«

»Du *bist* eine Bailey«, widerspricht er.

Kichernd stellt sie sich auf die Zehenspitzen, um seine Wange zu küssen, doch er dreht schnell den Kopf und küsst sie auf den Mund. Meinen Bruder so glücklich zu sehen, macht mich eifersüchtig. Nachdem er sie ausgiebig vor allen Leuten abgeknutscht hat, legt er die Stirn an ihre. »Wollen wir auf dem Riesenrad in Erinnerungen schwelgen?«

Holly beißt sich auf die Unterlippe und nickt.

Meine Güte, die zwei. Erinnert mich daran, nie wieder mit dem Riesenrad zu fahren. Wer weiß, was die da treiben. »Zum Glück schläft Calista!«, bemerke ich.

Im Weggehen zeigt mir Austin den Stinkefinger.

»Schau dir das an, Sav. Du färbst auf alle ab«, sagt Brooklyn kichernd.

Harley kommt mit Wyatt und dessen Mom auf uns zu.

Wyatt küsst Brooklyn weitaus keuscher als Austin Holly, aber seine Mom steht ja auch direkt daneben.

Harley legt die Hand auf Calistas Rücken und begutachtet ihren Sabber auf meiner Schulter. »Kurz war ich besorgt.« Sie lacht.

Ich muss ebenfalls lachen, denn es war ganz schön peinlich, als sie G'Ma D eine geklatscht hat.

»Ja, sie war fertig. Ich habe schon weiter vorn gesehen, wie sie sich die Augen gerieben hat. Ich hätte gleich eingreifen sollen.«

Das mit dem Vatersein muss ich noch üben. Hoffentlich

schreit mich Harley nicht an, weil ich Calista habe mitfahren lassen und aus dem Kindersitz genommen habe. Es war gefährlich, aber ich würde sie niemals fallen lassen.

»Ihr habt allen die Show gestohlen.« Sie stellt sich auf die Zehenspitzen und küsst Calistas Stirn. »Aber ich weiß nicht, ob du ihr noch den Jahrmarkt zeigen kannst. Sie schläft tief und fest.«

»Ich habe den Kinderwagen im Terra & Mare gelassen. Komm, wir holen ihn.«

»Okay«, erwidert sie. Wir verlassen meine Geschwister, die sich jetzt, da die obligatorischen Verpflichtungen vorbei sind, in alle Winde zerstreuen.

Wir spazieren zum Terra & Mare. Über der Markise hängt das Eröffnungsschild mit dem morgigen Datum.

»Nervös?«, fragt sie, während ich die Schlüssel aus der Hosentasche krame und sie ihr reiche.

»Ja.« Das ist total untertrieben. Ich glaube nicht, dass mein Restaurant einschlagen wird wie eine Bombe, aber wird es sich irgendwie über Wasser halten können? Das werde ich erst in sechs Monaten wissen.

Wir gehen hinein und setzen Calista in ihren Kinderwagen. Ich schnalle sie fest, senke die Rückenlehne und decke sie mit der Decke zu, die unten im Wagen liegt.

»Los. Der Gründertag wartet.«

Harley öffnet die Tür, und ich schiebe den Kinderwagen hinaus.

»Ist es schwer?«, fragt sie, während wir den nun leeren Bürgersteig hinabgehen. Alle sind inzwischen auf dem Jahrmarkt oder am See.

»Was?«

»Ein Bailey zu sein. Ihr seid die beliebtesten Kids der Stadt.«

Ich muss lachen. Ein Bailey zu sein, hat durchaus seine Vorteile. Ich habe meine Grenzen ausgereizt – bis es nicht mehr ging. Aber jetzt, da ich älter bin, bereue ich es. Es war nicht richtig, diese Vorzüge so auszunutzen.

»Nachdem meine Eltern gestorben sind, war es beschissen. Aber das wäre bei jeder Familie hier so gewesen. Die Trauer hat einfach kein Ende genommen. Jedes Jahr an ihrem Todestag wird der Friedhof von Blumen überschwemmt. Es war wie ein niemals endender Albtraum.«

Ich versuche, ihr die höfliche Antwort zu geben. Keiner will wissen, wie furchtbar die ersten Jahre tatsächlich waren.

»Ich kann mich nicht an meine Eltern erinnern. Ich war zwei, als sie mich abgegeben haben. Nun ja, meine Mutter. Meinen Vater habe ich nie gekannt. Auf meiner Geburtsurkunde steht kein Name. Ich kann mir nur schwer vorstellen, wie das für dich sein muss. Ich habe noch nie jemanden verloren, der mir nahestand. Aber das liegt vielleicht daran, dass es nicht viele Menschen gibt, die mir wichtig sind.«

Ihre Worte treffen mich mitten ins Herz. Sie ist so offen zu mir – und ich gebe ihr eine politisch korrekte Antwort auf die Frage, wie diese Stadt mit dem Tod meiner Eltern umgeht.

»Ich renne weg.«

»Und ich verstecke mich«, erwidert sie.

»Sobald eine Beziehung enger wird, haue ich ab.«

»Und ich verschließe mich.«

»Ich verschwinde.«

»Ich bleibe. Aber ohne wirklich Gefühle zu investieren. Alles ist besser, als allein zu sein.«

Scheiße, passen wir nicht hervorragend zusammen?

Wir gehen in Richtung Jahrmarkt, doch ich führe uns stattdessen zum Weg am See, denn die lauten Geräusche und das Lachen werden Calista sonst aufwecken.

»In Lake Starlight ein Bailey zu sein, kann manchmal ganz schön beschissen sein«, gebe ich ehrlich zu. »Die Leute hatten immer hohe Erwartungen. Als Austin noch in der Highschool war, dachten sie, er würde auf jeden Fall Profi-Baseballspieler werden. Und Savannah Präsidentin. Dann sind meine Eltern gestorben, und alles ist in sich zusammengefallen. Und wir auch.«

Sie legt die Hand auf meine, die auf dem Kinderwagen liegt.

»Ich hätte nie gedacht, dass ich mich eines Tages wieder normal fühlen würde. Ich habe so viel Scheiße wie möglich gebaut, damit mich alle für einen Versager halten, der kein Mitleid verdient hat. Ich hatte die mitleidigen Blicke satt. Ich habe einfach rebelliert.«

»Verständlich.«

»Nun ja, ich habe hier nicht unbedingt den besten Ruf.«

»Ich glaube, da liegst du falsch.« Sie stößt mich mit ihrer Schulter an.

»Warte noch eine Weile. Dann wirst du es schon merken.«

Wir spazieren am See entlang. Es ist schön, mit Harley allein zu sein. So haben wir uns noch nie unterhalten.

»Danke«, sagt sie nach ein paar Minuten und bricht das Schweigen.

»Wofür?«

»Für alles. Dass du Calista in dein Leben lässt, obwohl du so viel um die Ohren hast. Dass du deine Schwester dazu überredet hast, uns bei sich einziehen zu lassen. Der Kellnerjob. Du bist ein toller Mann, Rome. Das Warnschild, das du dir selbst um den Hals gehängt hast, funktioniert nicht.« Sie lächelt mich an, und mein Blick fällt auf ihre Lippen. Ich will mich gerade herunterbeugen, um sie zu küssen, doch mein Selbsterhaltungstrieb setzt vorher ein.

»Ich werde dich enttäuschen. Ganz sicher.«

Kopfschüttelnd starrt sie mich an und hält den Kinderwagen fest, damit ich stehen bleibe. Der Sonnenuntergang lässt ihre Haut leuchten. Sie wirkt wie ein Traum.

»Mach das nicht. Nicht mit mir, okay? Sei der Mann, der du bist. Ohne Entschuldigungen. Es ist okay, ein guter Kerl zu sein. Und wenn die Leute Mitleid haben, weil du deine Eltern so früh verloren hast, dann lass sie. Es bedeutet nur, dass du ihnen wichtig bist.«

Ich starre sie an. Sie ist wirklich unglaublich. Warum habe ich das an jenem Abend nicht erkannt? Wie konnte ich nur ihre Titten und ihren Arsch sehen und nicht ihre liebevolle Persönlichkeit und den weichen Kern unter der harten Schale? Und das, obwohl sie kein leichtes Leben hatte. Ein viel schwereres als ich. Sie hatte keine Eltern, die sie verlieren konnte. Das ist viel schlimmer.

»Okay«, erwidere ich, unsicher, welche Antwort sie erwartet. »Du aber auch, okay? Du musst dich öffnen, damit die Leute dich sehen. Diese Stadt ist nicht perfekt, aber meiner Familie kannst du vertrauen. Das garantiere ich dir. Sie werden dich nie enttäuschen.«

»Und du?« Sie tritt näher an mich heran. »Wirst du mich enttäuschen?«

Ich blinzle ein paarmal und fixiere ihre Zähne, die sich in ihre Unterlippe graben. »Ich ...« Ich sollte sie küssen und mich später um die Konsequenzen kümmern. Vielleicht könnten wir Calista die perfekte amerikanische Familie bieten.

»Dada«, murmelt Calista und bewegt sich unter ihrer Decke.

»Deine Tochter hat dich gerettet«, bemerkt Harley und zieht die Decke zurück, unter der ein kleines lächelndes Mädchen zum Vorschein kommt.

»Mama«, sagt sie.

Harley löst den Gurt, hebt sie aus dem Kinderwagen und drückt sie an ihre Brust. »Hey, Süße«, sagt sie und wiegt sie hin und her. »Sieh mal.« Sie dreht sich um, und Calistas Augen werden groß.

»Dada«, sagt sie, versucht jedoch nicht, sich von ihrer Mutter zu lösen. Und ich kann es ihr nicht verübeln. Ich würde gerade nichts lieber tun, als den Kopf an Harleys Brust zu schmiegen.

»Jahrmarkt? Zuckerwatte? Wii?«, frage ich meine Tochter.

Mit jedem Wort werden ihre Augen größer. Sie fängt an zu strampeln, doch Harley hält sie fest, während ich den

Kinderwagen in Richtung Jahrmarkt schiebe, dessen bunte Lichter den Abendhimmel über Lake Starlight erhellen.

Zum Glück ist Calista aufgewacht, denn fast hätte ich das getan, was mir Liam verboten hat. Fast wäre ich mit beiden Füßen hineingesprungen, in der Hoffnung, Harley würde ebenfalls springen. Aber was, wenn Liam recht hat und ich ans Ufer schwimme, sobald sie Gefühle für mich entwickelt? Ich könnte alles zwischen uns ruinieren. Vielleicht schnappt sie sich dann Calista und zieht zurück nach Seattle.

Würde ich mir selbst mehr trauen, wäre die ganze Situation wesentlich einfacher.

Kapitel 19

HARLEY

Drei Wochen sind inzwischen vergangen, und mein Kurs für meine Massagelizenz hat begonnen. Da ich dafür nach Anchorage fahren muss, war Dori so freundlich, mir ihren Cadillac zu leihen. Aber jedes Mal, wenn ich die Stadt verlasse, überprüft Sheriff Miller, ob auch wirklich *ich* am Steuer sitze.

Heute Abend arbeite ich im Terra & Mare, das für den nächsten Monat schon ausgebucht ist. Das Blöde daran ist, dass Calista und ich so wenig Zeit mit Rome haben. Aber zum Glück hat es sonntags und montags geschlossen, so bleiben uns wenigstens diese beiden Tage. Ich meine, *ihr* bleiben diese Tage.

Ich stehe gerade hinter der Bar und bereite die Drinks für die Tische vor, die bereits platziert wurden, als Rome aus der Küche kommt.

Rome sieht in jedem Outfit heiß aus, aber in seiner Kochjacke? Da explodieren einem die Eierstöcke, man bekommt Herzchenaugen und ein feuchtes Höschen. Oben rechts ist sein Name aufgestickt. Und wenn er dann auch noch ein Bandana trägt, um sein Haar zurückzubinden, dann würde ich ihn am liebsten anflehen, mich gleich hier und jetzt auf der Bartheke zu nehmen.

»Wie läuft's?« Lässig lehnt er sich gegen den Tresen und lässt den Blick über seine Gäste schweifen.

»Gut.« Ich stelle zwei Weingläser aufs Tablett.

Als die Tür aufgeht, fegt ein kalter Luftzug herein. Wir blicken auf, und mir fällt die Kinnlade herunter, weil die Kellnerin Shane begrüßt. Ja, ich meine Shane. Meinen Ex.

Er trägt einen Anzug, die Krawatte hängt lose um seinen Hals, das Jackett ist zerknittert. Er hat überhaupt kein Gepäck dabei. Oh, mein Gott. Was zum Teufel hat er hier zu suchen?

»Gib dem Kerl einen Drink aufs Haus. Er sieht aus, als hätte er gerade einen Marathon hinter sich.« Rome stützt sich immer noch auf den Tresen, ohne meine Panik zu bemerken.

»Ähm …«

Shane und die Kellnerin drehen sich zu uns um. Mein Herz schlägt wie verrückt, als er lächelnd auf mich zukommt.

»Harley, hey«, sagt er.

»Shane. Was machst du denn hier?«

»Shane?« Rome richtet sich auf, verschränkt die Arme vor der Brust und ist in solcher Alarmbereitschaft, als hätte er gerade einen Anpfiff von seinem Drill Sergeant bekommen.

»Kann ich mit dir reden?«, fragt mich Shane.

»Ich arbeite«, erwidere ich.

Es ist fast einen Monat her, seit ich mich von ihm getrennt habe. Seither haben wir nicht mehr miteinander gesprochen. Keine Ahnung, warum er hier ist.

»Dann nach der Arbeit. Wann hast du Feierabend?«

»Ähm ...« Ich sehe Rome an, dessen Blick auf Shane gerichtet ist. »Erst sehr spät.«

»Du kannst deine Pause jetzt machen«, sagt Rome hinter mir.

Auf wessen Seite steht er bitte?

»Ich habe keinen Ersatz«, widerspreche ich und winke ab.

»Ich mache es. Colin ist in der Küche. Das schafft er schon.«

Warum tut er das?

»Bitte, Harley«, fleht Shane.

Ich versuche, meine Schürze zu öffnen, doch der Doppelknoten zieht sich immer enger zusammen. Rome tritt hinter mich und öffnet ihn für mich. Seine starke Brust ist nur wenige Zentimeter von meinem Rücken entfernt. Bei jedem Ziehen streift er meinen Hintern. Ich schlucke schwer.

»Setz dich. Bin gleich da.« Ich deute auf einen freien Tisch.

Shane tut wie geheißen und geht hinüber zu den freien Zweisitzern.

»Bist du noch mit ihm zusammen?«, fragt Rome. Ich spüre seinen heißen Atem in meinem Nacken, während er immer noch mit dem Knoten kämpft.

Ich habe ihm nicht erzählt, dass ich Schluss gemacht

habe, denn es war egal. Dass ich mich von Shane getrennt habe, hat nichts mit Rome und mir zu tun.

»Nein. Wir haben uns vor fast einem Monat getrennt.«

Endlich hat er es geschafft. Seine Finger sind so nah und doch so fern. Ich will, dass sie meinen Körper erforschen. Ich will es mehr als meinen nächsten Atemzug. Seine Hände legen sich auf meine Hüften, und ich halte still. Fühlt er dasselbe wie ich? Oder ignoriert er die ständige Energie zwischen uns?

»Dann erinnere ihn daran, dass du in Lake Starlight bleibst«, flüstert er, und mir jagt ein Kribbeln über die Wirbelsäule.

Dann tritt er zurück, verschränkt wieder die Arme vor der Brust und lehnt sich gewohnt lässig an die Theke hinter dem Bartresen.

Zögerlich gehe ich auf Shane zu und setze mich ihm gegenüber. Als er versucht, nach meinen Händen zu greifen, lasse ich sie unterm Tisch verschwinden.

»Ich arbeite«, sage ich.

»Ich weiß. Tut mir leid. Aber dein Boss wirkt ziemlich cool.«

Jetzt wäre der richtige Zeitpunkt, ihm zu sagen, dass mein Boss Rome ist, Calistas Vater. Aber das geht ihn nichts mehr an.

»Ich habe fünf Minuten. Ich darf diesen Job nicht verlieren.«

Er nickt. »Du bräuchtest diesen Job nicht, wenn du einfach mit mir nach Hause kommen würdest. Ich vermisse dich. Und ich vermisse Calista.«

Ich werfe einen Blick über die Schulter. Rome beobachtet uns.

»Ich habe es dir gesagt. Ich bleibe hier. Es ist mir wichtig, dass Calista ihren Dad kennenlernt. Er hat hier eine große Familie. Alle lieben sie.«

»Dann opferst du ihr zuliebe unsere Liebe?«, fragt er.

»Nein. Aber ich würde es tun. Ohne mit der Wimper zu zucken. Es gefällt mir hier. Und du weißt, wie ich aufgewachsen bin. Es ist wichtig, dass Calista von ihrer Familie umgeben ist.«

»Ich kann ihre Familie sein. Miranda meinte, du würdest kaum noch mit ihr reden.«

»Das stimmt nicht. Aber dann war sie wohl diejenige, die dir gesagt hat, wo ich arbeite …«

Ich habe Shane schon öfter beim Lügen erwischt. Kleine, dumme Lügen. Dass er irgendwo für uns reserviert habe, die Reservierung aber untergegangen sei. Oder dass er Personen gekannt habe, bevor sie berühmt geworden sind. Vielleicht sind sie zur selben Schule gegangen, aber sie hatten nie denselben Freundeskreis. Es gefällt ihm, anderen zu imponieren.

»Nun ja, sie meinte, du seist zu beschäftigt, um häufig zu telefonieren«, korrigiert er seine Aussage.

»Ich musste mich in der Schule anmelden. Meine Zeugnisse von der alten zur neuen Schule schicken lassen. Calistas Krankenakte anfordern. Dann habe ich noch diesen Job angefangen …« Er lehnt sich zurück und öffnet noch einen Knopf seines Shirts, als wäre es furchtbar heiß hier drin. »Es ist fast vier Wochen her, dass wir uns getrennt haben. Und jetzt vermisst du uns plötzlich?«

Irgendwas passt hier nicht zusammen.

»Ich hatte einen großen Fall. Du weißt, wie sehr mich das immer einnimmt. Da verschwindet alles andere.«

Ja, das weiß ich. Mir ist jetzt klar geworden, dass es wahrscheinlich genau aus diesem Grund mit uns funktioniert hat. Weil ich so ab und zu eine Pause von ihm hatte. Sobald er angefangen hat, mich zu erdrücken, war wieder irgendwas bei der Arbeit. Das habe ich jedes Mal als Erleichterung empfunden. Ich hatte deshalb immer ein schlechtes Gewissen. Aber Shane könnte selbst einen liebebedürftigen Welpen ersticken. Das ist nichts Schlechtes, aber ich bin nun mal kein neugeborener Welpe auf der Suche nach Zuneigung. Ich bin der fünfjährige Hund, der von Tierheim zu Tierheim gewandert ist.

»Nun ja, ich stehe immer noch zu dem, was ich gesagt habe. Ich werde hierbleiben, was bedeutet, dass es zwischen uns nicht funktionieren wird. Ich will nicht im Bösen auseinandergehen …« Ich halte inne, als er aufsteht, sich vor mich kniet und anfängt, in seiner Jackentasche herumzukramen. »Was machst du da?« Dann verstehe ich. »Steh auf, Shane«, flüstere ich entsetzt.

»Das, was ich schon hätte tun sollen, bevor du hierhergekommen bist. Ich hatte schon alles geplant. Aber dann ist dieser Fall auf meinem Schreibtisch gelandet.«

Ich sehe mich um. Die ersten »Ohhs« und »Ahhs« lassen nicht lange auf sich warten. Ich bringe es nicht fertig, Rome anzusehen. Ich frage mich, wie er sich gerade fühlt. Wahrscheinlich hat er Angst, dass ich Ja sage und mit Calista zurück nach Seattle ziehe.

Die viel wichtigere Frage ist jedoch: Warum will ich die Eifersucht in seinen Augen sehen? Ich sollte nicht hoffen, dass er so reagiert. Da ich eh bezweifele, dass er eifersüchtig ist, konzentriere ich mich auf den Mann vor mir. Den Mann, der offensichtlich kein Nein versteht.

»Steh auf, Shane.«

»Harley, das zwischen uns ist etwas ganz Besonderes. Ich hätte dich schon viel eher fragen sollen. Willst du mich heiraten?« Er öffnet die Schatulle. Darin befindet sich der größtc Diamant, den ich je mit eigenen Augen gesehen habe. Ein großer birnenförmiger Diamant in der Mitte, daneben etliche kleine. Der Ring ist wunderschön, aber überhaupt nicht mein Geschmack. Noch eine Bestätigung, dass das mit uns nicht richtig ist.

Endlich finde ich den Mut, zur Bar zu blicken. Doch es ist keiner da. Mein Herz bekommt einen feinen Riss.

Was habe ich denn erwartet?

Mein Gehirn arbeitet auf Hochtouren und versucht, alles zu sortieren, was mich innerlich zerreißt. Ich habe mir geschworen, mich nicht in ihn zu verlieben. Es könnte Calista schaden. Alles zerstören, was wir uns gerade aufbauen. Bisher hat es so gut funktioniert mit der Co-Elternschaft. Wir haben uns schnell daran gewöhnt. Warum beschließt mein Herz jetzt also, sich einzumischen und die Kontrolle zu übernehmen? Warum denkt es, es hätte irgendwas zu melden?

Hast du nicht.

Diesmal werde ich auf meinen Kopf hören.

»Har«, sagt Shane. Ich sehe ihn an und stelle fest, dass er immer noch vor mir kniet.

Scheiße.

Ich richte mich gerader auf, nehme ihm die Schatulle ab und schließe sie. »Ich kann nicht.«

»Dann ist das also ein Nein?« Er greift nach der Schatulle, steckt sie wieder in sein Jackett und ignoriert die Blicke der anderen Gäste.

»Ja. Es ist ein Nein.«

»Warum?« Sein Gesicht ist ganz rot, als er sich wieder setzt.

»Weil ich dich nicht liebe. Und du liebst mich nicht.«

»Das weißt du nicht.«

»Doch, tue ich. Und wenn du richtig darüber nachdenken würdest, wüsstest du es auch. Ich glaube, es geht hier weniger um mich, sondern vielmehr um die Tatsache, dass du generell nicht gern verlierst.«

Er atmet geräuschvoll aus. »Du hast keine Ahnung, wie gut du es hattest. Ich habe deine Tochter geliebt wie meine eigene. Ich war bereit, dir ein Leben zu bieten. Ein Leben, wie du es noch nie hattest. Du hättest nie Geldsorgen gehabt. Du hättest alles gehabt, was du willst.«

Mein schlechtes Gewissen, weil ich abgelehnt habe, verwandelt sich in Wut. »Ich brauche keinen Gönner.«

Er steht auf, die Augen zu Schlitzen verengt. Wahrscheinlich versucht er jetzt wieder, mich mit Worten zu verletzen. Ich kenne diesen Blick. Dieser schockierte, überraschte Blick, wenn ich das ablehne, was die Leute mir anbieten. Es erinnert mich an meinen Pflegevater, als ich vierzehn Jahre alt war. Er hat versucht, sich in mein Zimmer zu schleichen, um mir zu sagen, er würde am nächsten Tag mit mir shoppen gehen, wenn ich ihn glücklich mache. Am nächsten Tag bin ich statt zur Schule direkt zur Polizei gegangen. Was hatte ich zu verlieren? Ich war es gewohnt, von Familie zu Familie zu wandern.

»Dann wünsche ich dir ein schönes Leben in diesem Drecksloch von Stadt. Aber komm ja nicht angekrochen, sobald dir klar geworden ist, was für einen riesigen Fehler du gemacht hast.« Schnaubend schüttelt er den Kopf, als wäre ich eine Vollidiotin, und geht.

Die frische Luft, die zur Tür hereinströmt, tut gut.

Kurz sitze ich da, starre aus dem Fenster und versuche zu verarbeiten, was gerade passiert ist. Auf dem Bürgersteig entdecke ich Juno, wie sie auf Coltons Rücken springt und mit ihm herumalbert. Sie sind süß zusammen. Aber ich dachte, sie wären nur Freunde?

»Harley.« Romes Stimme reißt mich aus meinen Gedanken. Ich drehe mich zu ihm.

»Hey. Sorry. Ich arbeite sofort weiter.« Ich lege die Handflächen auf den Tisch, um mich hochzudrücken.

»Noch nicht.« Dann geht Rome auf die Knie. »Ich habe zwar keinen Ring, aber würdest du mich stattdessen heiraten?«

Mit einem Plumpsen landet mein Hintern auf dem harten Holzstuhl. Diesmal sind die »Ohhs« und »Ahhs« lauter.

Natürlich. Schließlich ist es ein Bailey, der hier gerade einen Heiratsantrag macht. Das sind große Neuigkeiten in

Lake Starlight – selbst wenn der besagte Bailey verrückt geworden ist.

Kapitel 20

ROME

Sie beugt sich zu mir herunter. »Was machst du denn da?«, zischt sie.

»Heirate mich. Vergiss ihn, und heirate mich. Bleib bei mir in Lake Starlight. Ich weiß, dass ich dir nicht das bieten kann, was er dir bieten kann. Geld. Ein großes Haus. Ich habe ja nicht mal einen Ring.« Ich schüttle den Kopf. »Aber ich werde gut zu dir und Calista sein. Und ich werde dich jeden Tag zum Lachen bringen. Selbst wenn ich mich dafür zum Affen mache.«

»Wie zum Beispiel jetzt?« Sie reißt die Augen auf.

»Sag einfach Ja.«

»Steh auf«, presst sie hervor.

»Erst, wenn du Ja gesagt hast.« Ich knöpfe meinen Kochkittel auf. Langsam wird es heiß hier drin.

»Du willst mich heiraten?« Sie lehnt sich zurück und verschränkt die Arme.

»Ja.« Ich nicke.

»Warum?« Sie ist so kühl und gelassen.

»Das habe ich dir gerade gesagt.« Eine Falte bildet sich zwischen meinen Augenbrauen.

»Nein. Du hast mir gesagt, was du zu bieten hast.«

Ich wische mir die Stirn und stelle fest, dass uns alle anstarren. »Okay.« Ich versuche zu schlucken, auch wenn mein Mund staubtrocken ist. »Ich liebe es, dass du so ein Sturkopf bist.«

»Wirklich?« Sie lacht.

»Ich liebe es, dass du Calista eine so gute Mutter bist.«

Sie wiegt den Kopf hin und her, als würde sie über das Argument nachdenken. Dann sieht sie mich wieder an und wartet auf mehr.

»Ich liebe es, dass du geblieben bist, als ich dich darum gebeten habe. Ich weiß, dass es dir nicht leichtfällt, Hilfe anzunehmen. Doch du hast es getan, um bleiben zu können.«

Sie lächelt. Vielleicht schaffe ich es doch, ihr Herz zu erobern. Wo auch immer dieser Anwalt steckt – ich hoffe, er weiß, dass ich gewonnen habe. Am liebsten würde ich aufstehen, mein Shirt zerreißen und laut schreien: »Sie gehört mir!« Sie gehören *beide* mir.

»Und liebst du mich?«, fragt sie.

Scheiße. Warum fragt sie mich das?

»Ich …«

Ich könnte lügen. Ich meine, ja, ich liebe sie als Mensch und als Mutter meiner Tochter, aber … Liebe? Ich würde gern mit ihr schlafen, aber ich glaube, das meint sie damit nicht. Weiß ich überhaupt, was Liebe ist? Ich war nie lange genug mit einer Frau zusammen, um es zu wissen. Ich sehe, wie Austin Holly ansieht und Wyatt Brooklyn, aber ich glaube nicht, dass ich Harley so ansehe.

Sie sehen aus wie verlorene Welpen, die gerade ihr Herrchen gefunden haben. Und ich sehe Harley an wie ein Streuner, dem ein Steak auf dem Silbertablett präsentiert wird. Ich weiß nicht, ob das das Gleiche ist.

»Das habe ich mir gedacht.« Sie steht auf und geht weg, jedoch nicht hinter die Bar, sondern in die Küche.

»Du sagst also Nein?« Ich folge ihr.

»Natürlich sage ich Nein«, erwidert sie, geht schnurstracks an Colin vorbei und in mein Büro.

»Warum?« Ich bleibe stehen, doch sie geht einfach weiter, bis sie in meinem Büro ist. Dann dreht sie sich um.

»Musst du das wirklich fragen? Ich habe dich gefragt, ob du mich liebst. Und ich bin ziemlich sicher, dir ist dabei schlecht geworden.« Sie stemmt die Hände in die Hüften, und die Augenbrauen hat sie so weit hochgezogen, dass man meinen könnte, sie hätte sie aufgemalt.

Colins Blick wandert zwischen uns hin und her.

Mein Gott, diese Unterhaltung werde ich jetzt nicht vor ihm führen.

Ich tue, was sie will, und gehe in mein Büro.

»Colin, gib mir zehn Minuten.« Dann schließe ich die Tür.

Ich habe mich noch nicht hinter meinen Schreibtisch gesetzt, als sie die Tür wieder öffnet und den Kopf hinausstreckt. »Es dauert nur zwei Minuten.« Dann wirbelt sie herum und schließt die Tür wieder. »Rome, willst du mich wirklich heiraten?«

»Ja.« Ich nicke eifrig. Sie kann mir meine Tochter nicht wegnehmen.

»Und wenn ich dir sage, dass ich den ersten Heiratsantrag abgelehnt habe?«

Heilige Scheiße. Danke. Erleichterung überkommt mich, und meine Muskeln, die die ganze Zeit angespannt waren, lockern sich endlich.

»Würdest du mich dann trotzdem heiraten wollen?«

»Na ja ...« Es wäre nicht die schlechteste Idee. Die Chemie zwischen uns stimmt. Ich glaube, im Schlafzimmer würde es niemals kalt werden.

»Genau. Oh, du unvernünftiger Kerl.« Kichernd umrundet sie meinen Schreibtisch und lehnt sich mit dem Hintern gegen die Kante. Ich setze mich und lasse den Blick über ihren Minirock und ihre Beine schweifen, die in Nylonstrümpfen stecken.

»Ich konnte nicht zulassen, dass du ihn heiratest.«

Als er auf die Knie gegangen ist, war die Eifersucht so groß, dass ich sie kaum ertragen konnte. Ich bin in meinem Büro auf und ab gegangen, bis ich schließlich beschlossen habe, den Typen mit seinen eigenen Waffen zu schlagen.

»Keine Sorge. Ich habe dir gesagt, dass ich dir Calista nicht wegnehmen werde. Und das meine ich auch so. Kein Grund also, so impulsiv zu reagieren.« Sie lächelt mich an. Da sie das Haar heute zusammengebunden hat, fällt mein Blick auf ihren schlanken Hals. Ein paar wilde blonde Strähnen sind herausgefallen. So gern würde ich sie hinter ihr Ohr streichen.

»Harley«, sage ich und trete näher an sie heran.

»Nope.« Sie hebt die Hand. »Du hast dir nur Sorgen gemacht, Calista könnte Lake Starlight verlassen. Übertrage das nicht auf mich. Du verwechselst da etwas.«

Ich ergreife ihre Hand und senke sie. »Was, wenn nicht?«, flüstere ich.

Ich kann es selbst kaum glauben. Ich will sie vielleicht nicht heiraten, aber Scheiße, irgendwas will ich tun. Ich will auf jeden Fall mit ihr schlafen, aber Harley ist keine flüchtige Affäre. Schon gar nicht, was mich angeht. Wenn ich diese Grenze überschreite, muss ich mich entweder auf eine Katastrophe vorbereiten oder die Sache durchziehen.

»Doch. Glaub mir.« Sie wendet den Blick ab und steht auf. »Ich muss jetzt weiterarbeiten.«

Sie umrundet den Schreibtisch. Ihre Hand liegt bereits auf dem Türknauf, als sie sich noch einmal zu mir umdreht. »Tu mir bitte einen Gefallen. Mach nie wieder einer Frau einen Heiratsantrag, wenn du sie nicht wirklich liebst. Die Liebe ist der Kleber, der eine Ehe zusammenhält. Ohne sie gibt es auch kein Happy End.«

Ich erwidere nichts. Sie verlässt mein Büro und schließt die Tür hinter sich.

Ich sinke zurück in meinen Stuhl und fahre mir durchs Haar. Was zum Teufel ist nur mit mir passiert?

•••

Harley betritt die Küche, als Colin gerade mit Spülen fertig wird und ich den Herd und den Boden wische.

»Ich habe das ›Geschlossen‘-Schild an die Tür gehängt.«

»Danke. Wer hat Calista?«, frage ich. Ich hatte gehofft, heute früher herauszukommen, aber nach dem Fiasko mit dem Heiratsantrag habe ich das getan, was ich eben am besten kann. Ich habe gekocht, um nicht weiter darüber nachzudenken, was mit Harley passieren oder auch nicht passieren wird.

»Brooklyn und Wyatt sind bei Savannah. Sie hatte dieses Geschäftstreffen in Idaho.«

Ich nicke, denn ich erinnere mich vage daran, dass da irgendwas war. Harley kümmert sich um Calistas Zeitplan. Sie sagt mir sogar, wann ich vorbeikommen soll.

»Fertig.« Colin trocknet sich die Hände ab und blickt zwischen uns hin und her. »Okay ... Dann bis morgen.«

»Tschüss«, sage ich. »Danke.«

»Tschüss, Colin.« Harleys Zeigefinger zeichnet auf dem rostfreien Edelstahl des Küchentresens eine Acht, während sie auf ihrer Unterlippe herumkaut.

Die Energie im Raum ist aufgeladen und irgendwie seltsam. Ich will, dass sie sofort verschwindet, damit ich wieder einen klaren Gedanken fassen kann.

»Hast du Hunger?«, frage ich, nachdem die Hintertür zugefallen ist.

»Ich esse daheim was.«

»Es gibt noch Pasta. Ich kann sie schnell warm machen. Ich habe auch noch nichts gegessen.« Ich öffne den Kühlschrank und bin froh, dass er wieder funktioniert. So kann ich mich wenigstens ein bisschen abkühlen.

»Rome«, sagt Harley. Sie ist jetzt näher. »Diese komische Stimmung zwischen uns ... Ich hasse es.«

Ich schließe den Kühlschrank. Sie hat sich gegen die Theke gelehnt, einen Schuh ausgezogen und fährt sich mit dem Fuß über den Unterschenkel des anderen Beins. Will sie mich etwa verführen?

»Du bist diejenige, die gesagt hat, ich würde irgendwas verwechseln.« Ich stelle die Pasta hinter ihr auf die Theke und trete beiseite.

»Ich weiß.« Ihr Blick fällt auf meine Lippen. »Ich sollte Brooklyn und Wyatt besser erlösen«, sagt sie, bewegt sich jedoch nicht.

»Was machen wir da?«, frage ich, und mein Hals biegt sich ganz leicht in ihre Richtung.

»Etwas sehr Dummes«, erwidert sie und beugt sich ein wenig nach vorn.

»Das könnte alles zerstören, was wir aufgebaut haben.«

Ihr Mund ist nur noch Millimeter von meinem entfernt. Ich kann die Zitrone riechen, die sie als Deko in ihrem Mineralwasser benutzt hat.

»Das könnte passieren. Es ist sogar wahrscheinlich.« Sie nickt.

Bevor ich die letzte Distanz überwunden habe, halte ich inne. »Ist das ein Nein?«

Sie seufzt. »Ich weiß nicht.«

Ich weiche zurück und greife nach der Pasta, um sie auf zwei Teller zu verteilen und zu erwärmen.

»Dann lassen wir es.«

»Was? Ich dachte, wir sagen uns offen, was wir denken? Sprechen unsere Sorgen aus?« Sie tritt hinter mich. Ihre Brust drückt sich gegen meinen Rücken. Als ihre Hände nach vorn gleiten, kann ich mich nicht länger um die Pasta kümmern. »Falls wir es tun, ist es dann eine einmalige Sache für dich?«, flüstert sie.

Ich fühle mich nicht in der Lage, ihr eine vernünftige Antwort zu geben. Mein Schwanz ist hart wie Stahl und bettelt darum, ihm seinen größten Wunsch zu erfüllen, mein Gewissen beiseitezuschieben und in ihr kommen zu dürfen.

Ich drehe mich um und lege die Hand an ihre Wange. »Nein. Ich weiß nicht, was passieren wird. Ich könnte dir jetzt die Welt versprechen, aber ich hatte noch nie eine richtige Beziehung, Harley. Ich habe es noch nicht mal probiert. Normalerweise verliere ich das Interesse. Oder ich habe zu große Angst, mich zu verlieben.«

Sie legt die Hand auf meine. »Dann sind wir schon zu zweit. In den letzten Jahren war ich mit Shane und noch ein paar anderen zusammen. Aber keiner von ihnen könnte mein Leben so zerstören wie du. Ich meine, wir haben eine gemeinsame Tochter. Das bedeutet, es muss um mehr gehen als nur Sex.«

»Aber?«, frage ich, denn es muss ein Aber geben. Zumindest gibt es für mich eins.

»Gibt es für dich ein Aber?«

»Ich habe zuerst gefragt«, erwidere ich. Lachend legt sie den Kopf in den Nacken, und ich fahre mit dem Daumen über ihren Hals. Ich kann es kaum erwarten, über ihre weiche Haut zu lecken.

»Aber ich würde es gern probieren. Ich habe die ganze Schicht darüber nachgedacht. Ich war schon kurz davor,

Tschüss zu sagen und einfach zu gehen. Aber dann habe ich dich angesehen, und das war's dann.«

Ich senke den Kopf, um unsere Offenbarungen mit einem Kuss zu besiegeln. Keiner von uns weiß, wie es danach weitergehen wird, aber heute Abend sind wir einer Meinung.

»Warte. Was ist dein Aber?« Sie zieht den Kopf zurück und weicht meinen Lippen aus.

»Mein Aber ist, dass ich dich mehr will als alle Frauen zuvor. Eines kann ich dir versprechen. Ich werde immer ehrlich zu dir sein. Und ich werde nicht davonlaufen.«

»Okay«, erwidert sie und sieht mich von unten herauf durch ihre Wimpern an.

»Okay.«

Endlich landen meine Lippen auf ihren. Endlich darf ich sie wieder schmecken. Alle Sorgen sind wie weggeblasen. Jetzt gibt es nur noch uns beide. Wie beim ersten Mal.

Kapitel 21

HARLEY

Unser Kuss vor zwei Jahren ist immer bei mir geblieben. Ich habe immer versucht zu vergessen, wie sanft Rome ist und gleichzeitig so entschlossen. Schon damals wusste ich, dass ich nur eine von vielen bin, denn ein Mann wird nicht mit der Fähigkeit geboren, so zu küssen. Er erlernt sie durch Übung. Doch als seine Lippen meine berühren, fühle ich mich nicht mehr wie eine von vielen. Ich habe das Gefühl, ihm zu gehören.

Er drückt mich gegen die Küchentheke, schiebt den Schenkel zwischen meine Beine und meinen Rock hoch. Meine Finger fummeln an den Knöpfen seiner Kochjacke herum. Er schmeckt nach der Bourbonsoße, die er den ganzen Abend ausprobiert hat. Ich ergreife die Initiative und intensiviere unseren Kuss. Rome hält sich nicht zurück. Er packt mich so fest an den Hüften, dass er bestimmt einen Abdruck hinterlassen wird. Ich genieße seine Berührungen. Jedes Greifen ist wie eine Offenbarung, wie sehr er mich will.

In Gedanken bin ich wieder bei jenem Abend vor seinem Hotelzimmer, als er innegehalten hat, um seine Schlüsselkarte hineinzuschieben. Mein Rücken hat sich gegen die Wand gedrückt, und sein Schenkel war genau da, wo er jetzt ist. Es ist schon vorgekommen, dass ich durch die Parfumabteilung eines Warenhauses gegangen und abrupt stehen geblieben bin, wenn mich plötzlich sein Duft umhüllt hat. Es war ein Abend voller Leidenschaft. So eine Nacht habe ich mit keinem anderen erlebt. Alle Erinnerungen an damals kamen dann zurück. Seine Hände, seine Lippen, seine sanften Berührungen, seine fordernde Zunge.

Doch jetzt ist es anders. Damals gab es zwischen uns keine Verbindlichkeiten. Keine Verpflichtungen. Und ich dachte, es wäre das, was ich daran so sehr mochte. Ein Fremder, der am nächsten Morgen wieder verschwindet. Bis zwei Monate später das Pluszeichen auf dem Schwangerschaftstest aufgetaucht ist.

Jetzt ist er der Vater meiner Tochter. Mein Chef. Irgendwie ist das alles zu viel …

»Hör auf zu denken«, murmelt er gegen meine Lippen und streicht mein Haar über meine Schulter.

»Ist das dumm, was wir hier machen?« Als seine Zunge über meinen Hals gleitet, fällt mein Kopf zurück.

»Wir sind nur Menschen.« Er küsst mein Kinn und streichelt mit dem Daumen über meinen Kiefer.

Heute ist er anders. Ich muss aufhören, es mit damals zu vergleichen.

Unsere Beziehung ist jetzt eine andere. Das hier ist kein

One-Night-Stand. Keine Ahnung, was es ist. Aber ich werde ihn morgen wiedersehen. Und jeden weiteren Tag.

Aber Rome hat recht. Wir haben uns dazu entschieden, es zu tun. Und es fühlt sich einfach zu gut an, um jetzt damit aufzuhören. Scheiß auf die Konsequenzen. Wir sind erwachsene Menschen. Wir können damit umgehen.

Er hebt mich hoch, setzt mich auf den Küchentresen und spreizt meine Schenkel. Endlich habe ich alle Knöpfe seiner Jacke geöffnet und streife sie über seine Schultern. Als ich sehe, dass er darunter noch ein weißes T-Shirt trägt, stöhne ich genervt. Lachend packt er den Saum und zieht es über seinen Kopf.

Beim Anblick seiner Bauchmuskeln läuft mir das Wasser im Mund zusammen. Ohne Vorwarnung reißt er meine Bluse auf und erobert meinen Mund mit seinem.

Oh, mein Gott. Das war heiß.

»Scheiß drauf.« Er reißt sich von mir los, hebt mich hoch, trägt mich in sein Büro und kickt die Tür zu. Mein Rock ist inzwischen bis zu meiner Taille hochgerutscht.

»Ich weiß.« Während er mich weiter in seinen Armen hält, fegt er mit einer Hand alles bis auf seinen Laptop von seinem Schreibtisch. »Ich brauche dich jetzt.«

Er knöpft seine Hose auf, seine Augen leuchten wie glühende Kohlen. Dann legt er die Hand an meine Wange und streicht mit dem Daumen über meine Unterlippe. »Ziehst du dich für mich aus?«

Lächelnd ziehe ich meine gerissene Bluse weiter auseinander. Als ich mir die Unterlippe lecke, ergreift er die Chance und schiebt seinen Daumen in meinen Mund. Ich lasse die Zunge um ihn kreisen und zeige Rome genau, wie ich ihm einen blasen werde, wenn die Zeit gekommen ist.

Ich streife das Oberteil ab. Sein Blick fällt auf meine Brust, und seine Hand gleitet mein Dekolleté hinab, bis er das Körbchen meines BHs zu fassen kriegt, es herunterzieht und beginnt, mit seinem feuchten Daumen meinen Nippel zu reiben. Ich greife nach hinten, öffne meinen BH und streife die Träger ab, bis das Stück Stoff in meinem Schoß landet.

Rome zieht seine Hose aus und setzt sich auf seinen Bürostuhl.

Bisher haben wir keine Sekunde die Blicke voneinander abgewendet. Ich rutsche vom Schreibtisch, öffne den Reißverschluss meines Rocks und lasse ihn ebenfalls zu Boden fallen. Ich ziehe meine Strumpfhose aus und will gerade meinen Slip abstreifen, als Rome mit seinem Stuhl näher an mich heranrollt und mich davon abhält.

»Ich bin schon so kurz davor. Wenn du den jetzt ausziehst, ist es vorbei.«

Ich muss lächeln, denn ich liebe es, welche Wirkung ich auf ihn habe. Er schämt sich nicht, sein Begehren offen zu zeigen, was mich nur noch feuchter werden lässt.

»Setz dich auf mich, Baby.« Er tätschelt seine Schenkel.

Ich tue, wie mir geheißen. Seine Boxershorts und mein Seidenslip sind das Einzige, was ihn noch davon abhält, in mich einzudringen. Ohne zu zögern nimmt er meinen Nippel in den Mund. Ich halte mich an seinen Schultern fest und biege den Rücken durch, um ihm vollen Zugang zu meinen Brüsten zu gewähren.

Mir entweicht ein Seufzen, während er an meinem Nippel saugt. Seine Hände erforschen meinen Körper, sein Daumen gleitet über meinen Hals, sein Mund saugt und knabbert an meinen gierigen Brüsten.

Ich reibe mich an seiner harten Länge. Am liebsten würde ich mich selbst berühren, doch ich tue es nicht, denn ich weiß, dass Rome uns zum Orgasmus bringen wird. Ich habe es schon einmal erlebt. Langsam werde ich ungeduldig. Je länger seine Zunge über meinen Körper gleitet und je mehr er stöhnt und knurrt, weil er nicht genug von mir kriegen kann, desto größer wird meine Lust. Dieser unglaubliche Mann will *mich*.

Unsere Blicke treffen sich, als er zu mir aufsieht, während er über meinen steifen Nippel leckt. Ich bin fertig. Es ist vorbei. Diesmal werde ich mich nicht mehr von ihm erholen. Diesmal ist es zehnmal besser als letztes Mal, weil ich ihn jetzt kenne. Er ist nicht mehr der Kerl, der mich mit seinen schönen Augen und seinem flirtenden Grinsen in der Bar angemacht hat. Er ist Rome. Der Vater meines Babys. Der Koch, der die Chance ergriffen und sein eigenes schickes Restaurant eröffnet hat. Das mittlere Bailey-Kind, das viel zu früh seine Eltern verloren hat. Der verrückte Zwilling, der sich mit seiner rebellischen Art in dieser Stadt einen Ruf gemacht hat, den er jetzt loswerden will. Der Mann, der nach Lake Starlight zurückgekommen ist, um bei seiner Familie zu sein.

»Bitte.« Ich seufze, und seine Hände gleiten in meinen Nacken und ziehen mich zu ihm herunter.

»Oberste Schublade«, raunt er, bevor er mir einen weiteren innigen Kuss gibt, der mir die Luft zum Atmen nimmt.

Gedankenverloren und mit seinem Mund auf meinem öffne ich die Schublade und ertaste Stifte, Notizblöcke und ein Lineal. Hm, das könnte auch Spaß machen. Ein andermal. Als ich endlich das Tütchen zwischen die Finger bekomme, würde ich am liebsten Halleluja singen.

Ich ziehe den Kopf zurück, und Rome nimmt es mir aus der Hand. »Hoffentlich hält es diesmal«, sagt er lachend.

Ich lege die Stirn an seine und beobachte, wie er seine Boxershorts abstreift und den Gummi über seine harte Länge stülpt.

»Diesmal haben wir eine Notfallsicherung«, erwidere ich.

Er sieht mich fragend an.

»Ich nehme seit ihrer Geburt die Pille.«

»Doppelter Schutz. Perfekt.« Er schenkt mir dieses Lächeln, bei dem sich Höschen in Luft auflösen. Ich könnte dahinschmelzen.

Seine geschickten Hände schieben den feuchten Stoff meines Slips beiseite. Ich hebe den Hintern, damit er sich richtig unter mir platzieren kann, bevor er in mich eindringt.

Wir stöhnen beide auf.

»Scheiße. Du fühlst dich so verdammt gut an«, raunt er und wischt mein Haar aus der Stirn.

Wie kann er so sanft und gleichzeitig so fordernd sein? Als hätte er alles unter Kontrolle und ich müsste mich nur von ihm führen lassen.

Er lässt seine Hände über meine Rippen gleiten, gefolgt von Gänsehaut, die sich wie eine Lawine auf meiner Haut ausbreitet.

»Alles okay?«, fragt er und streicht mir eine Strähne hinters Ohr.

»Alles perfekt.«

Wieder erobert er meinen Mund, doch diesmal langsam, ja, liebevoll.

Ich beginne, die Hüften zu kreisen, während er mit den Daumen die Innenseiten meiner Schenkel massiert. Die Reibung an meinem Kitzler fühlt sich unglaublich an. Mit jeder meiner Bewegungen nähern sich seine Daumen meiner Mitte – und dann sind sie da und berühren meinen Kitzler jedes Mal ganz leicht, wenn ich mich auf ihn senke.

Wir beenden unseren Kuss und legen die Köpfe aneinander, während wir beobachten, wie ich mich bewege.

Seine Hände fühlen sich an wie Seide, als er mir an den Hintern greift, mich weitet und den Rhythmus übernimmt. Er erhöht die Geschwindigkeit, bis wir beide schwer atmen. Unsere Körper sind schweißbedeckt. Jetzt, da er die Kontrolle übernommen hat, nehme ich die Hände von der Rückenlehne des Stuhls und schlinge die Arme um seinen Hals.

Unsere Blicke treffen sich, und ich ertrinke in der Lust und Wärme seiner schönen braunen Augen. Ich passe mich seinem Rhythmus an, während er meine Hüften packt und mich auf und ab bewegt.

»Fuck, Rome.« Schwer atmend klammere ich mich an ihn, damit er weitermacht. »Hör nicht auf.«

»Niemals«, erwidert er. Schweiß perlt von seiner Stirn und fällt zwischen unsere Körper.

Ich bin so kurz davor. So kurz.

»Ich kann nicht«, sage ich, denn mein Orgasmus hängt wie eine reife Frucht an einem Baum. So nah und trotzdem außer Reichweite.

»Doch, du kannst.« Eine seiner Hände kontrolliert den Rhythmus, während die andere meinen Kitzler umkreist.

Nur eine Sekunde später vereinigen sich all meine Nervenenden zu einem Energieball, der mit Wucht explodiert. Meine Muschi zieht sich so eng um ihn zusammen, als wollte mein Körper nicht, dass er mich je verlässt. Ich versuche, mich aufrecht zu halten, doch Rome hat andere Pläne.

Vorsichtig hebt er mich hoch, setzt mich auf die Kante seines Schreibtischs und nimmt mich noch härter.

»So feucht«, sagt er mehr zu sich selbst, fasst mir an die Brust und stellt meinen Fuß auf seine Brust, während er mich weiterhin dominiert.

Sein Blick bleibt die ganze Zeit auf mich gerichtet, bis ihn sein eigener Orgasmus überkommt, er seinen Schwanz aus mir herauszieht, das Kondom abstreift und sein Sperma auf meinen Brüsten landet.

Ich bin schon jetzt bereit für die zweite Runde.

Kapitel 22

ROME

»Sorry«, murmle ich. Aber sie so zu sehen, mit meinem Sperma auf ihrem Oberkörper, macht etwas mit mir. Es gefällt mir. Es ist, als würde sie mir gehören. Obwohl sie mir gar nicht gehört. Nun ja, irgendwie schon. Was haben wir noch mal vereinbart, bevor wir miteinander geschlafen haben?

Kichernd zieht sie ein paar Taschentücher aus der Box und reicht sie mir. »Du hast die Sauerei verursacht, also musst du sie auch beseitigen.«

Ich nehme die Taschentücher entgegen und beginne, sie zu säubern. Ihr Körper ist die reine Perfektion. Ich fasse nicht, dass sie ein Kind geboren hat. In diesem Moment bemerke ich die feine Linie an ihrem Bauch.

Vorsichtig fahre ich mit dem Finger über die Narbe des Kaiserschnitts. Wenn man acht Geschwister hat, kennt man sich aus mit Geburten. Egal, wie oft man sich kopfschüttelnd die Ohren zuhält.

»Du hast mir noch gar nicht erzählt, wie die Geburt verlaufen ist.« Ich helfe ihr auf, werfe die Taschentücher weg und schnappe mir noch mehr, um mich ebenfalls zu säubern.

»Das ist ja auch keine Frage, die man stellt, wenn man sich gerade erst kennenlernt.« Sie steht auf, sammelt unsere Klamotten zusammen und legt meine Hose auf den Schreibtisch.

»Wohl nicht. Aber erzähl es mir. Ich will es wissen.«

Sie schüttelt den Kopf. »Es geht doch nichts über einen Geburtsbericht direkt nach dem Geschlechtsverkehr. So sexy.«

Ich verstaue meinen Schwanz wieder in meinen Boxershorts, ziehe meine Hose an und stelle fest, dass mein Shirt noch in der Küche liegt. Mein knurrender Magen erinnert mich daran, was ich eigentlich vorhatte, bevor der Sex dazwischenkam.

»Hunger?«, frage ich.

Sie blickt von ihrem Shirt auf, das sie gerade zuknöpft. »Ich sollte lieber nach Hause gehen, um Brooklyn und Wyatt abzulösen.«

»Dann nehmen wir die Pasta mit und machen sie bei euch warm.« Als ich in die Küche gehe, klopfe ich ihr auf den Hintern. Ich habe noch nicht das Büro verlassen, da sagt sie meinen Namen.

»Rome?«

Ich drehe mich um. Sie hat den Blick gesenkt, sodass ich schon genau weiß, was sie denkt. Japp, eine richtige Unterhaltung wäre besser gewesen, *bevor* uns die sexuelle Energie umgeben hat wie ein Tornado und wir miteinander geschlafen haben.

»Ja?«

Sie hebt die Augenbrauen. Ich gehe auf sie zu und streichle ihre Wange mit meinem Daumen. Sie ist so wunderschön. »Wir geben dem Ganzen eine Chance.«

Sie nickt. »Wir springen einfach ins kalte Wasser, was?«

Lachend ziehe ich sie zu mir. »Machst du dir Sorgen?«

Ihre Arme liegen auf meinen Schultern, und sie blickt zu mir auf. »Tu mir nur einen Gefallen. Egal, was mit uns passiert – bitte verlass Calista nicht.«

Ihre Ernsthaftigkeit lässt mich zurücktaumeln. »Das würde ich niemals tun.«

»Das könnte ich mir nie verzeihen, wenn sie meinetwegen keinen Dad hätte. Okay?« Ich nicke.

»Hey.« Ich senke den Kopf, um ihr direkt in die Augen zu sehen. »Sie ist meine Tochter. Ich werde für sie da sein, bis ich unter der Erde liege. Versprochen. Selbst wenn du mir das Herz brichst.« Ich zwinkere und küsse ihre Nase.

»Ich dir das Herz brechen? *Du* bist derjenige, der sich nicht an unser erstes Mal erinnern kann.« Ihr Ton verrät mir, dass sie nur scherzt, aber ich hasse mich dafür, dass ich mich nicht voll und ganz an unsere erste gemeinsame Nacht erinnere.

»Ich war ein Idiot.« Ich ergreife ihre Hand und führe sie aus meinem Büro.

»Wir sollten noch aufräumen.«

»Morgen«, erwidere ich, ziehe mein Shirt an und hänge

meine Kochjacke an den Haken neben der Bürotür. »Jetzt gehen wir nach Hause zu unserer Tochter.«

Sie lächelt, und ich wünschte, ich könnte ihr Lächeln in eine Flasche stecken und sie versiegeln. Für den Fall, dass ich es versaue. Jeder weiß, dass ich immer alles vermassle.

• • •

Harley lässt G'Ma Ds Cadillac stehen, und ich fahre sie in meinem Truck zu Savannah. Da sie morgen Schule hat, muss ich morgen früh sowieso auf Calista aufpassen.

Als wir Savannahs niedliches Haus mit den drei Schlafzimmern betreten, bellt ein Hund. »Du hast ihnen erlaubt, den Köter mitzubringen?«, frage ich und meine damit Gizmo, Brooklyns Hund. Harley wirft mir einen *Was-zum-Teufel-ist-los-mit-dir*-Blick zu.

»Natürlich.«

»Was, wenn er Calista wehtut?«

»Calista liebt Hunde. Gizmo hat genau ihre Größe.« Ohne ein weiteres Wort zieht sie die Schuhe aus, und ich tue es ihr gleich. Savannah ist sehr pingelig. Wenn ich es nicht tue, wird sie bestimmt einen Krümel finden und ihn im Labor untersuchen lassen, um herauszufinden, von wessen Schuh er stammt.

»Wenn man vom Teufel spricht«, sage ich.

Gizmo schlittert übers Parkett, als würde er jede Sekunde den Halt verlieren und in die Wand preschen. Wahrscheinlich bohnert Savannah jeden Tag ihren Fußboden, von daher ist es nicht mal seine Schuld.

»Hey, Gizmo.« Harley beugt sich hinunter und streichelt seinen Kopf.

Brooklyn erscheint im Durchgang zwischen Küche und Wohnzimmer am Ende des Flurs. Sie hat diesen seltsamen Gesichtsausdruck aufgelegt. Ich versuche, meine große Schwester zu durchschauen, als es mir plötzlich dämmert.

»Du verarschst mich, oder?«, frage ich, zücke mein Handy und steuere auf die Küche zu.

»Was ist los?«, fragt Harley und streichelt weiter Gizmos Kopf.

»Buzz Wheel.« Ich gehe auf die Homepage – und da ist es. »Jemand hat durchs Fenster ein Foto gemacht?«

»Genauer gesagt, durch deine Hintertür. Ihr müsst ein wenig diskreter sein.« Brooklyn schnappt sich ihren Mantel, und Wyatt verdreht hinter ihr die Augen, während er ihr hineinhilft.

»Zeig nicht mit dem Finger auf andere.«

»Sie haben ein Foto von uns gemacht?« Harley setzt Gizmo ab und kommt zu mir.

»Ich muss sagen, dass ich ganz schön stolz auf euch bin«, sagt Brooklyn. Würde Harley nicht direkt neben mir stehen, würde ich ihr den Stinkefinger zeigen. Aber ich will nicht, dass Harley irgendwas missversteht.

Ich klicke auf den Artikel. Sofort erscheint ein Foto von mir und Harley, wie ich sie gegen die Küchentheke drücke, kurz bevor ich sie küsse.

»Wenigstens verschwinden die Artikel wieder. Calista wird ihn nie zu lesen bekommen«, bemerke ich. Harley entreißt mir das Smartphone, und ich starre hinunter auf meine nun leeren Hände.

»Gewöhn dich besser daran«, erwidert Wyatt und lacht in sich hinein.

Harley fängt an, den Artikel laut vorzulesen. Wie nett von ihr.

»Alle Single-Frauen da draußen! Ihr solltet euch schnellstens in Harley Sullivan verwandeln, denn sie hat heute Abend gleich *zwei* Heiratsanträge bekommen. Aber leider ... Na ja, da ich im TEAM ROME bin, finde ich es nicht schade, dass sie den Typen abgelehnt hat, der extra aus Seattle hergeflogen ist. Die Gäste in Romes neuem Restaurant Terra & Mare wollten schon anstoßen, als Harley ihm einen Korb gegeben hat. Dann ist Rome aufgetaucht und wie der mysteriöse Mann aus Seattle ebenfalls auf die Knie gegangen. Aber leider (und diesmal meine ich es auch so) hat sie auch zu ihm Nein gesagt. Nun ja, nur was das Heiraten angeht. Laut einem unserer Mitbürger, der das Foto gemacht hat, kurz bevor sie sich geküsst haben, hat Harley heute Abend ziemlich oft Ja geschrien. Eine Frage bleibt weiterhin offen: Wird Harley doch noch Romes Ring annehmen?« Sie hält inne. Je länger sie mich ansieht, desto blasser wird sie.

»Das ist nichts. Das liest sowieso kaum jemand«, sage ich, obwohl ich weiß, dass es eine Lüge ist.

»Netter Versuch«, erwidert Harley und gibt mir mein Handy zurück.

»Keine Sorge. Es gibt noch mehr Artikel. Anscheinend zieht Denver bei Liam ein, weil sein Vermieter die Miete erhöht hat. Jetzt machen sich die Anwohner Sorgen, Liams

Haus könnte sich in ein Bordell verwandeln.« Brooklyn muss so heftig lachen, dass sie anfängt zu grunzen.

Ich schüttle den Kopf. Denver und Liam ziehen zusammen? Das wird bestimmt interessant.

»Danke, dass wir Gizmo mitbringen durften«, wechselt Wyatt das Thema. Guter Mann.

»Kein Problem. Ich will, dass Calista so viel Zeit wie möglich mit Hunden verbringt, damit sie sich in ihrer Gegenwart wohlfühlt. Wer weiß? Vielleicht will ich eines Tages auch einen?« Sie sieht mich an und lächelt. Am liebsten würde ich den Blick abwenden. Soll das heißen, dass *wir* uns vielleicht irgendwann einen Hund zulegen? Mach mal halblang. So weit sind wir noch nicht.

»Ja, er hat diese seltsame Angewohnheit. Wenn wir weg sind, schnappt er sich manchmal ein Stofftier und reißt ihm die Augen aus.«

»Oh.« Harley weicht zurück.

»Und dann legt er sie direkt neben das Plüschtier. Total gruselig«, fügt Wyatt hinzu.

»Trennungsangst«, erklärt Brooklyn. »Ich habe mit Colton darüber gesprochen. Er meinte, es sei harmlos, weil er es nicht jedes Mal macht. Aber anscheinend regt er sich auf, wenn wir weg sind.«

»Wartet mal. Wenn ihr weg seid, nimmt er sich ein Stofftier, reißt ihm die Augen aus und legt sie neben den verstümmelten Kadaver auf den Wohnzimmerboden?«, hakt Harley nach.

»Ja.« Brooklyn nickt.

»Warum habt ihr eigentlich Stofftiere?« Diese Frage interessiert mich viel brennender.

»Wyatt ist Profi in allen Jahrmarktspielen. Am Gründertag habe ich jede Menge davon nach Hause geschleppt.«

Darüber kann ich nur den Kopf schütteln.

»Wie süß. Er hat dir Stofftiere erspielt«, sagt Harley mit einem Hauch Bewunderung in der Stimme.

Wie auch immer. Ich könnte auch Plüschtiere für sie gewinnen.

»Wir gehen jetzt besser und lassen euch beide allein.« Brooklyn deutet zwischen uns hin und her.

Zum ungefähr millionsten Mal verdrehe ich die Augen.

»Danke noch mal.« Harley will sie gerade zur Tür bringen, als Calistas Weinen durch das Babyfon dringt. Schnell verabschiedet sie sich und eilt die Treppe hoch.

»Und? Seid ihr jetzt zusammen?« Brooklyn stellt die Frage, die sie schon die ganze Zeit stellen wollte.

Ich lege die Hände auf ihre Schultern und schiebe sie zur Tür. »Gute Nacht.«

»Komm schon. Ich bin deine Schwester.« Sie stemmt die Füße in den Boden. Ich muss all meine Kraft aufbringen, um sie zur Tür hinaus zu schieben. Wären wir noch zehn und zwölf, würde ich noch kräftiger drücken und hoffen, dass sie stolpert und auf die Nase fällt. Aber wir sind inzwischen erwachsen. So gut wie. »Vermassle es nicht.«

»Tschüss«, sage ich.

Wyatt steht mit Gizmo auf dem Arm auf der anderen Seite der Tür und beobachtet die Szene. Danke für die Hilfe, Kumpel.

»Wenn irgendwas passiert und sie deinetwegen Lake Starlight verlassen, verbannen wir dich aus der Familie. Das ist dir klar, oder? Harley und Calista werden dich dann ersetzen.«

Ich schubse sie erneut. »Vollkommen klar. Wie auch immer. Geh jetzt.«

Lachend wankt sie zur Tür hinaus. »Tschüss!« Sie wedelt mit dem Zeigefinger, und ich knalle ihr die Tür vor der Nase zu.

»Das ist aber keine nette Verabschiedung, nachdem sie gerade auf deine Tochter aufgepasst haben.« Harley kommt mit einer rotbackigen und verschwitzten Calista die Treppe herunter.

»Was ist los? Ich wollte Pasta von deinem Bauch essen.«

Harley reicht mir Calista. Bereitwillig schlingt sie die Arme um meinen Hals und schmiegt den Kopf an meine Schulter. Wie verrückt nuckelt sie an ihrem Schnuller.

»Machst du dir keine Sorgen, dass sie sich zu sehr an den Schnuller gewöhnt und eine orale Fixierung entwickelt?«, frage ich und folge Harley in die Küche.

»Nein. Sobald sie zwei wird, kriegt sie keinen mehr.« Sie verteilt die Pasta auf zwei Teller und schiebt sie in die Mikrowelle. Ich hätte es zwar anders gemacht, aber ich beschwere mich nicht, da ich dafür Calista halten darf.

»Und ich habe in der Sache nichts zu melden?«

»Hast du dich darüber informiert? Denn ich habe das Gefühl, du denkst, sie würde allem und jedem Blowjobs verpassen wollen, sobald sie achtzehn ist.« Sie hebt die Augenbrauen.

Ähm, ja, das ist doch orale Fixierung, oder etwa nicht?

Sie schüttelt den Kopf und geht nicht weiter auf das Thema ein.

Ich setze mich, wiege unsere Tochter in ihrem süßen gelben Strampler mit den Entchen und beobachte Harley, während wir uns über Calistas Zukunft unterhalten.

Vielleicht können wir dieses Familiending doch.

Kapitel 23

HARLEY

Auf dem Weg zum Unterricht wähle ich Mirandas Nummer, denn in diesem Punkt hatte Shane recht – wir haben uns in der kurzen Zeit, in der ich nun hier bin, auseinandergelebt. Ich hatte so viel zu tun und musste mich an so viele neue Dinge gewöhnen, aber Miranda ist mir immer eine gute Freundin gewesen. Nachdem ich meine Wohnung gekündigt habe, hat sie meine ganzen Sachen eingelagert und mir meine Klamotten geschickt. Ich will sie nicht verlieren, auch wenn ich Tausende Meilen weggezogen bin. Ich schalte den Lautsprecher ein und lege das Handy in die Mittelkonsole.

»Sieh mal einer an«, meldet sie sich. Obwohl sie versucht, streng zu klingen, liegt auch jetzt die übliche Leichtigkeit in ihrer Stimme.

»Hey.« Meinem Tonfall ist anzuhören, dass ich mich dafür schäme, mich nur noch so selten bei ihr zu melden.

»Ich habe gehört, Shane sei mit eingezogenem Schwanz zurückgekommen.«

Wie sie in einer Stadt wie Seattle den ganzen Klatsch und Tratsch mitbekommt, werde ich nie verstehen. Andererseits würde ich es ihr zutrauen, dass sie mit ihm saufen war, um sich um sein gebrochenes Herz zu kümmern. So ist sie nun mal.

»Warum ist er überhaupt hergekommen?«

»Ja, das tut mir leid. Er kam ins Wet Sprocket, und ich war schon ein wenig angetrunken. Dann kamen wir auf dich zu sprechen. Und irgendwie habe ich ihm erzählt, was passiert ist. Und bevor ich wieder nüchtern war, war er schon bei dir da oben und hat dir einen Antrag gemacht.«

»Schon okay. Ich hoffe, er kann jetzt damit abschließen.«

»Trotzdem. Das verstößt gegen den Girl-Code. Vielleicht war ich auch ein bisschen sauer, weil du mich ignoriert hast. Du weißt ja, dass ich ein wenig gemein werde, sobald ich getrunken habe.« Ihr entschuldigender Ton ist aufrichtig. Ich wünschte, sie wäre jetzt bei mir, damit ich sie in den Arm nehmen könnte.

»Mach dir keinen Kopf. Wie läuft's sonst bei dir?«

»Ähm … okay, schätze ich. Ich weiß nicht, ob ich fürs Massieren gemacht bin. Ich glaube, in meinem Kopf habe ich mir ausgemalt, wie ich den ganzen Tag lauter Bradley Coopers massiere.«

Ich muss lachen, denn das ist typisch Miranda.

»Und?«

»Neulich war diese Dame bei mir. Sie war ungefähr zweihundertfünfzig. Ist ja nicht schlimm. Soll sie nur machen. Aber als ich sie gebeten habe, sich auf den Rücken zu legen, sind ihre Brüste links und rechts auf die Liege geplumpst.«

»Glaubst du etwa, wir sind später mal immun gegen die Erdanziehungskraft?« Ich kichere.

»Es hat mich einfach deprimiert. Am liebsten hätte ich meine hin und her gewogen und immer wieder ›Nein, nein, nein‹ gesagt.«

Lachend nippe ich an meinem Eiskaffee.

»Klingt, als wärst du gerade unterwegs.«

»Ich mache gerade den letzten Kurs, damit ich hoffentlich bald meinen Abschluss bekomme.« Ich kreuze die Finger, obwohl sie mich nicht sehen kann.

»Oh, das ist ja großartig. Dann läuft es also mit der Lake-Starlight-Sache. Freut mich für dich. Aber ich muss zugeben, dass ich mein kleines Käferchen vermisse.«

Lächelnd denke ich an gestern Nacht, wie Calista zwischen Rome und mir lag und wir sie beim Schlafen beobachtet haben. Wie er sie hochgehoben, in ihr Bettchen gelegt und sich dann ausgezogen hat und zu mir ins Bett geschlüpft ist, als hätte er es schon immer so getan.

»Ja, er ist ein toller Dad, aber sie vermisst dich auch. Komm uns besuchen. Er hat einen Zwillingsbruder.« Sie kichert, und ich frage mich, ob sie allein im Bett liegt, denn das ist ihr *Da-kann-ich-jetzt-nicht-drüber-reden*-Ton. »Miranda?«

Sie kichert erneut. Obwohl ich nicht alles höre, weil die Geräusche des Highway so laut sind, bin ich ziemlich sicher, dass sie gerade geseufzt hat.

»Miranda!«, schimpfe ich.

»Ich musste einfach rangehen. Wir haben ewig nicht telefoniert. Du hast immer so viel zu tun.«

»Tschüss«, sage ich, doch sie antwortet, bevor ich den Auflegen-Knopf auf dem Lenkrad drücken kann.

»Ruf mich später noch mal an. Ich suche nach Flügen. Vielleicht überrasche ich dich einfach eines Tages.«

»Hoffentlich.«

Mittlerweile fahre ich mit Romes Truck nach Anchorage, denn er hat mir verboten, den Cadillac zu nehmen, falls etwas passieren sollte. Es war wirklich nett von Dori, ihn mir zu leihen, aber mir ist nicht entgangen, dass der Sheriff ein besonders wachsames Auge auf mich hatte, sobald er mich gesehen hat.

• • •

Abends sitze ich im Schlafanzug auf dem Sofa und schaue Bravo – welchen Sender sollte man sich sonst reinziehen, wenn man abschalten will –, als mein Handy piept.

ROME: *Schick mir ein Nacktfoto.*

ICH: *Falsche Nummer, Psycho.*

Lachend lasse ich das Handy in den Schoß fallen und esse weiter mein Popcorn.

ROME: *Scheiße, das war eigentlich für meine Freundin gedacht. Wie siehst du aus?*

Kurz ist es, als würde mir jemand einen glühend heißen

Schürhaken in die Wunde bohren, die er verursacht hat und die immer noch heilen muss. Aber wahrscheinlich macht er nur Witze. Um sicherzugehen, suche ich in Windeseile im Internet nach einem Foto einer anderen und schicke es ihm.

Er antwortet innerhalb einer Sekunde.

> **ROME:** *Hübsche Titten. Aber die von meiner Freundin sind schöner.*

Ich muss so heftig lachen, dass mir das Popcorn aus dem Mund fällt.

> **ROME:** *Mach die Tür auf, Baby.*

Mein Magen überschlägt sich ungefähr eine Million Mal. Ich blicke an mir herab. Ich habe Apfelmus im Haar, und mein Shirt ist von vorhin, als ich Calista gefüttert habe, voller Flecken.

Ich gehe zur Tür und werfe einen Blick durch den Spion. »Du hast gesagt, wir würden uns heute Abend nicht sehen.«

»Na ja, ich bin eben geil.«

Ich öffne die Tür, verschränke die Arme vor der Brust und starre ihn an. Doch er ignoriert meinen verärgerten Gesichtsausdruck, kommt herein, nimmt mein Gesicht zwischen die Hände und raubt mir mit seinem Kuss den Atem. Dann tritt er die Tür zu und schiebt mich rückwärts, bis ich gegen das Treppengeländer stoße. Wenn er in meiner Nähe ist, werde ich immer mit dem Rücken irgendwo gegengedrückt.

»Perfekt«, murmelt er, schiebt die Hände unter mein Shirt und umfasst meine Brüste. »Sag mir, dass du auch keinen Slip trägst.«

Ich kichere wie das hoffnungsvolle Mädchen, in das er mich verwandelt. Das Mädchen, das an die wahre Liebe glaubt.

»Find's raus.«

Er lässt von meinen Brüsten ab. Seine Hände gleiten meinen Oberkörper hinab und in meine Schlafanzughose.

Als er herausfindet, dass ich keinen Slip trage, packt er stöhnend und mit beiden Händen meinen Hintern. »Du bringst mich noch um.«

Ich schlage ihm auf die Brust und entwische seinem Griff. »Ich dachte, du hättest heute Abend Papierkram zu erledigen?«

Er geht an mir vorbei und setzt sich im Wohnzimmer aufs Sofa. Oder besser gesagt: Er fällt aufs Sofa. Sofort steckt seine Hand in der Popcornschüssel.

»Hast du Hunger?«, frage ich.

»Ich bin zu müde zum Kochen«, jammert er.

»Zum Glück kenne ich mich in der Küche auch ganz gut aus.«

Sein Kopf schnellt nach oben wie der eines Hundes, wenn er das Wort »Leckerli« hört. Ich gehe in die Küche. »Aber sei nicht zu streng mit mir. Ich habe schließlich keine Kochausbildung gemacht.«

Er hievt sich vom Sofa hoch und plumpst auf einen der Barhocker.

»Ist Frühstück okay?«, frage ich.

»Kriege ich das morgen früh auch?«

Ich hole die Eier aus dem Kühlschrank. »Willst du etwa fragen, ob du die Nacht hier verbringen darfst?« Ich verenge die Augen zu Schlitzen.

Leise lachend zuckt er mit den Schultern. »Vielleicht.«

»Klar. Aber wenn Calista aufwacht ...«, erwidere ich, obwohl er heute Morgen auch hier war. Aber da hat er auch auf sie aufgepasst, das ist was anderes. Ich will nicht, dass sie denkt, ihr Daddy wäre jeden Morgen hier, wenn sie aufwacht. Vielleicht sollten Rome und ich die Überholspur verlassen und auf die Kriechspur wechseln.

»Sie wird nicht wissen, ob ich die Nacht hier verbracht habe oder nicht.«

Ich schlage die Eier auf und gebe sie in eine Schüssel. »Sobald sie anfängt, nach ihrem Daddy zu schreien, wenn sie weinend aufwacht, kommst du jeden Morgen hierher.«

»Sobald Savannah wieder da ist, ist die Party sowieso vorbei. Sie kann eine ganz schöne Spaßbremse sein.« Er beobachtet mich. Es macht mich nervös, unter der Beobachtung eines richtigen Kochs zu stehen.

Nachdem ich eine grüne Paprika, eine Zwiebel, Jalepeños und Pilze aus dem Kühlschrank geholt habe, nehme ich ein Schneidebrett und ein Messer aus der Schublade. Er setzt sich gerader auf. Ich weiß genau, dass er mir gleich sagen wird, wie man das Gemüse richtig schneidet.

Ich deute mit dem Messer auf ihn. »Lass mich das machen, wie ich es für richtig halte. Ganz egal, wie schmerzvoll es für dich sein mag.«

Lachend hebt er die Hände. »Ich bin einfach froh, dass du mich fütterst.«

Ich schneide die Paprika auf und entferne die Kerne. Er sagt zwar nichts, doch ich will gerade das Messer wieder ansetzen, als er aufsteht, den Tresen umrundet und sich hinter mich stellt.

Mit seiner starken Brust drückt er mich gegen die Küchentheke. Eine Hand legt sich auf meine, die das Messer hält, die andere positioniert meine Finger auf dem Gemüse. »So«, flüstert er und führt das Messer. »Benutz die Messerspitze.« Er zeigt mir, wie es richtig geht, und ich versuche, mich zu konzentrieren, doch sein Duft hinter mir macht es mir schwer. Bestimmt hat er zu Hause geduscht, bevor er hergekommen ist.

Als wir mit der Paprika fertig sind, machen wir mit der Zwiebel weiter. Hey, ich will mich überhaupt nicht beschweren. Er macht die ganze Arbeit. So bleiben wir die ganze Zeit. Er zeigt mir zuerst, wie man Zwiebeln schneidet, dann Pilze. Er flüstert mir Anweisungen ins Ohr, und sein Mund ist nur wenige Millimeter von meiner Haut entfernt, was mir Gänsehaut bereitet. Als wir beginnen, die Jalapeño zu schneiden, ist mein Körper so heiß, wie sie wahrscheinlich schmeckt.

Als er die Jalapeño entzweigeschnitten und auf das Schneidebrett gelegt hat, berühren seine Lippen meine Schulter.

»Hey, musst du nicht aufpassen, wenn du mit dem Messer herumhantierst?«, frage ich ein wenig atemlos.

Er beginnt, an meinem Hals zu knabbern, und seine

Zähne fahren über meine Haut. »Ich kann nicht anders. Ich will dich so sehr.«

Er schiebt die Hüften nach vorn, und sein Ständer drückt sich gegen meinen Hintern. Ich will ihn schon die ganze Zeit, aber jetzt, da ich ihn rieche, seinen Atem höre und spüre, wie sehr er mich will, würde ich am liebsten schreien: »Scheiß auf das Omelett. Iss stattdessen mich!«

Das Messer fällt auf das Schneidebrett, und seine Hände wandern unter mein Shirt.

»Rome.« Ich schiebe sie weg. »Du hast doch Hunger.«

»Ich bin hungrig nach dir«, raunt er und dreht mich um. Seine Lippen landen auf meinen. Ich werde mich auf keinen Fall dagegen wehren.

Seine Hand verschwindet in meiner Schlafanzugshose, und ich spreize die Beine. Als seine Finger zwischen meine Schamlippen gleiten und meinen Kitzler berühren, schnappe ich nach Luft. Ich ziehe seine Jogginghose herunter und bin froh, dass ich keinen Knopf und keinen Reißverschluss öffnen muss. Ich habe zwar ein schlechtes Gewissen, weil wir gleich auf Savannahs Granitoberfläche Sex haben werden, aber doch nicht so sehr, dass ich aufhören würde.

Ich lege die Hand um seine Länge. Er knurrt und erhöht die Geschwindigkeit seiner Finger.

Da stehen wir in Savannahs Küche und besorgen es uns gegenseitig. Unsere Küsse werden immer intensiver. Je fester ich ihn massiere, desto fester reibt er meinen Kitzler. Ich bin verloren in seinen Küssen, als ich merke, dass irgendwas nicht stimmt. Es brennt. Da unten. Und zwar ziemlich.

Ich kreise die Hüften, um mir Erleichterung zu verschaffen, doch es hilft nichts.

»Alles okay?«, fragt er, küsst meine Schulter und umkreist weiter meinen Kitzler. Ich nehme seine Eier in die Hand und knete sie, was ihm ein weiteres Knurren entlockt.

»Ich weiß nicht. Irgendwie brennt es.«

Zuerst sieht er mich an, dann fällt sein Blick auf das Schneidebrett hinter mir. Schnell zieht er die Hand zurück. »Oh, fuck!« Er eilt zum Waschbecken, um sich die Hände zu waschen.

Ich beobachte, wie er das Gewicht von einem Bein auf das andere verlagert, während das Brennen immer schlimmer wird. Ich presse die Hand auf meine Muschi.

»Die Jalapeño«, erklärt er, trocknet sich die Hände ab und geht zum Kühlschrank.

Ich hüpfe auf und ab. »Oh, mein Gott. So was gibt's?«

»Ich habe gerade die empfindlichste Stelle deines Körpers berührt. Es wird also brennen.« Er holt einen Milchkarton heraus.

»Und was soll das jetzt bringen?«

»Wenn einem der Mund brennt, hilft Milch auch.« Er gießt etwas davon in eine Schüssel.

»Ich lasse keine Milch an meine Vagina! Eine Pilzinfektion fühlt sich auch nicht besser an!« Ich renne zum Waschbecken, befeuchte ein Küchentuch, schiebe es in meine Schlafanzugshose und drücke es gegen meine Mitte, doch es hilft nicht.

»Dann ist die Milch eben für meine Eier.« Er zieht seine Hose aus, stellt die Schüssel auf den Boden, geht in die Hocke und hängt seine Eier in die Schüssel. »Mach die Augen zu oder irgendwas«, fordert er und versucht, sein Gemächt mit den Händen zu bedecken.

Zwischen meinen Schenkeln brennt es immer noch, aber ich kann mir das Lachen nicht verkneifen. Ich wünschte, ich hätte mein Handy hier, um ein Foto zu knipsen.

»Ich muss weiter diese Schmerzen ertragen, während es dir besser geht?«

»Nimm den griechischen Joghurt«, erwidert er und deutet auf den Kühlschrank.

»Das geht nicht. Das ist genauso schlimm wie Milch.«

»Gib mir mein Handy.« Ich tue, wie mir geheißen. Seine Daumen bewegen sich in einem Affenzahn über das Display.

»Bring mir den Joghurt und einen Löffel. Dann legst du dich nackt vor mich und spreizt die Beine.«

»Stehst du auf solche Sexspielchen?«

»Willst du, dass deine Muschi die ganze Nacht brennt?« Er hebt eine Augenbraue. Die Milch scheint zu helfen, denn er hält sich nicht mehr fluchend die Eier.

Also tue ich es. Er bestreicht das Äußere meiner Muschi mit dem Joghurt, hält sich aber von meiner Vagina fern. Anscheinend gibt Google mir recht und sagt, dass das ein absolutes No-Go ist. Es wird sofort besser. Mein Kopf sinkt aufs Parkett.

»Meine Güte. Schon besser.«

»Vermutlich dauert es eine Stunde, bevor der Schmerz komplett verschwindet.«

»Danke, Dr. Google.« Ich stütze mich auf meine Ellbogen. »Hättest du das nicht wissen müssen?«

»Fass es als Kompliment auf. Ich habe total die erste Regel vergessen, die man vor dem Sex und nach der Essenszubereitung beachten sollte – Hände waschen.« Mit dem Handy macht er ein Foto von mir.

»Auf keinen Fall! Gib es mir. Ich mache von dir auch ein Foto.« Er reicht mir sein Telefon. Seien wir mal ehrlich. Er ist ein Kerl. Wahrscheinlich wird er es seinen Freunden zeigen.

Genau in dem Moment, als ich das Foto schieße, öffnet sich die Haustür. Wer auch immer es ist, wird gleich eine perfekte Aussicht auf uns haben.

Panik überkommt mich. Ich bin wie festgefroren.

»Heilige Maria, Mutter Gottes! Treibt ihr in meinem Haus etwa perverse Sexspiele?« Savannah lässt ihren Aktenkoffer so laut fallen, dass Calista über das Babyfon zu weinen anfängt.

Ich glaube, der Abend kann nicht noch schlimmer werden, oder?

Kapitel 24

ROME

Es ist nicht das erste Mal, dass mich Savannah nackt sieht, aber das erste Mal seit der Pubertät.

Könnten Harleys Blicke töten, würde ich jetzt ganz tief unter der Erde liegen.

»Es tut mir so leid, Savannah«, sagt sie, steht auf und hinterlässt eine Spur aus griechischem Joghurt, während sie so schnell in ihre Hose schlüpft, dass sie fast das Gleichgewicht verliert und sich den Kopf an der Küchentheke aufschlägt.

Ich bleibe sitzen und halte die Hände vor mein bestes Stück, denn ich bin nicht bereit, die Erleichterung aufzugeben, die mir die Milch verschafft.

Savannah schließt die Augen und bedeckt sie vorsichtshalber zusätzlich mit der Hand. Harley rennt aus dem Raum. Fast fällt ihr das Babyfon aus der Hand.

»Rome, zieh dir gefälligst eine Hose an!«, schreit Savannah, als wäre ich ein Fünfjähriger, der aus Spaß nackt herumläuft. Sie kennt mich eben zu gut. Schon als Kind hatte ich kein Problem mit Nacktheit. Auch jetzt ist es mir ziemlich egal.

Ich stehe auf. Savannah späht durch ihre Finger und kneift die Augen direkt wieder zu. »Rome!«, faucht sie in ihrer Mutterstimme, die sie seit dem Tod unserer Eltern perfektioniert hat.

Ich trockne meine Eier mit einem Küchentuch ab, bevor ich meine Hose wieder anziehe. Dann hebe ich die Schüssel auf, denn ich bin schließlich nett. »Okay. Kannst die Augen wieder aufmachen.«

Sofort durchbohrt sie mich mit ihrem Todesblick – wie Harley eben. »Was treibt ihr denn hier?«, presst sie hervor. »Mein Haus ist doch kein Ort für perverse Spielchen.«

»Du meinst rotes Zimmer?« Ich hebe eine Augenbraue.

Nachdem Sedona bei Savannah *Fifty Shades of Grey* entdeckt hat, haben wir sie ein ganzes Jahr lang damit aufgezogen. Als der erste Film herauskam, haben wir wieder ewig Witze auf ihre Kosten gemacht. Das waren Zeiten.

Sie zeigt mir den Mittelfinger. Typisch Savannah.

»Du solltest dir etwas Originelleres einfallen lassen. Wie wäre es hiermit?« Ich halte die Hände vor meinen Schritt, schlage mir dann auf die Oberschenkel und werfe sie in die Luft.

Wieder der Stinkefinger.

Ich schütte die Milch ins Waschbecken. Als ich die Schüssel und den Joghurtlöffel spülen will, geht Savannah dazwischen. »Wirf sie weg.«

Ich öffne den Mülleimer. »Sicher? Die sind schön.«

Sie erwidert nichts, funkelt mich nur böse an. Gott stehe

dem Mann bei, der sich irgendwann mal in sie verliebt. Sie wird ihn ein Leben lang an den Eiern packen.

Ich lasse die Schüssel und den Löffel fallen. Scheppernd landen sie in der leeren Mülltonne.

»Ich dachte, du würdest erst morgen früh zurückkommen?«, frage ich und wasche mir die Hände, denn ich werde mir jetzt ein Omelett machen. Wenn ich schon nicht mit Harley schlafen darf, dann will ich wenigstens was zu essen.

»Ich habe schon früher alles unter Dach und Fach gebracht und wollte nicht noch eine Nacht länger in diesem von Insekten verseuchten Hotel verbringen.«

»Du hattest Insekten im Zimmer?« Ich trockne meine Hände ab, stelle mich ans Schneidebrett und wünsche mir, meine Hände würden auf Harleys Hüften liegen statt auf der Jalapeño, die mir vermutlich den Schreck meines Lebens eingejagt hat.

»Hotelzimmer sind immer voller Insekten, Rome.« Sie öffnet den Kühlschrank, nimmt eine Flasche Weißwein heraus und ein Glas aus dem Schrank und schenkt sich ein.

»Das stimmt nicht.« Sie ist eine verrückte Hygienefanatikerin.

»Wir sprechen uns noch mal, wenn du mit einem seltsamen Biss aufwachst.« Dann sieht sie mich an. »Und? Was geht hier ab? Spielt ihr Familie?«

Ich zeige ihr den Mittelfinger, und sie verzieht angewidert das Gesicht.

»Wir sind ... zusammen«, erwidere ich und brate das Gemüse in der Pfanne an, während ich die Eier verquirle.

»Wirklich?« Sie blickt entsetzt drein, reißt Augen und Mund auf, ohne zu blinzeln.

»Was denn?«

Dann schüttelt sie den Kopf. »Nichts. Warum machst du deiner lieben großen Schwester nicht auch ein Omelett, nachdem du sie in Angst und Schrecken versetzt hast?«

Ich gehe zum Kühlschrank und nehme mehr Eier heraus.

»Denkst du etwa, ich mache Witze?«, frage ich.

Von Denver hätte ich diese Reaktion erwartet. Von Liam vielleicht auch. Aber nicht von Savannah. Sie hat immer an mich geglaubt. Scheiße, sie ist mit der Grund, warum ich Koch geworden bin. Sie hat mich darin unterstützt, meinen Traum zu verfolgen, während Austin immer auf College und Baseball gepocht hat.

»Nein. Ich merke, dass du es ernst meinst. Ich will nur nicht, dass du verletzt wirst«, erwidert sie leise, wahrscheinlich, damit Harley sie nicht hört.

»Warum sollte ich verletzt werden?« Ich füge zuerst die Eier hinzu, dann Salz und Pfeffer.

»Was, wenn sie geht? Für manche Menschen ist diese Stadt zu viel. Diese *Familie* ist für manche Menschen zu viel.« Sie nippt an ihrem Wein und starrt mich an.

»Sie will, dass Calista einen Dad hat. Ich bin ihr Dad. Wir geben dem Ganzen eine Chance.«

»Und was macht sie so anders?« Sie mustert mich über den Rand ihres Glases.

»Sie lässt mir nichts durchgehen.«

Sie nickt. »Deshalb stellst du sie auf ein Podest?«

»Ja.« Okay, Savannah versteht schon. Wir müssen hier nicht um den heißen Brei reden.

»Kannst du denn von deinem absteigen?«

Boah. Ruft sofort die Feuerwehr. Meine große Schwester, die bisher immer zu mir gestanden hat, hat mich gerade mit einem brennenden Streichholz beworfen. Was zum Teufel?

»Was soll das denn heißen?«

Kurz presst sie die Lippen aufeinander. »Du magst dein Leben, wie es ist. Du stellst dich immer an erste Stelle. Jetzt hast du eine Tochter, die ganz oben stehen muss, und eine Freundin, die an zweiter Stelle stehen sollte.«

Die Bedeutung ihrer Worte brennt sich in mein Gehirn. Obwohl ich bisher nicht darüber nachgedacht habe, wird mir jetzt klar, dass Harley und Calista oberste Priorität haben. Nein, ich bin nicht egoistisch. Ich habe acht Geschwister. Keiner kann egoistisch sein, wenn er eine Großfamilie hat.

»Ja, sie haben oberste Priorität.«

Sie nickt. »Okay. Denn falls nicht, werden sie Lake Starlight verlassen, Rome.« Sie drückt meine Schulter, bevor sie sich an den Tisch setzt und darauf wartet, dass ich ihr das Essen serviere. Wer im Glashaus sitzt, sollte nicht mit Steinen werfen. Doch das behalte ich für mich.

Ich gieße Savs Omelett in die Pfanne und bereite dann eines für mich vor.

»Armes Mädchen«, sagt Savannah.

Ich werfe einen Blick über die Schulter. Harley trägt Calista herein. Sie sieht aus wie letzte Nacht – verschwitztes

Haar, rotes Gesicht, die Augen halb geschlossen, an ihrem Schnuller nuckelnd.

»Es tut mir so leid, Savannah.« Harley setzt sich an den Tisch und platziert Calista auf ihrem Schoß. Ihre Wangen sind gerötet. Sie wirkt peinlich berührt und traut sich nicht, meiner Schwester in die Augen zu sehen.

»Schon okay. Ich kenne es von Rome nicht anders.«

Savannah reagiert viel zu gelassen. Das ist sonst überhaupt nicht ihre Art. Vielleicht wurde sie flachgelegt, als sie weg war. Ja, genau. Als würde sie es zulassen, dass ihre Genitalien das Hotelbett berühren.

»Schnapp dir ein Weinglas.« Savannah deutet mit dem Kopf auf den Schrank mit den Gläsern.

Als Harley aufsteht, wird Calista ein wenig wach. »Dada«, sagt meine Tochter, als sie mich entdeckt.

»Hey, meine Kleine. Hunger?«

»Jamm jamm?«

»Sie sollte jetzt nichts essen«, sagt Harley und nimmt sich ein Weinglas.

»Sie ist die Tochter eines Kochs. Köche essen zu komischen Uhrzeiten ...« Ich werfe einen Blick auf die Uhr. »Wie zum Beispiel zehn Uhr abends.«

Harley bringt sie zu mir. Ich gebe ihr einen Kuss auf die Stirn, bevor sie sich wieder an ihre Mom schmiegt. Ich glaube nicht, dass sie wach bleiben wird, um etwas zu essen.

Savannah schenkt Harley Wein ein. Harley setzt Calista in ihren Hochstuhl und legt ihr ein paar von diesen Puffreisdingern aufs Tablett. Sie haut rein, als hätte sie den ganzen Tag nichts zu essen bekommen.

»Euch ist klar, dass ich die Geschichte nicht für mich behalten kann, oder?«, fragt Savannah. »Wollt ihr mir vielleicht erklären, was genau ihr da gemacht habt?« Sie lacht.

Harley funkelt mich böse an. Das ist doch nicht meine Schuld. Oder etwa doch? Na gut. Ja, es ist meine Schuld.

»Lange Geschichte.« Ich lege Savannahs Omelett auf einen Teller und halte ihn ihr hin. »Versuch wenigstens, es für dich zu behalten, okay?«

Sie streckt die Hand aus, doch ich ziehe den Teller weg. Sie atmet genervt aus. »Na schön. Ich versuche es.«

Dann reiche ich ihr den Teller. Diese Geschichte ist das reinste Gold für meine Familie. *Fifty Shades* ist gar nichts im Vergleich zu einer mit Joghurt beschmierten Harley und meinen Eiern, die in einer Schüssel mit Milch hängen.

Ich habe meine Niederlage bereits akzeptiert. Wären die Rollen vertauscht, könnte ich auch nicht den Mund halten.

»Aber es wird mir schwerfallen, es nicht jedem zu erzählen. Wäre ich doch bloß wie Phoenix und Sedona, die den ganzen Tag am Handy hängen. Dann hätte ich ein Foto gemacht.« Lachend schneidet sie ihr Omelett klein.

»Jamm jamm!«, ruft Calista in ihrem Hochstuhl und fängt an zu zappeln.

Harley steht auf und füllt Milch in ihre Schnabeltasse.

»Wie läuft's bei der Arbeit?«, will Harley von Savannah wissen und setzt sich wieder.

Savannah zuckt mit den Schultern. »Okay. Viel zu tun. Grandma Dori treibt mich in den Wahnsinn. Ihr müsst sie dazu verdonnern, auf Calista aufzupassen, oder irgendwas. Sie kommt jeden Tag in die Firma. Letztes Mal war dieser

Kerl aus dem Sägewerk da. Er ist der Sohn des Besitzers. Wir hatten einen Termin, um zu besprechen, ob wir sie weiter oben im Norden gebrauchen können.«

Sie nimmt einen Bissen von ihrem Omelett und kaut eine gefühlte Minute darauf herum.

»Jedenfalls«, fährt sie fort. »Während ich versucht habe, über Zahlen zu sprechen, hat sie ihn die ganze Zeit ausgequetscht und wollte wissen, warum er nicht verheiratet ist. Sie hat ihm erzählt, ich sei Single und dass wir miteinander ausgehen sollten. Dass ich einen wie ihn in meinem Leben gebrauchen könne.«

»Sah er denn gut aus?«, fragt Harley.

Ich wende mein Omelett in der Pfanne. Mein Magen knurrt.

»Ja.«

»Wo liegt dann das Problem?«

Ich bin überrascht, wie locker Harley inzwischen mit Savannah umgeht. Ich hätte gedacht, sie würden sich eher aus dem Weg gehen.

»Sogar ich weiß, dass ich nicht mit einem Workaholic zusammen sein sollte. Dieser Kerl ist die männliche Version von mir. Wir würden unsere Sonntage mit unseren Laptops auf dem Schoß und Excel-Tabellen verbringen.« Sie nimmt noch einen Bissen von ihrem Omelett. »Das ist großartig, Rome. Du überraschst mich immer wieder.«

Lächelnd lege ich mein eigenes Omelett auf den Teller und schalte den Herd aus.

»Suchst du denn jemanden? Hättest du gern eine Beziehung?«, fragt Harley nun zögernd. Ich kann es ihr nicht verübeln, denn Savannahs Liebesleben ist ein Tabuthema. Ich habe keine Ahnung, wann sie das letzte Mal flachgelegt wurde. Und ich will es auch gar nicht wissen.

Savannah zuckt mit den Schultern. Ich setze mich Calista gegenüber, schneide das Omelett in kleine Stücke und warte, bis sie abgekühlt sind.

»Dada!«, ruft Calista freudig. Ich glaube, davon werde ich nie genug bekommen.

»Ja, aber ich habe zu viel zu tun. Ich befürchte, ein Mann wie er ist der Einzige, der es mit mir aushält, denn ich denke immer nur an die Arbeit.«

Harley zieht die Mundwinkel nach unten und sieht mich an. »Es muss schwer für dich sein, dass so viel Druck auf deinen Schultern lastet.«

Wieder zuckt Savannah mit den Schultern und vergräbt den Kopf in ihrem Teller.

Harley reißt die Augen auf, doch ich verstehe nicht, was sie mir damit sagen will. Savannah ist gern die Chefin von Bailey Timber. Sie mag es, ihre Stifte nach Farben zu sortieren. Sogar ihre Schubladen mit dem Krimskrams sind nach Kategorien geordnet. So ist sie nun mal. Deshalb habe ich keine Ahnung, warum mir Harley vermitteln will, dass Savannah ihr leidtut.

»Hier, meine Kleine.« Ich lege das Ei auf Calistas Tablett, und sie beginnt, mit den Beinen zu strampeln. Sofort schiebt sie sich ein Stück in den Mund.

Dann spieße ich ein Stück Omelett auf und halte es Harley vor den Mund. Als sich ihre Lippen um die Gabel legen, zuckt mein Schwanz in meiner Hose. Und dann stöhnt sie auch noch, weil es so gut schmeckt. Japp, jetzt habe ich einen Ständer. Wir müssen so schnell wie möglich aufessen und Calista ins Bett bringen, denn ich verzehre mich nach Harley.

»Ich sollte besser gehen.« Savannah steht auf.

»Was?«, frage ich.

»Ihr fickt euch ja förmlich mit den Augen.«

»Fik«, sagt Calista.

Seufzend verdreht Harley die Augen.

»Tun wir gar nicht«, widerspreche ich lachend.

»Ihr habt es euch bildlich vorgestellt. Hört zu.« Sie wäscht ihren Teller ab und stellt ihn in die Spülmaschine. »Ich will nichts hören. Also seid wenigstens leise.« Dann stellt sie sich neben den Hochstuhl und streichelt Calistas Kopf. »Bald wirst du ein Geschwisterchen bekommen, wenn Mommy und Daddy nicht die Finger voneinander lassen können.«

Mir bleibt das Omelett im Hals stecken.

Savannah sieht Harley mit gehobenen Augenbrauen an. Sie fangen an zu lachen, während ich fast an meinem Omelett ersticke.

Großartig. Meine Schwestern haben noch jemanden gefunden, mit dem sie mich gemeinsam quälen können.

Kapitel 25

HARLEY

Ein paar Wochen später fahren wir in Romes Truck zum Sonntagsdinner bei Austin und Holly. Unterwegs müssen wir Grandma Dori im Seniorenheim abholen. Aber ich glaube eher, dass sie Calista herumzeigen und mit ihr angeben will.

Nachdem wir geparkt haben, hebt Rome Calista aus ihrem Kindersitz, doch sie tritt immer wieder nach ihm, bis er sie abgestellt hat.

Unser kleines Mädchen will jetzt allein laufen und nicht mehr ständig herumgetragen werden. Es tut mir leid, dass Rome die Zeit verpasst hat, als man sie ewig halten konnte.

Sie rennt durch die Lobby der Seniorenresidenz.

Rome läuft vor ihr her und spornt sie dazu an, ihn zu fangen. Es ist wundervoll, die beiden zusammen zu beobachten. Ich glaube, er wird es genießen, dass sich Calista inzwischen so frei bewegen kann. Aber sie muss unbedingt aufhören, überall hochzuklettern, bevor ich noch einen Herzinfarkt bekomme.

»Klopf an die Tür«, flüstert Rome und zieht mich beiseite.

Dieser Mann liebt eben seine kindischen Spielchen.

Die Tür geht auf. Doch Calista zerstört den Witz, dass sie allein hergekommen ist, indem ihr Blick sofort zu uns wandert.

»Calista!« Dori hebt sie hoch, doch Calista fängt an zu strampeln. »Hui. Das ist Urgroßmutter zu wild.« Sie stellt Calista wieder ab, und wir betreten ihr Apartment. Dort sitzen Juno und Kingston auf dem Sofa.

»Ich muss noch meine Handtasche holen. Bin gleich wieder da«, sagt Dori.

»Was macht ihr denn hier?«, frage ich.

»Was geht ab, Schönheitskönigin?« Kingston hebt die Hand für ein High five, und Calista schlägt ein.

»Das ist irgendwie sexistisch«, bemerkt Juno und zappt durch die Kanäle.

»Danke, dass ihr gekommen seid«, sagt Rome.

»Klar doch. Ich liebe meine kleine Schönheitskönigin.« Kingston wirft Juno einen schiefen Blick zu. Es ist ihm egal, was sie darüber denkt, wie er seine Nichte nennt. Dann hebt er Calista hoch und setzt sie auf seinen Schoß.

Doch sie löst sich aus seinem Griff, und schon steht sie wieder.

»Sie ist inzwischen aktiver«, sage ich entschuldigend, weil sie gerade nichts von ihrem Onkel wissen will.

»Sie ist Romes Kind. Ab jetzt wird sie immer herumrennen.« Kingston lacht, und Juno stimmt mit ein.

Kingston greift nach seiner Tasse, nimmt einen Schluck

und sieht Rome an. »Hey, Bro, willst du eine Milch?« Er hat einen Milchbart. Am liebsten würde ich im Erdboden versinken, denn ich weiß genau, worauf er anspielt.

Juno kriegt sich gar nicht mehr ein vor Lachen.

Rome schüttelt nur den Kopf. »Wie lange hast du darauf gewartet, diesen Spruch zu bringen?« Er verdreht die Augen.

Lachend stellt Kingston die Tasse ab und leckt sich die Oberlippe. »Sorry, Harley. Ich wollte dich nicht blamieren, aber es ist einfach zu gut.«

»Keine Sorge.«

Dori kommt mit ihrer türkisfarbenen Handtasche und einer leichten Frühlingsjacke in der passenden Farbe zurück. Heute ist ihr Outfit farblich sehr aufeinander abgestimmt.

Ich setze mich in den Sessel. »Was macht ihr eigentlich hier? Ich dachte, wir sollen Dori abholen?«

Kingston und Juno starren Rome an, und ich folge ihrer Blickrichtung. Er hat sein typisches freches Grinsen aufgelegt.

»Du und ich haben was vor. Ich habe nur sonntagabends und montags frei. Da habe ich mir gedacht, Juno und Kingston könnten mit G'Ma D und Calista zum Sonntagsdinner gehen, und sie könnte dann bei Austin und Holly übernachten.«

Ich lehne mich zurück. Irgendwie habe ich das Gefühl, das hätten wir vorher besprechen sollen. Andererseits finde ich es toll, dass er mich überraschen wollte. Ich habe nur noch nie eine Nacht ohne Calista verbracht.

»Ähm …«

»Austin hat uns quasi großgezogen. Und Holly … Du siehst ja, wie sie mit Daisy umgeht. Sie werden sich gut um sie kümmern.« Juno setzt sich auf, bereit, ihren Bruder und seine Verlobte zu verteidigen.

Ich erwidere nichts. Rome setzt sich auf die Armlehne des Sessels und lehnt sich zu mir. »Wir brauchen mal eine Nacht nur für uns. Sie ist in guten Händen.«

Ich sehe zu ihm auf. Er ist sich seiner Sache sicher. Seit ich hier bin, ist sein Beschützerinstinkt größer als meiner. Und er hat recht. Ich muss die Zügel ein wenig lockerer lassen, denn auch wenn unsere kleine Familie bisher gut funktioniert, wäre ich naiv zu glauben, Rome und ich bräuchten nicht auch mal Zeit für uns.

»Wir müssen besprechen, was zu tun ist, falls irgendwas passiert«, sage ich.

Er nickt, steht auf und kommt mit Block und Stift zurück. »Deine Handschrift ist schöner als meine.«

Ich lege den Notizblock auf meine Knie und beginne, Anweisungen aufzuschreiben, was zu tun ist, falls sie hinfällt und sich verletzt oder Nasenbluten hat, das nicht mehr aufhören will. Es ist ziemlich einfach – bringt sie ins Krankenhaus und sagt den Ärzten, dass sie das Von-Willebrand-Syndrom hat. Übt Druck auf die Wunde aus, um die Blutung auf ein Minimum zu reduzieren.

Ich reiße den Zettel ab und will ihn Juno reichen, doch Kingston kommt ihr zuvor.

»Hallo?«, fragt sie.

»Ich bin ausgebildeter Rettungssanitäter.« Er zwinkert

mir zu. Erst jetzt wird mir bewusst, wie sehr er seinem Bruder ähnelt. »Keine Sorge, Harley. Ich passe auf sie auf.«

Rome lacht leise. »Super. Calista!«, ruft er, und sie kommt aus Doris Schlafzimmer gerannt, das ganze Gesicht mit rotem Lippenstift beschmiert.

Nach Luft schnappend springe ich vom Sessel auf.

»Oh, meine Schönheitskönigin«, sagt Kingston lachend, hebt sie hoch und trägt sie zum Waschbecken, wo ich bereits Papiertücher befeuchte.

»Danke, Kingston«, sage ich.

»Kein Problem. Ich hab's dir ja gesagt. Bei mir ist sie gut aufgehoben.«

Ich werfe ihm einen schiefen Blick zu, immer noch unsicher, ob ich Calista wirklich allein lassen kann. »Ich habe nicht mal eine Tasche gepackt, Rome«, rufe ich ins Wohnzimmer.

»Aber ich.«

Ich kann mir gut vorstellen, was er eingepackt hat. »Hast du an ein extra Outfit, ihren Schlafanzug, ihre Schnabeltasse, ihre Decke ...«

»Ich bin ihr Vater. Ich weiß, was sie braucht.« Er lacht. Manchmal frage ich mich, ob Rome überhaupt irgendwas ernst nimmt.

Scheiße, das war ein fieser Gedanke. Seit wir hier sind, schlägt er sich ausgezeichnet.

»Schnuller?«, frage ich.

»Zwei.« Er stellt sich in den Türrahmen, pustet auf seine Finger und wischt sie an seinem Shirt ab, als wäre er der Größte.

»Du lernst schnell.«

Calista schlägt nach meiner Hand, als ich fester reibe, um den Lippenstift abzubekommen.

»Kommt jetzt. Sonst kommen wir noch zu spät. Ich erwarte heute Abend einen besonderen Gast«, sagt Dori.

Ich sehe Rome an und er mich. Anscheinend denke wir beide daran, was uns Savannah neulich erzählt hat. Dori scheint sich in den Kopf gesetzt zu haben, Savannah zu verkuppeln.

»Wen denn?«, will Juno wissen.

Doch Dori scheucht sie weg. »Das hat dich nicht zu kümmern. Colton ist bereit, sobald du es bist, Süße.«

Juno verdreht die Augen. »*Ich* bin hier die Kupplerin. Was verstehst du daran nicht?«

»Du kannst gern andere Leute verkuppeln. Aber ich kümmere mich um die Baileys.« Dori lächelt, als würde sie Juno damit kein bisschen beleidigen.

»Die hast du nicht verkuppelt.« Juno deutet auf ihre Brüder, steht auf und schaltet den Fernseher aus.

Rome verdreht die Augen, lehnt sich gegen die Wand und verschränkt die Arme vor der Brust. Kingston atmet gereizt aus. Man spürt eindeutig, dass sie genervt sind von dem Gezanke. Es ist mit Sicherheit nicht das erste Mal, dass Dori und Juno diese Diskussion führen. Aber mir erzählt es viel, wenn sich Leute streiten.

Menschen streiten sich, wenn ihnen etwas wichtig ist. Nur Schweigen zerstört Beziehungen.

»Ich muss dir meine Erfolge nicht beweisen, Juno. Lasst uns jetzt gehen. Er darf nicht vor uns da sein.«

Für mich ist das das Stichwort, mich jetzt von meiner Tochter zu verabschieden. »Okay, meine Süße. Mommy und Daddy gehen jetzt. Und du gehst mit Onkel Kingston, Tante Juno und Doodoo zu Onkel Austin und Tante Holly.« Hui, das war gar nicht so einfach. Zuerst hatte sie gar keine Familie, und jetzt fallen fünf Namen in einem Satz. Dieser Gedanke lässt mich lächeln.

»Können wir dieses Doodoo bitte sein lassen?« Dori kommt ganz dicht an Calista heran. »DORI!«, schreit sie förmlich, aber ich würde auch nicht Doodoo genannt werden wollen.

»Sorry, G'Ma D. Aber so heißt du jetzt nun mal.« Rome lacht und gibt Kingston einen Fauststoß.

»Du wirst ganz viel Spaß haben mit Daisy und Myles.«

»Wuff!«, erwidert sie, und ihre Augen beginnen zu leuchten.

»Hey, tut mir bitte einen Gefallen. Passt ein bisschen auf Myles auf. Er ist immer so aufgedreht«, sagt Rome zu Kingston.

»Er liebt sie eben.« Ich reibe meine Nase an Calistas und schließe sie in meine Arme. »Ich hab dich lieb«, sage ich und gebe ihr einen Kuss auf die Wange. »Und ich werde dich vermissen.« Ich schaukle sie hin und her und gebe ihr noch einen Kuss. »Morgen früh bin ich wieder da.« Ich will sie gerade noch mal küssen, als sie mir weggenommen wird.

Rome gibt ihr einen Kuss auf die Wange, drückt sie kurz und reicht sie Kingston. »Bis morgen früh, Süße. Hab dich lieb.« Dann wuschelt er ihr durchs Haar, und das war's.

Meine Arme sind leer. Ich will mein kleines Mädchen zurück.

Kingston starrt mich kurz an. Wahrscheinlich merkt er, dass mir gleich die Tränen kommen. Dann hält er mir Calista noch mal entgegen.

»Nein, nein. Schon in Ordnung.« Ich winke ab. Das hier ist was Gutes, nichts Schlechtes. Sie werden sich gut um sie kümmern.

Rome sieht mich an, als wollte er fragen: »Was ist nur los mit dir?«

Ich hole tief Luft.

»Ich erinnere mich noch daran, als ich Tim das erste Mal allein gelassen habe«, sagt Dori. »Als ich zurückkam, hatte er eine riesige Beule am Kopf. Noch nie wollte ich jemanden mehr umbringen als in diesem Moment.«

Alle starren sie entsetzt an. Dass sie ausgerechnet jetzt diese Geschichte erzählen muss. Es ist so absurd, dass ich mir das Lachen nicht verkneifen kann. Die anderen stimmen mit ein. Sogar Calista kichert, obwohl sie keine Ahnung hat, worum es geht.

»Bereit machen zum Abflug.« Kingston sieht Calista an und legt sie auf den Bauch. »Arme raus. Beine raus.« Kichernd folgt sie seinen Anweisungen. »Nächster Halt: mein Truck. Da wirst du dann sicher angeschnallt.« Er zwinkert mir zu, und Juno öffnet ihnen die Tür, damit sie hinausfliegen können.

»Geht jetzt, ihr zwei. Ich muss abschließen. Ethel ist einfach zu neugierig. Als ich das letzte Mal vergessen habe, die Tür zu verriegeln, saß sie hier und hat Netflix geschaut, als ich zurückkam. Sie sieht wirklich die dümmsten Sachen. Jetzt kriege ich die seltsamsten Empfehlungen wie zum Beispiel *Unser Planet*. Hallo? Ich werde bald tot sein. Wer hat bitte Zeit für so was?«

Rome legt den Arm um meine Schultern und führt mich aus dem Apartment. Ich beobachte, wie Kingston mit Calista Flugzeug spielt, und schließe kurz die Augen, um mich zu sammeln. »Hey, alles okay? Wenn du nicht willst, sage ich alles ab.«

»Alles?«, frage ich.

»Ich wollte mit dir weg, aber wir ändern die Pläne ein wenig.«

Ich habe keine Ahnung, was er meint. Aber ich werde ihm heute die Führung überlassen, denn obwohl er wahrscheinlich unterschätzt hat, wie schwer es mir fallen würde, meine Tochter zu verlassen, hat er die Initiative ergriffen, um Zeit mit mir allein zu verbringen.

Ein Teil von mir denkt immer noch, dass er sich vor allem Calista zuliebe auf die Beziehung eingelassen hat und ich nur an zweiter Stelle stehe. Natürlich sollte ich an zweiter Stelle stehen. Aber dass er sich die Zeit genommen hat, um irgendwas für uns zu planen, heißt, dass die Zwei ganz dicht nach der Eins kommt. Was mein Herz zum Schnurren bringt, denn mir geht es genauso.

Kapitel 26

ROME

Ich parke auf dem kleinen Parkplatz hinter dem Terra & Mare. Obwohl ich vorhatte, mit ihr in eine Hütte mit Spa in Homer zu fahren, ist mir jetzt klar geworden, dass ich ein Amateur bin und unterschätzt habe, wie schwer es sein würde, eine Mutter von ihrem Kind zu trennen. Um die nächsten zwei Tage zu retten, bleiben wir lieber hier in Lake Starlight. Für mich ist das in Ordnung, denn damit wollte ich sie sowieso überraschen. Warum also nicht jetzt?

»Musst du noch irgendwas holen?«, fragt sie und steigt aus dem Truck.

»Nein. Hier werden wir die Nacht verbringen.«

Sie sieht mich fragend an, doch ich werde ihr nicht sagen, dass ich aufgrund ihrer Reaktion die Pläne geändert habe. Ich weiß genau, dass sie ein schlechtes Gewissen haben und darauf bestehen würde, dass wir zum Spa fahren. Außerdem will ich auch keine drei Stunden entfernt sein, falls wirklich irgendwas mit Calista sein sollte. Manchmal vergesse ich ihre Krankheit, denn sie wirkt so gesund.

»Okay«, erwidert sie lächelnd. Es scheint sie nicht wirklich zu kümmern.

Ich öffne das Tor zum Treppenhaus, das vom hinteren Teil des Restaurants hinauf zu meinem Apartment führt. Ich schließe die Tür auf und lasse sie vorangehen. Sie war noch nie hier, denn bisher war meine Wohnung das reinste Desaster. Und in letzter Zeit habe ich immer bei Savannah übernachtet. Aber ich glaube, langsam verliert sie die Geduld mit uns.

»Es ist schön hier oben«, sagt sie.

Ich musste ein paar Handwerker engagieren. Die Abende, die ich nicht mit ihr verbracht habe, habe ich genutzt, um das Apartment mit Liams und Denvers Hilfe in Ordnung zu bringen. Es ist großartig, alleinstehende Freunde zu haben, die man in Essen bezahlen kann.

»Es gibt zwei Schlafzimmer. Ich weiß, der Wohnbereich ist ein bisschen klein.« Die Küche ist ein Witz, aber ich habe ja unten eine, falls ich etwas Größeres zubereiten will.

Ich lehne mich gegen die Wand und beobachte, wie sie sich umsieht. Sie berührt zuerst den Stoff des Sofas, dann die Granitoberfläche der Küchentheke, die gleichzeitig als Tisch dient, weil dafür kein Platz ist. Aber unten habe ich einen ganzen Raum voller Tische, falls wir einen brauchen.

»Geh mal den Flur hinab«, sage ich.

Sie wirft einen Blick über die Schulter, bevor sie meiner Anweisung Folge leistet.

Einen Raum haben wir in einem Altrosa gestrichen. An der Wand steht in goldenen Buchstaben *Calista* geschrieben.

Sie betritt das leere Zimmer und lächelt mich an. »Es ist wunderschön.«

»Falls dir die Farbe nicht gefällt, streiche ich es neu.«

Sie schüttelt den Kopf. »Es ist perfekt.«

»Komm.« Ich ergreife ihre Hand und führe sie in den nächsten Raum, das Schlafzimmer, das jetzt ein richtiges Bett hat. Ich fasse nicht, dass ich so erwachsen bin, dass ich Möbel kaufe, die nicht nur zweckdienlich, sondern auch schön sind. Ich halte es für Geldverschwendung, aber meine Schwestern haben darauf bestanden, dass Frauen so etwas mögen.

Brooklyn hat den Raum in einem hellen Grau gestrichen und eine grau-blaue Decke und passende Vorhänge ausgesucht. Um dem Ganzen noch einen weiblichen Touch zu geben, hat sie das Bett mit rosa Kissen dekoriert. Ich wollte widersprechen, aber Wyatt meinte, ich solle sie machen lassen.

Ich führe Harley zum Bett und setze sie auf die Matratze. »Ist sie bequem? Gefällt es dir?«

Lachend streicht sie sich das blonde Haar hinter die Ohren. »Es ist *dein* Bett.«

»Unser Bett.«

»Unser Bett?« Sie schüttelt den Kopf.

»Ich weiß, dass wir es langsam angehen wollen. Aber bitte zieh bei mir ein. Ich weiß, dass die Wohnung nicht ideal ist. Wahrscheinlich willst du nicht über einem Restaurant leben. Aber es ist auch praktisch. Wir sind sofort bei der Arbeit.«

»Ich weiß nicht.« Sie sieht sich um.

»Es ist nicht für immer. Wenn das Restaurant in ein paar Jahren mehr Geld abwirft, kaufen wir ein Haus.«

»Rome.« Seufzend stellt sie sich vors Fenster, das keine schöne Aussicht bietet – es sei denn, man will Li von Wok For U dabei beobachten, wie er seinen Müll rausbringt.

»Was?« Ich setze mich aufs Bett und warte darauf, dass sie zu mir kommt.

Sie dreht sich um, lehnt sich gegen die Wand und verschränkt die Arme vor der Brust. »Es geht alles so schnell. Ich meine, du redest davon, in ein paar Jahren ein Haus zu kaufen. Versteh mich nicht falsch. Ich liebe das zwischen uns. Aber wir sind noch kein eingespieltes Team. Ich verschließe mich, und du rennst weg.«

»Der Schaden ist schon angerichtet. Wir sind ein Paar. Egal, ob unsere Beziehung jetzt oder in drei Jahren in die Brüche geht, Calista wird so oder so betroffen sein.«

Harley fummelt an ihren Fingernägeln herum.

»Komm her«, sage ich und strecke den Arm nach ihr aus. Sie setzt sich neben mich, und ich ergreife ihre Hand. »Hast du Angst?«

Sie sieht mir in die Augen und nickt. »Du handelst, bevor du denkst, Rome. Und das ist toll. Ich freue mich, dass du das für uns geplant hast. Diesen Teil an dir finde ich großartig.« Sie streichelt meine Wange. »Aber zusammenwohnen? Das ist ein riesiger Schritt.«

Ich nehme ihre Hand und küsse die Innenseite ihres Handgelenks. »Hast du auch manchmal das Gefühl, nicht voranzukommen? Als würde man dich in eine Schublade stecken und du könntest nicht das Gegenteil beweisen?«

Ihre Schultern sacken zusammen, und sie zieht die Mundwinkel nach unten. »Ich verstehe dich. Ich bin ein Pflegekind. Aber das ist es nicht. Ich … ich weiß, dass du Calista willst …« Sie hält inne und wendet den Blick ab.

Ich lege den Finger unter ihr Kinn und drehe ihren Kopf wieder zu mir. »Und dich. Dich will ich auch.«

Sie schluckt schwer, und ihre Augen werden glasig. »Bist du sicher?«

Es ist, als hätte sie mir gerade eine geklatscht. Ist sie verrückt geworden? Natürlich will ich sie. »Wovon redest du?«

»Hör zu. Es ist ganz einfach. Das Leben hat uns zusammengeführt, weil wir eine gemeinsame Tochter haben. Aber ich will nicht, dass du eines Morgens aufwachst und dich an mich gebunden fühlst. Es ist nicht so, als wären wir vor dem Kind ein Paar gewesen.« Sie steht auf. Umgehend vermisse ich es, sie zu spüren.

»Fühlst du nicht dasselbe wie ich?«, frage ich ein wenig verletzt.

»Der Sex ist unglaublich. Natürlich fühle ich das, was du fühlst.«

»Ich rede aber nicht von Sex. Ich rede davon, dass ich jede Minute mit dir verbringen will. Natürlich liebe ich Calista und will mit ihr zusammenleben. Aber ich würde kein Zuhause für uns schaffen, wenn ich dich nicht auch wollen würde. Welcher Kerl würde sich bitte auf rosa Kissen einlassen, wenn er nicht total in eine Frau verschossen wäre?« Ich nehme eines der besagten Kissen und halte es ihr hin.

Kurz lächelt sie, doch es ist sofort wieder verschwunden. »Du bist gut darin, dich selbst von etwas zu überzeugen. Wir sind als Doppelpack in dein Leben getreten. Ich will, dass du weißt, dass du uns nicht beide nehmen musst. Du kannst auch nur Calista haben. Wir würden uns das Sorgerecht teilen. Aber dass wir uns als Mommy und Daddy ein Bett teilen, muss nicht Teil des Deals sein.«

Ich stehe auf und trete hinter sie. Natürlich steht Li telefonierend vor dem Fenster und wirft seinen Müll weg. Ich streichle über ihren Arm und verschränke unsere Finger ineinander. »Ich will dich genauso sehr wie Calista. Ich opfere mich nicht meiner Tochter zuliebe. Ich weiß, dass ich nicht unbedingt der Typ bin, der sich häuslich niederlässt. Aber du hast mich verändert. Wenn ich morgens aufwache und du nicht bei mir bist, zähle ich die Minuten, bis ich dich wiedersehe. Und es ist nicht nur der Sex. Es sind die lustigen Dinge, die du sagst. Wie du mich neckst. Wie gut du in meine Familie passt. Wie du deinen Schutzwall heruntergelassen hast. Ich meine, verdammt, du erlaubst, dass Calista bei meiner Familie übernachtet. Ich weiß, dass dich das eine Menge Überwindung kostet.«

Ihr Hinterkopf sinkt gegen meine Brust, und sie sieht zu mir auf. Unsere Blicke treffen sich. Lange sehen wir einander einfach an. All die Fragen und Unsicherheiten liegen schwer zwischen uns.

»Okay. Aber ...«

Ich lege den Zeigefinger an ihre Lippen. »Es gibt kein Aber. Alles, was jetzt folgen würde, wären Zweifel. Aber wir springen Hand in Hand ins kalte Wasser. Zusammen.«

Sie dreht sich um und schlingt die Arme um meinen Hals. Jetzt lächelt sie aufrichtig. »Okay.«

»Okay?«

»Okay.« Sie nickt.

Ich senke den Kopf und besiegle unser Versprechen mit einem Kuss. »Dann lass uns jetzt das Bett einweihen.« Ich packe sie und werfe sie aufs Bett. Ihr Körper hüpft auf und ab, bis sie schließlich still daliegt. In Windeseile schlüpfe ich aus Hemd und Hose. Sie tut es mir gleich, und ich helfe ihr mit ihren Shorts. Wir müssen unseren Deal mit mehr als nur einem Kuss besiegeln. Ich muss ihre seidene Haut auf meiner spüren. Ich muss hören, wie mein Name über ihre Lippen kommt, während ich mich in ihr verliere.

Als wir nackt sind, klettere ich aufs Bett. Verdammt, es ist genau so, wie ich es mir vorgestellt habe. »Was für eine Creme benutzt du?« Vorsichtig fahre ich über ihre Haut, als wäre sie eine empfindliche Rosenblüte.

Sie kichert. »Diese Frage hätte ich von dir niemals erwartet.« Dann küsst sie mich. »Das wirst du schon noch herausfinden.«

»Lass uns einen Deal abschließen. Ich darf dich jeden Morgen damit eincremen«, sage ich. Sie lacht erneut. Ihr Kopf fällt zurück, und ich nutze die Chance, um über ihren Hals zu lecken.

Sie spreizt die Beine, und ich platziere mich zwischen ihren Schenkeln. Mein Schwanz verweilt direkt vor ihrem Eingang, während wir uns wie zwei Teenager küssen, die im Keller ihres Elternhauses miteinander rummachen.

Unsere Hände wandern über unsere Körper. Wir nutzen die gesamte Breite des Betts aus. Mal ist sie oben, mal ich, während wir uns gegenseitig erforschen. Schnell merke ich, dass sie darauf steht, wenn ich mit ihren Nippeln spiele, während wir uns küssen. Ich werde es nie leid sein, ihren Körper zu erkunden und herauszufinden, was sie anmacht.

»Scheiße.« Ich reiße mich von ihrem Mund los. »Ich habe kein Kondom.« Sie sind noch in der Reisetasche, die ich für uns gepackt habe.

»Pille. Schon vergessen?« Sie streichelt meine Wangen.

»Ohne Gummi? Ist das für dich in Ordnung?«, frage ich, und mein Schwanz schwillt zu ungeahnter Größe an.

Seit meinem letzten Test bin ich mit keiner Frau mehr zusammen gewesen. Und ich habe immer Kondome benutzt.

Sie nickt. »Ich bin sauber.«

Mein Schwanz zuckt beim Gedanken, sie ohne Gummi zu spüren. Ich hatte noch nie Sex ohne Kondom. Aber das ist etwas, das ich mit Harley teilen möchte. Sie spreizt die Beine noch weiter, und ich gleite hinein in ihre Nässe.

Fuck. Ich bin kurz davor, mich zu blamieren.

»Ähm ... Rome?« Ihre Finger gleiten durch mein Haar.

»Ganz kurz.« Ich lege die Stirn an ihre Schulter. Scheiße. Ich schließe die Augen und denke an das Rezept für Baked Alaska, das schwerste Dessert, das ich je zubereitet habe.

Sie bewegt sich ein wenig unter mir. Ich schwöre, ich komme fast.

»Du fühlst dich ... Mir fehlen die Worte.« Ich beginne, die Hüften zu bewegen, und stütze mich auf die Ellbogen. Wir blicken einander tief in die Augen. Unser Verlangen wird immer größer, während wir Liebe machen. Ich habe noch nie Liebe gemacht. Nie wieder will ich den Blick von ihr abwenden. Ich will für immer spüren, wie unsere Körper miteinander verbunden sind. Irgendwas verändert sich gerade zwischen uns.

»Mir auch«, erwidert sie. Sie schlingt die Arme fester um meinen Hals, hebt die Hüften und küsst mich.

Das mag ich so sehr an Harley. Dass sie sich nimmt, was sie will. Es ist verdammt sexy. Ich hoffe, unsere Beziehung hält, denn ich weiß nicht, wie ich ohne sie leben soll.

Kapitel 27

HARLEY

Es ist großartig, in eine Decke gehüllt und Orangenhühnchen essend auf meinem neuen Sofa zu sitzen und auf Netflix *The Dirt* zu schauen. Ein nackter Rome, der sich an mich schmiegt, macht das Ganze nur noch besser. Ich bin immer noch ein bisschen schockiert darüber, dass ich eingewilligt habe, bei ihm einzuziehen. Ich muss verrückt geworden sein.

»Schmeckt es dir?«, fragt er und hält mir eine Gabel mit Nudeln hin.

Ich öffne den Mund und nicke kauend.

Nachdem wir den Großteil der Wohnung eingeweiht haben – bis auf Calistas Zimmer, denn das wäre so was von falsch -, habe ich ein schlechtes Gewissen bekommen, weil ich anfänglich so reagiert habe. Ich habe versucht, mir etwas einfallen zu lassen, wie ich mit Rome darüber reden kann, aber er ist nicht unbedingt der Typ, der über Gefühle spricht. Er ist eher der *Lass-uns-Chinesisch-essen-und-Netflix-sehen-und-danach-noch-mehr-vögeln*-Typ.

Da aber auch das Wohlergehen meiner Tochter auf dem Spiel steht, fühle ich mich verpflichtet, über die Sache zu reden. Ich bin zwar nicht gestört oder irgendwas, aber in einer Pflegefamilie aufzuwachsen, hat Spuren hinterlassen.

»Hey«, sage ich, stelle meine Box mit dem Orangenhühnchen ab und drehe mich zu ihm.

»Hast du jetzt wieder genug Energie getankt?« Seine Augen glühen schon wieder. Das tun sie immer, wenn er Sex will.

»Können wir reden?«

Er blickt enttäuscht drein, und ich weiß genau, was er von meinem Vorschlag hält. Lieber würde er sich eine Gabel ins Auge rammen. Ich sollte es lieber sein lassen. Ich meine, bisher läuft es gut. Und wir haben auch schon ein bisschen geredet. Dass wir jetzt zusammenwohnen, sollte eigentlich nichts verändern. Wir arbeiten schon zusammen im Restaurant, und er hat sowieso fast jede Nacht bei Savannah übernachtet. Es hat sich also kaum etwas verändert. Es ist nur praktischer geworden.

Das stimmt nicht. Und ich weiß, dass es nicht stimmt.

»Was ist?« Er stellt seine Box ab und verhält sich so, wie es ein fester Freund tun sollte.

Wie konnte er sich innerhalb weniger Monate von der männlichen Nutte in den liebevollen Freund verwandeln? Vielleicht ist es schon immer in ihm gewesen.

»Als ich es dir vorhin so schwer gemacht habe ...«

Er zuckt mit den Schultern. »Kein Problem. Ich bin es gewohnt.«

»Warum?« Ich habe schon viele Geschichten über ihn gehört. Dass er durch die Welt tingelt und nichts ernst nimmt. Doch jetzt ist er hier. In Lake Starlight. Mit seinem eigenen Restaurant.

Er starrt hinunter auf seinen Schoß und greift nach meinem Hühnchen. »Ich bin ein Versager. Nicht komplett. Nach der Highschool habe ich mich auf die Reihe gekriegt. Habe eine Ausbildung zum Koch gemacht. Habe in Europa unter großartigen Chefköchen gelernt. Aber die Leute halten mich für einen Spaßvogel. Und das bin ich auch. Aber ich bin *mehr*. Ich verstehe den Ernst unserer Lage. Calista hat oberste Priorität.« Er lächelt. »Das mag ich so an dir. Dass du sie immer an erste Stelle stellst.«

Ich grabe meine Finger tiefer in das Laken. »Du unterschätzt dich. Du bist kein Versager.«

»Du kanntest mich nicht in der Highschool. Selbst jetzt. Ich glaube, die halbe Stadt denkt, dass ich früher oder später alles stehen und liegen lasse und abhaue.«

»Denkst du, sie wollen, dass du scheiterst?«

Er schüttelt den Kopf. »Nein. Aber sie erwarten nichts anderes von mir.«

Ich ziehe die Stirn kraus. »Warum bist du dann zurückgekommen?« Ich hätte nie wieder einen Fuß in diese Stadt gesetzt.

»Weil meine Familie hier ist. Und ich will den Leuten beweisen, dass sie falschliegen.« Sein typisches arrogantes Grinsen erscheint.

Er ist so attraktiv. Ich fasse nicht, dass er mir gehört.

»Was denkst du, warum du immer rebellierst?«

Er hebt eine Augenbraue. »Analysierst du mich jetzt?«

Ich muss lachen, denn ich merke, dass ich ihn gerade mit Fragen bombardiere. »Nein. Ich bin nur neugierig.«

Ich habe im Pflegesystem viele Rebellen kennengelernt. Viele hatten Angst, zu lange an einem Ort zu bleiben. Ich verstehe, dass der Tod seiner Eltern der Grund sein könnte. Aber er ist zurückgekommen, was ich nicht erwartet hätte.

Er sieht mich an. »Du hast eine gute Intuition.«

»Das kommt vom vielen Beobachten und Zuhören.« Genau das tut man in einer Pflegefamilie, denn wenn man seine Meinung laut ausspricht, erweckt man zu viel Aufmerksamkeit. Das ist das Schlimmste, was man machen kann.

»Ich glaube, ich muss mir das Herz aus der Brust reißen und dir zeigen, damit du mich verstehst.«

Ich greife nach der Fernbedienung und drücke auf Pause. Dann schmiege ich mich enger an ihn, um ihn zu trösten, falls er es braucht.

»Denk nicht so darüber«, sage ich.

Er streicht mein Haar über meine Schulter. »Jeder denkt, ich wäre gegangen, weil meine Eltern gestorben sind. Ja, das war scheiße. Aber das ist nicht der Grund. Versteh mich nicht falsch. Als es passiert ist, wollte ich die Stadt unbedingt sofort verlassen. Alle haben uns mit ihren verdammten traurigen Blicken beobachtet und ständig gefragt, wie es uns geht.«

Mir ist schon aufgefallen, dass Rome mehr flucht, wenn er über seine Gefühle spricht. Doch ich sage nichts und lasse ihn fortfahren.

»Alle denken, meine Eltern hatten die perfekte Ehe.

Neun Kinder, die nach den Städten benannt wurden, in denen sie gezeugt wurden. Klingt wie ein verdammtes Märchen.«

»Wirklich?« Im Kopf gehe ich ihre Namen durch und nicke. »Das ist mir bisher gar nicht aufgefallen.«

»Ja. Ziemlich lahm. Aber was soll's.« Er verdreht die Augen.

»Warte!« Ich lege den Kopf schief und denke über ihn und seinen Zwillingsbruder nach.

Er kann wohl Gedanken lesen. »Zwischenlandung. Sie haben auf ihrem Flug nach Rom in Denver übernachtet.«

Ich nicke lächelnd. Ergibt Sinn.

»Jedenfalls. Den Leuten ist nicht klar, dass meine Mutter für unsere Familie ihre Karriere geopfert hat. Und damit mein Vater das Familienunternehmen übernehmen konnte. Welche Reisejournalistin will nur ein paar wenige Aufträge im Jahr annehmen?«

»Aber ...«

»Manchmal haben sie darüber gestritten«, sagt er, bevor ich noch etwas hinzufügen kann.

»Eltern streiten nun mal.« Ich zucke mit den Schultern.

»Ja. Und meistens endet es mit einer Scheidung.«

»Erst wenn die Streitereien aufhören, muss man sich wirklich Sorgen machen.«

Wieder streicht er mein Haar zurück und beobachtet, wie seine Finger durch meine blonden Strähnen gleiten. »Wahrscheinlich hast du recht. Aber ich wollte nicht wie meine Mom werden und irgendwas bereuen. Ich weiß, dass sie uns geliebt hat. Versteh mich nicht falsch. Aber deshalb habe ich mir geschworen, mein Leben voll auszukosten.«

Ich setze mich auf die Knie und stopfe das Laken unter meine Achseln. »Rome, Kinder verändern dein ganzes Leben. Denk nur an Calista«, sage ich. »Sieh nur, wie sehr du dich gerade veränderst. Bereust du irgendwas, seit sie in dein Leben getreten ist?«

Er senkt den Blick. Ich hoffe, er merkt, dass die Ansichten seines vierzehnjährigen Ichs nicht mehr mit seinen jetzigen übereinstimmen.

»Wäre ich vor Calista in dein Leben gekommen, hättest du mich zurückgewiesen. Na ja, irgendwie hast du das ja.« Ich krümme mich.

Er sieht mich verärgert an.

»Calista hat dich verändert. Ohne sie hättest du dir wahrscheinlich nicht die Zeit genommen, mich kennenzulernen. Du hättest dich nicht in mich verliebt.« Scheiße. Ich wollte ihm jetzt keine Worte in den Mund legen. Ich schüttle den Kopf und versuche, zurückzurudern. »Ich meine ...«

Er legt die Hand an meine Wange. »Ich *habe* mich in dich verliebt.«

»Siehst du!« Ich lege die Hand auf sein Herz. »Das ist Calistas Verdienst. Dass du jetzt eine Tochter hast, ist der Grund dafür. Du warst sogar bereit, für sie nach Seattle zu ziehen. Du hättest für sie deinen Traum geopfert.«

Er holt tief Luft.

»Vielleicht haben sich die Lebensziele deiner Mutter verändert. Verdammt, ich war drauf und dran, umzuziehen, doch dann habe ich erfahren, dass ich schwanger bin. Ich bin in Seattle geblieben, weil ich dort Miranda und ein paar weitere Freunde hatte. Ab und zu habe ich mich gefragt, was gewesen wäre, aber letztendlich übertrumpft Calista alles.«

Er starrt mich an. Erkenntnis zeichnet sich auf seinem Gesicht ab. Er versteht, was ich damit sagen will. Und ich hoffe, er versteht auch, dass sich seine Eltern wie jedes andere Paar gestritten haben und vielleicht auch böse Worte gefallen sind, dass es seine Mom aber nicht bereut hat, ihre Karriere für ihre Kinder auf Eis zu legen.

»Vielleicht hast du recht.«

»Hast du denn das Gefühl, du würdest etwas opfern?«, frage ich.

Er lehnt sich nach vorn und küsst mich. »Nein. Ich bin im Moment so glücklich.«

Ich lächle. »Dann bin ich sicher, deine Mom hatte auch nicht das Gefühl, etwas zu opfern.«

Er zuckt mit den Schultern. »Jetzt haben wir nur über meine Probleme gesprochen. Worüber wolltest du reden?«

Jetzt, da der Fokus wieder auf mir liegt, graben sich meine Finger erneut in das Laken. »Es fällt mir schwer, Menschen zu vertrauen. Und es war falsch von mir, zu denken, dass du mich nur wegen Calista willst. Obwohl ich hart dafür gearbeitet habe, um meine Wunden zu schließen, sind die Narben immer noch da. Manchmal denke ich monatelang nicht daran und gehe meinem Alltag nach – und plötzlich ist da eine Scherbe, die mich wieder aufschneidet und mich daran erinnert, dass ich nicht heil bin.«

»Ich verstehe dich. Gerade geht alles so schnell. Wahrscheinlich halten uns alle für verrückt.« Er rückt näher an mich heran.

»Hab ein wenig Geduld mit mir, okay? Wenn man dir dein ganzes Leben lang erzählt, dass du nichts wert bist, glaubst du es irgendwann. Es ist schwer, zu glauben, dass jemand mit mir zusammen sein will. Es ist zu schön, um wahr zu sein.« Ich lege die Hand an seine Wange. »Ich will dich nicht aufgrund meiner Unsicherheiten verlieren. Sei also ein wenig geduldig mit mir. Ich schaffe das schon.«

Er gibt mir einen kleinen Kuss. »Ich gehe nirgendwohin«, murmelt er gegen meine Lippen. Mein Rücken landet auf dem Sofa. Ohne auch nur eine Sekunde zu verlieren, klettert er auf mich. »Du hast den Versager von Lake Starlight an der Backe.«

»Und du hast das Mädchen mit den Verlustängsten an der Backe.«

Er nimmt mein Gesicht zwischen die Hände. »Wir sind die Kids, die es trotzdem geschafft haben.«

Ich muss lachen. Er küsst zuerst meine Stirn, dann meine Nase.

»Wir werden es allen zeigen.«

Er klingt so überzeugend, dass ich ihm glaube. Wir kennen die Probleme des jeweils anderen. Gemeinsam schaffen wir das.

Nichts kann uns jetzt noch trennen.

Kapitel 28

ROME

Seit Harley und Calista in der Stadt sind, hatte ich keinen Männerabend mehr. Wir wohnen jetzt seit einem Monat offiziell zusammen. Ich kann mich nicht beklagen, abgesehen von meinem straffen Zeitplan, der mich jeden Abend hundemüde ins Bett fallen lässt. Aber das Restaurant nimmt immer mehr Fahrt auf. Es läuft viel besser, als ich zu diesem Zeitpunkt erwartet hätte.

»Scheiße, das hättest du sehen sollen. Sie hatte den kürzesten Rock aller Zeiten an«, prahlt Denver, während ich mein Bier herunterkippe. »Sie hat meine Hand auf ihren Hintern gelegt.« Er schüttelt den Kopf. »An so viel Initiative bin ich nicht gewöhnt. Aber verdammt, ich will mich nicht beschweren.« Dann leert er seinen Kurzen.

Wir haben Lake Starlight verlassen, damit wir keinem unserer Geschwister begegnen. Denvers Argument war, dass alle Mädchen bei Lucky's gleich seien und er unbedingt aus der Stadt herauskommen müsse, um neue Gesichter zu sehen.

Seit er mit Liam zusammengezogen ist, scheinen sie das öfter zu machen.

»Sag's ihm.« Denver schlägt Liam auf den Rücken.

Er zuckt mit den Schultern. In Gedanken ist er heute ganz woanders.

»Liam hat letztes Wochenende ein Mädchen mit nach Hause gebracht. Sie wollte überhaupt nicht mehr gehen. Es war total verrückt. Am nächsten Tag ist sie einfach geblieben und hat mit uns Baseball geschaut. Und sie konnte großartig kochen. Aber sie hat keinen Wink mit dem Zaunpfahl verstanden. Und als Liam einfach gegangen ist und irgendwas von einem Notfall im Smokin´ Guns gesagt hat ...« Denver funkelt ihn böse an. »Was übrigens völliger Quatsch war.«

Liam zuckt zwar mit den Schultern, doch sein kleines Grinsen verrät mir, dass Denver recht hat.

»Dann hat sie mich angemacht. Ich kapiere es nicht. Als würde ich ein Mädchen vögeln, das mein bester Kumpel erst letzte Nacht rangenommen hat.« Denver ist so aufgedreht, dass er mir gewaltig auf die Nerven geht.

Warum? Keine Ahnung. Vielleicht, weil er immer noch ein Leben voller Frauen, Sex und Alkohol führt. Und Calista konnte gestern Nacht nicht schlafen, weil sie einen neuen Zahn bekommt. Mir fallen gleich die Augen zu.

»Ich habe sie nicht gefickt«, erwidert Liam in gleichgültigem Ton.

»Was?« Denvers Kopf schnellt zu ihm herum.

»Ich habe sie nicht gefickt.« Wieder zuckt er mit den Schultern, und ich lache.

Denver fällt die Kinnlade herunter. »Warum nicht?«

Wieder ein Achselzucken. Ich lege die Hand auf seine Schulter. »Was ist los, großer Junge?«

Er atmet laut und lange aus. »Ich bin fertig mit der Scheiße. Lasst uns woanders hingehen. Ich habe heute keine Lust, eine Tussi abzuschleppen.« Liam leert den Rest seines Biers.

»Bin dabei.« Ich rücke meinen Stuhl zurück.

»Moment mal.« Denver hebt die Hände. »Bei dir verstehe ich es ja. Du hast jede Nacht eine Muschi. Aber du ...«, er deutet auf Liam, » ... du bist meine Abschlepphilfe. Ich bin deine Abschlepphilfe. Wir helfen uns gegenseitig, Frauen abzuschleppen.«

»Keine Lust. Lasst uns irgendwo Bier holen und an den See fahren oder so.« Liam steht auf und schiebt seinen Stuhl zurück.

»Lasst uns einfach zu euch fahren. Ich habe nichts dagegen, den ganzen Abend Sport zu schauen.« Ich folge Liam hinaus.

Denver schnauft wie ein Kleinkind, schleppt sich hinter uns her und meckert die ganze Zeit.

»Unglaublich. Ihr seid so verdammt langweilig geworden. Das ist euch klar, oder? Rome, wann bist du das letzte Mal mit uns weggegangen? Jetzt gibt dir Harley einen Abend frei, und du willst bei Liam herumsitzen und fernsehen?«

Ich drehe mich auf dem Vordersitz von Liams Auto zu Denver um. »Erstens hat mir Harley heute Abend nicht freigegeben. Ich habe ihr gesagt, dass ich ausgehe, und sie hielt es für eine gute Idee.«

Er lacht. Ein gekünsteltes Lachen. »Seit wann findet es eine Frau gut, wenn ihr Kerl mit seinen Kumpels ausgeht?«

»Du kennst sie nicht mal.«

»Ich weiß, wie Frauen sind. Wenn du nach Hause kommst, wird sie sauer sein.« Er schlägt Liam auf die Schulter. »Oder etwa nicht?«

Liam wirft ihm über den Rückspiegel einen Blick zu und sieht dann mich an. »Ich glaube, er ist eifersüchtig.« Er grinst, denn er weiß, dass er direkt ins Schwarze getroffen hat.

Ich war schon kurz davor, auf den Rücksitz zu klettern und Denver zu verprügeln.

»Du bist eifersüchtig?«, frage ich.

»Bin ich nicht. Ohne dich kriege ich viel mehr Frauen ab.« Er lässt den Blick hinaus in die Dunkelheit schweifen, während wir zurück nach Lake Starlight fahren.

»Du bist eifersüchtig.« Ich muss kichern. »Vermisst du mich etwa, kleiner Bruder?« Ich greife nach hinten und wuschle ihm durchs Haar.

Er schlägt meine Hand weg. »Pfoten weg. Du bist nur zwei Minuten älter als ich.«

»Alles gut. Ich liebe dich noch immer. Harley hat nicht deinen Platz eingenommen.«

Er verdreht die Augen. »Kommt schon, Jungs. Wir können den Abend doch nicht bei Liam verbringen.«

»Ich habe aber keine Lust, dich dabei zu beobachten, wie du den ganzen Abend Weiber abschleppst.« Ich drehe mich wieder nach vorn und sehe Liam fragend an.

»Wir könnten irgendwelche Scheiße bauen. Wie früher

in der Highschool.« Denver richtet sich auf seinem Rücksitz gerader auf und reißt erwartungsvoll die Augen auf.

»Klar.« Ich zucke mit den Schultern. Mein Zwillingsbruder denkt, ich hätte ihn abserviert. Mein schlechtes Gewissen ist so groß, dass ich bereit bin, Streiche zu spielen.

»Bin dabei.« Liam biegt rechts ab. »Müssen noch Sachen besorgen.«

Auf dem Weg zurück nach Lake Starlight gehen wir noch schnell im Supermarkt vorbei. Es ist der einzige Laden, in dem man an einem späten Sonntagabend noch Bier und Sachen kaufen kann, um Leute zu verarschen. Bevor wir fahren, verteilen wir alle Einkaufswagen auf dem gesamten Parkplatz.

Wir machen bei Liam halt, denn gute Streiche müssen vorbereitet werden. Sonst lacht keiner darüber.

»Die Kakerlaken. Das müssen wir machen.« Denver holt schwarzes Tonpapier und eine Schere, öffnet sein Bier und setzt sich neben mich.

»Wessen Auto bekleben wir mit Notizzetteln? Ich weiß nicht, ob wir das mit den Wattebällchen machen sollten, denn das ruiniert den Lack.«

»Ich mache das mit den Scheibenwischern. Muss nur noch überlegen, wessen Auto.« Liam zaubert ein paar Radiergummistücke hervor.

Wir beginnen, unsere Streiche vorzubereiten, während wir Bier und Kurze trinken. Nun ja, zumindest Denver und ich. Liam hat sich bereit erklärt, heute Abend unser Fahrer zu sein. Er nennt es den Zwillingsverbindungsabend.

»Du bist echt in sie verknallt, was?«, fragt Liam, als wir den halben Kasten Bier schon geleert haben.

Ich habe ganz vergessen, wie schön es ist, mit meinen Jungs zu lachen und irgendeinen Quatsch zu machen, um ein bisschen Dampf abzulassen.

Verdammt, ich hoffe, Calista kommt nach ihrer Mom und nicht nach mir.

»Ja, das bin ich tatsächlich.« Lächelnd denke ich an die Frau, zu der ich später nach Hause zurückkehre.

»Warum?«, fragt Denver. Er kippt seinen Stuhl zurück, sodass er nur noch auf den Hinterbeinen steht, und nimmt einen Schluck von seinem Bier. »Was macht Harley so besonders?«

Es klingt nicht gemein, er will tatsächlich den Grund erfahren. Aber ich kann ihm keinen nennen. Ich könnte eine ganze Liste an Dingen aufzählen, warum ich gern mit ihr zusammen bin. Das Wort Liebe liegt mir auf der Zunge, aber das würde dem Ganzen eine ganz neue Dimension geben. Ich weiß nicht mal, wie Harley darauf reagieren würde. Wahrscheinlich würde sie mir nicht glauben. Vielleicht würde sie aber auch Panik bekommen und abhauen.

»Ich weiß nicht. Sie ist es einfach.« Ich zucke mit den Schultern.

Eine Weile starrt er mich an, während er weiter sein Bier trinkt. »Dann bist du also komplett vom Markt?«

Liam bewirft ihn mit einer Bierdose. Denver schwankt kurz, fängt sich aber wieder. »Sie sind zusammengezogen, du Vollidiot.«

Denvers Stuhl fällt zurück auf alle vier Beine. »Ja, aber wirst du sie auch heiraten?«

Wieder zucke ich mit den Schultern. »Sie ist gerade erst bei mir eingezogen.«

»Ihr habt schon ein Kind«, erinnert er mich.

»Wir machen eben alles andersherum. Aber wir werden noch nicht heiraten.«

»Warum nicht, wenn du sie doch liebst?« Denver ist mir sehr ähnlich. Alles oder nichts. Wahrscheinlich wird er seine zukünftige Ehefrau zwei Wochen, nachdem er sie kennengelernt hat, heiraten.

»Ich habe nicht gesagt, dass ich sie liebe.«

Liam grinst und konzentriert sich dann wieder auf seinen dummen Streich mit den Bleistiftradierern.

»Was?« Ich blicke zwischen ihnen hin und her.

»Du musst es nicht sagen. Rome Bailey lässt seine Freunde nicht sitzen und zieht mit einer Frau zusammen, wenn er sie nicht wirklich liebt. Außerdem, verdammt ... Wie du sie ansiehst, wenn ihr im selben Raum seid.« Denver schüttelt den Kopf. Sein ganzer Körper zittert vor Ekel.

»Wie sehe ich sie denn an?«

»Als wäre sonst keiner da. Außer Calista.«

Ich schweige.

Denver faltet die Hände und blickt zur Zimmerdecke. »Lieber Gott. Bitte mach, dass ich mich niemals verliebe.« Dann zwinkert er gen Himmel, als hätte ihm Gott gerade geantwortet, und bastelt weiter an seinen unechten Kakerlaken.

»Eines Tages«, erwidere ich.

»Niemals.«

»Was ist mit dir, Liam?« Jetzt sitzt unser bester Freund auf dem Befragungsstuhl.

Er zuckt mit den Schultern. Das ist heute Abend seine Antwort auf jede Frage. Was zum Teufel ist nur los mit ihm?

»Sollen wir alle bloß noch mit den Schultern zucken?«, frage ich und warte auf eine Erklärung.

»Es ist nichts. Lasst uns gehen.« Er steht auf und sammelt seine Sachen auf dem Tisch zusammen.

Denver und ich trinken jeweils noch zwei Biere und zwei Kurze, weil wir keine offenen Dosen und Flaschen mit ins Auto nehmen können. Liam fährt in die Innenstadt, die jetzt dunkel und verlassen ist. Alle sind schon zu Hause. Nur im Lucky's sitzen noch ein paar Leute. Auch Smokin´ Guns hat bereits geschlossen, doch wir nehmen uns trotzdem die Zeit und gehen hinein, um unter dem Stuhl von Liams Mitarbeiter ein Signalhorn zu verstecken, das losgeht, sobald er sich setzt. Denver und ich trinken noch ein Bier, denn Liam kann seinen Laden nicht betreten, ohne zu arbeiten, also sitzen wir herum und warten auf ihn.

»Wohin gehen wir jetzt?«, fragt Denver, als wir das Tattoo-Studio mit einem weiteren Bier in der Hand verlassen.

Als wir am Lard Have Mercy vorbeikommen, hängen wir dort ein Plakat auf, auf dem steht, dass Internationaler Keine-Hose-Tag ist. Die Gäste werden dazu aufgefordert, ihre Hose auszuziehen und Platz zu nehmen.

Hey, so was gibt's tatsächlich.

Als wir um die Ecke biegen, zerdrücke ich meine Bierdose und werfe sie in einen Mülleimer. Mein Blick fällt auf die dunklen Fenster vom Terra & Mare und wandert dann hinauf in den zweiten Stock, wo ein wenig Licht durch die Jalousien dringt. »Harley ist noch wach«, sage ich.

»Vielleicht hat sie das Licht für dich angelassen. Wie in dieser Hotelwerbung.« Lachend legt Denver den Arm um mich. »Lasst uns einen Zwischenstopp einlegen.«

»So laut, wie ihr seid, werdet ihr Calista aufwecken.«

Denver und Liam diskutieren darüber, was sie als Nächstes machen wollen und wessen Auto sie mit Notizzetteln bekleben. Ich bin sicher, dass ich sie nicht von ihrem Plan abbringen kann. Meine Augen fokussieren sich auf das Licht. Da wäre ich jetzt gern. Bei ihr. Im Bett.

»Ich gehe nach Hause«, verkünde ich und überquere gedankenverloren die Straße.

»Du stehst total unter ihrem Pantoffel«, ruft mir Denver hinterher. Liam rennt mir nach und legt meinen Arm um seine Schultern. Anscheinend kann ich nicht mehr allein gehen.

»Ich stehe überhaupt nicht unter ihrem Pantoffel. Es ist *meine* Entscheidung«, rufe ich zurück.

Wir umrunden das Haus, und Liam hilft mir die Treppe hinauf. »Schlüssel sind in meiner Hosentasche«, sage ich.

Liam hebt die Hände. »Ich nicht.«

Schnaubend greift Denver in meine Hosentasche und zieht den Schlüsselbund hervor. Dann reicht er ihn Liam, denn er trifft wenigstens das Schlüsselloch.

Die Tür geht auf. Harley sitzt in eine Decke gehüllt auf dem Sofa, in ihrem Schoß liegt ein Fachbuch. Mit gehobenen Augenbrauen starrt sie mich an. »Das ist ja interessant«, sagt sie und schlägt das Buch zu.

Ich taumle zum Sofa und lasse mich fallen. Mein Kopf landet direkt in ihrem Schoß. »Ich habe dich vermisst«, lalle ich.

Ihr Blick wandert zu Denver und Liam. »Alkohol macht emotional.«

»Er ist wie ein Magnet. Er kann sich nicht von dir fernhalten.« Denver setzt sich in den Sessel.

Liam schließt die Tür.

»Ich glaube, mir wird schlecht.« Ich rutsche vom Sofa und sinke zu Boden.

Denver kriegt sich vor Lachen kaum noch ein. Anscheinend findet er es witzig, dass ich leide. Harley will vom Sofa aufstehen.

»Ich kümmere mich um ihn.« Liam schleppt mich ins Badezimmer. Alles wird schwarz. Meine Wange drückt sich gegen die kalten Fliesen. Dann bin ich weg.

Kapitel 29

HARLEY

Liam kommt zurück ins Wohnzimmer. »Er hat sein Bett für die Nacht gefunden.«

»Der verträgt ja überhaupt nichts mehr. Was hast du mit ihm gemacht?« Denver sieht mich vorwurfsvoll an.

»Was habe ich denn damit zu tun?« Ich lege mein Schulbuch auf den Tisch und stehe auf, um meinen ungebetenen Gästen einen Drink zu servieren.

Bisher habe ich nicht viel Zeit mit Liam und Denver verbracht. Sie arbeiten beide so viel wie Rome. Und wie ich von den Baileys gehört habe, verbringen sie jede freie Minute mit Saufen und Frauen Abschleppen.

»Er verbringt seine gesamte Zeit mit dir.«

Ich nehme zwei Biere aus dem Kühlschrank. »Ich glaube, Terra & Mare ist hier der Übeltäter.« Ich reiche ihnen jeweils ein Bier. »Wir verbringen nur die Nächte zusammen.«

Denver leert das halbe Bier auf einmal, während Liam an seinem nur nippt.

»Er wird eine ganze Weile weg sein«, bemerkt Liam. »So

besoffen habe ich ihn nicht mehr erlebt, seit …« Er sieht Denver an, damit er ihm auf die Sprünge hilft.

»Dem Abend, als er zurückgekommen ist«, beendet Denver den Satz, und Liam nickt.

»Ich war sicher, er wäre am nächsten Morgen wieder weg.« Liam lacht. Denver hält ihm seine Bierflasche hin, um mit ihm anzustoßen.

»Der Kerl bleibt nie länger als ein paar Monate an einem Ort. Aber das Restaurant wird ihn wohl hier halten«, sagt Denver.

Mir dreht sich der Magen um.

»Und du natürlich.« Er lächelt. »Und Calista.«

Ich nicke. Am liebsten würde ich den Oberkörper vor und zurück wiegen, um das fürchterliche Gefühl loszuwerden, er könnte uns eines Tages verlassen.

»Er ist gekommen, um zu bleiben.« Liam sieht mich ernst an, als wollte er, dass ich ihm glaube.

Ich nicke erneut und habe keine Ahnung, was ich sagen soll.

»Nach dem Tod unserer Eltern ist Rome total durchgedreht. Er wollte unbedingt weg.« Denver reitet weiter auf dem Thema herum, obwohl ich mich lieber darüber unterhalten würde, welches Team es in die Weltmeisterschaft schafft. Alles – nur das nicht. Ich mache mir sowieso schon viel zu viele Sorgen um meine gemeinsame Zukunft mit Rome. Ich kann es jetzt nicht gebrauchen, dass sein Bruder auch noch bestätigt, dass meine Ängste Realität werden könnten.

»Du auch«, erwidert Liam und wirft ihm einen warnenden Blick zu.

Denver zuckt mit den Schulten. »Ich war derjenige, der ihm ausgeredet hat, wegzulaufen.«

»Man hätte dich sowieso gefunden.« Liam versucht weiter, Denver davon abzuhalten, das auszusprechen, was er sagen will.

»Zusammen sind wir ziemlich erfinderisch.« Denver lehnt sich zurück und beäugt mich.

Liam blickt von mir zu Denver. »Hör jetzt auf«, sagt er leise.

»Ich mache doch gar nichts«, sagt Denver laut genug, dass ich es hören kann.

Liam schweigt. Es ist offensichtlich, dass er als Einziger von den dreien noch nüchtern ist. Blöd für Denver, dass ich nicht einfach herumsitze, wenn etwas Unausgesprochenes im Raum steht.

»Sag es einfach, Denver.«

»Was?« Er sieht mich an, als hätte er mir nicht die ganze Zeit die Karotte vor die Nase gehalten.

»Wir sollten besser gehen.« Liam stellt sein Bier ab und steht auf. »Danke für das Bier. Tut mir leid, dass wir ihn in dem Zustand nach Hause gebracht haben.«

»Nein.« Meine Hand landet auf seinem Unterarm.

Verdammt, er ist der reinste Muskelberg. Er setzt sich wieder aufs Sofa. Denver rutscht vor zur Sesselkante, die Bierflasche in seinen Händen zwischen seinen Schenkeln. Sieht aus, als würden wir jetzt reden.

»Was willst du mir damit sagen, Denver?«, wiederhole ich meine Frage.

»Ich erzähle dir nur, wie er war.«

»Willst du mich vor ihm warnen?«, frage ich. »Willst du, dass ich abhaue?«

»Für mich bist du keine, die lange an einem Ort bleibt. Darüber sollten wir besser früher als später sprechen.«

Einen Moment lang starre ich ihn an. Es ist scheiße, so etwas aus dem Mund eines Mannes zu hören, der genauso aussieht wie der Mann, den man liebt.

»Du weißt gar nichts über mich.«

Er zuckt mit den Schultern. Das war wohl ein Punkt für mich.

»Das ist doch lächerlich. Er ist nur eifersüchtig. Als es dich noch nicht gab, war Rome Denvers Samstagabend-Date«, versucht Liam zu scherzen, doch keiner lacht.

»Ich habe mich nicht selbst geschwängert«, sage ich zu Denver.

»Das habe ich auch nicht behauptet. Ich finde es nur seltsam, wie du hier aufkreuzt, ihn um den Test bittest und dich sofort dazu überreden lässt, zu bleiben. Ich frage mich, ob die Tatsache, dass Rome ein Bailey ist und sein eigenes Restaurant eröffnet hat, deine Entscheidung beeinflusst hat.«

»Denver!«, schimpft Liam wie ein Vater. Als hätte Denver gerade seine Mutter beleidigt.

»Komm schon. Ich kann doch nicht der Einzige sein, der sich diese Frage stellt.«

Ich stehe vom Sofa auf und schließe auf dem Weg zum Kühlschrank kurz die Augen. Meine scharfe Zunge wird

Denver übel verletzen, wenn ich mich jetzt nicht am Riemen reiße. Vielleicht sage ich dann Dinge, die ich später bereue.

Ich nehme mir ein Bier, öffne es, werfe den Kronkorken weg und gehe zurück ins Wohnzimmer.

»Ich muss mich vor dir nicht rechtfertigen, Denver. Aber nur, damit du es weißt. Dein Bruder hat diese Entscheidungen getroffen. Ich habe ihm gesagt, dass ich ihm Calista niemals wegnehmen würde. Dass wir einen Weg finden würden, damit es funktioniert. Ich will sein Geld nicht. Ich will seinen Status nicht, den er in dieser Stadt hat. Darüber musst du dir also keine Sorgen machen.«

»Tut mir leid, Harley. Er ist betrunken. Wir sollten jetzt gehen.« Erneut steht Liam auf, doch diesmal ist es Denver, der ihn aufhält. Liam setzt sich wieder, aber nur auf die Sofakante.

»Ich habe es noch nie erlebt, dass sich mein Bruder um eine Frau schert. Das Einzige, was ihn interessiert, ist, wie oft er sie in einer Nacht zum Kommen bringen kann.«

Mir wird übel.

»Aber bei dir ist es anders. Wenn du nur hier bist, um dich aushalten zu lassen und meinen Bruder zu verletzen, dann werde ich ihm helfen, das alleinige Sorgerecht zu bekommen.«

»Okay.« Liam blickt zwischen uns hin und her und hebt die Hände, doch ich schlage sie herunter.

»Fick dich, Denver. Dachtest du, ich wollte hierherkommen und mich mit Calistas Vater auseinandersetzen? Nein, verdammt. Ich wollte nie von jemandem abhängig sein. Du kennst mich kein bisschen. Wenn du mich kennen würdest, dann wüsstest du, dass ich unabhängig sein will. Ich dachte, dein Bruder wäre nur ein One-Night-Stand, den ich zu einem DNA-Test überreden müsste, und danach wären wir wieder weg. Ich hätte mir nie erträumt, einen Mann zu finden, der unsere Tochter so sehr liebt. Und noch etwas über mich, Denver. Ich bin bei Pflegefamilien aufgewachsen. Ich bleibe hier, um meiner Tochter das zu geben, was ich nicht hatte. Wenn Rome sie in seinem Leben haben will, würde ich mich niemals dagegenstellen. Deshalb wollte ich zuerst nicht, dass wir zusammenkommen. Wenn unsere Beziehung nicht funktioniert, steht Calistas Zukunft auf dem Spiel. Es ist mir also scheißegal, was du denkst, denn hier geht es nur um Rome und mich. Du bist vielleicht sein Bruder und kannst deine Meinung kundtun. Das heißt aber nicht, dass wir darauf hören müssen.«

Ich nehme einen großen Schluck von meinem Bier. Nach meinem Monolog muss ich erst mal Luft holen.

Denver lacht.

Was zum Teufel?

»Lass uns gehen«, murmelt Liam.

Ich funkle Denver böse an, und er hebt die Hände. »Diese Runde geht an dich. Gut gemacht. Du passt gut zu unserer Familie.« Er steht auf, setzt sich zwischen Liam und mich aufs Sofa und legt den Arm um meine Schultern. »Verdammt. Ich beneide meinen Bruder nicht, wenn er dich wütend macht. Ich dachte schon, du würdest mich verprügeln.«

Ich sehe zuerst Liam an und dann wieder Denver, der mich jetzt an sich drückt. »Wolltest du mich nur testen?«

»Ein bisschen. Aber vor allem liegt es daran, dass ich besoffen und eifersüchtig bin, weil mein Bruder mehr Zeit mit dir als mit mir verbringt. Das macht mich zu einem kleinen Arschloch. Aber ich bin Manns genug, zuzugeben, wenn ich falschliege.« Er gibt mir eine Kopfnuss. Ein wenig zu fest. »Du bist eine Kämpferin. Scheiße. Pflegefamilien.« Er schüttelt den Kopf. »Das war bestimmt beschissen.«

»Und ob«, gebe ich zu.

»Heißt das, aus deiner Familie wird mir niemand Konkurrenz machen?«

»Wie bitte?«

»Dann muss ich also nur gegen Austin und Kingston um den Titel ›Bester Onkel der Welt‹ kämpfen?«

Verwirrt starre ich ihn an.

Liam scheint es zu bemerken, denn er nickt. »Japp, so ist Denver. Kann den Persönlichkeitsschalter einfach so umlegen.«

Er hat recht. Denver ist plötzlich ein anderer Mensch. Gerade eben hat er mir noch vorgeworfen, ich würde Rome nur ausnutzen.

»Interessant«, bemerke ich.

»Ich habe den Titel schon in der Tasche. Ich werde ihr Lieblingsonkel sein.« Dann schläft er ein, und sein Kopf landet auf Liams Schulter.

Beide Bailey-Jungs sind ausgeknockt. Fliegengewichte.

• • •

Als ich am nächsten Morgen aufwache, liegt Rome vollständig bekleidet neben mir und riecht nach Kotze.

Eine Hand liegt auf meiner Brust, und sein harter Schwanz drückt sich durch seine Jeans gegen meinen Hintern.

Ich schlage auf den Wecker, und er stöhnt. Aber das Display sagt, dass es höchste Zeit ist, aufzustehen.

Ich löse mich aus seinem Griff und gehe in Calistas Zimmer. Sie steht in ihrem Bettchen und nuckelt fröhlich an ihrem Schnuller. Sie ist definitiv ein Morgenmensch. Keine Ahnung, von wem sie das geerbt hat.

»Guten Morgen«, sage ich, hebe sie aus dem Bett und wechsle ihre Windel. Sobald ich fertig bin, fängt sie an zu strampeln, damit ich sie herunterlasse.

Sie rennt aus dem Zimmer und den Flur hinab in unser kleines Wohnzimmer.

»Aua!«, schreit Denver.

Oh Scheiße. Ich habe total vergessen, dass er noch da ist. Liam ist nach Hause gegangen. Ich renne den Flur hinab, bleibe dann aber stehen und beobachte, wie Calista Denver immer wieder pikst, während er sich das Kissen aufs Gesicht drückt.

»Es ist besser, wenn du einfach aufstehst. Sie wird nicht von dir ablassen«, sage ich und gehe in die Küche, um ihr Frühstück vorzubereiten.

»Niemals? Auch nicht, wenn ich mich tot stelle?«, fragt er mit rauer Stimme.

»Auf! Auf!«, schreit Calista.

»Warum weckst du nicht deinen Daddy? Der schläft auch

noch«, schlage ich vor. Sie lässt von Denver ab und rennt den Flur hinab.

Ich starte die Kaffeemaschine und gieße ein wenig Milch in Calistas Schnabeltasse.

Denver setzt sich auf und reibt sich die Augen. Wie sein Bruder ist auch er angezogen. Als sein Handy piept, zieht er es aus seiner Hosentasche.

»Ich soll mich für gestern Nacht entschuldigen?«, fragt er mit gehobener Augenbraue.

Ob ich mich jemals daran gewöhnen werde, dass sie Zwillinge sind?

»Süße, gib Daddy noch zehn Minuten.« Romes lautes Stöhnen dringt über den Flur.

»Dada! Dada!«, ruft sie. Er tut mir kein bisschen leid. Ich habe heute Morgen Unterricht, es wird also alles an ihm hängen bleiben. Er muss auf die harte Tour lernen, dass Kater und Kind nicht zusammenpassen.

Ich zucke mit den Schultern. »Mach dir keinen Kopf.«

»Was habe ich getan? Tut mir leid. Ich kann ein ganz schönes Arschloch sein, wenn ich getrunken habe.«

»Das stimmt wohl«, sagt Rome, als er mit Calista auf dem Arm in die Küche kommt. »Wurde ich gestern Nacht von einem Truck überrollt und kann mich nicht daran erinnern?« Er setzt sich auf einen Hocker und Calista auf den Boden, da sie ihren Hochstuhl in letzter Zeit ansieht, als wäre er ein elektrischer Stuhl.

»Du hast dich übergeben«, sage ich. »Was bedeutet, dass du das Bad heute sauber machst.« Ich nehme drei Kaffeetassen aus dem Schrank und lege beiden eine Schmerztablette hin.

Denver gesellt sich zu uns an die Frühstückstheke.

»Was hast du denn gemacht?«, will Rome von Denver wissen.

Denver sieht mich an. »Ich weiß es nicht. Aber Liam meinte, ich solle mich bei Harley entschuldigen.«

Rome zieht die Mundwinkel nach unten und lässt den Blick zwischen mir und seinem Bruder hin und her wandern. »Harley?«

Sein Ton klingt, als wäre er bereit, mit Denver in den Ring zu steigen. Irgendwie süß, auch wenn ich nicht auf dieses Alphatier-Gehabe stehe.

»Ich weiß nicht mehr, was ich gesagt habe. Aber es tut mir leid.«

Rome sieht mich an. »Was hat er gemacht? Hat er dich angemacht?«

»Nein. Warum sollte ich das tun?«, wirft Denver ein, bevor ich etwas erwidern kann.

»Wenn du säufst, wirst du geil und ...«

»Du denkst, ich würde dein Mädchen anmachen? Was zur Hölle? So etwas würde ich niemals tun.« Dann sieht er mich verwirrt an. »Ist doch so, oder?«

Kichernd schenke ich ihnen Kaffee ein. »Nein, hast du nicht.« Dann sehe ich Rome an. »Er wollte nur sichergehen, dass ich dich nicht verletze. Er hat sich nur wie der beschützende kleine Bruder aufgeführt.« Ich betone das Wort *klein*, denn Rome hat mir verraten, wie sehr Denver es hasst.

Beide spülen ihre Schmerztabletten mit dem Wasser

herunter, das ich ihnen hingestellt habe. Irgendwie gruselig, wie sie gleichzeitig die Deckel wieder draufschrauben und nach ihren Kaffeetassen greifen.

Ich weiß nicht, ob Denvers Erinnerung zurückkommen wird. Lange starrt er in seine Tasse, bevor er mich ansieht. Ihm ist anzusehen, dass es ihm aufrichtig leidtut.

Ich nicke. Für mich ist die Sache vom Tisch.

»Ich muss mich für die Schule fertig machen. Viel Spaß mit der Kleinen, Jungs.« Ich fahre Calista durch das Haar und gehe den Flur hinab. Als ich mich noch einmal umdrehe, beobachte ich, wie beide die Stirn gegen die kühle Granitoberfläche drücken.

»Dada! Dada!«, ruft Calista. Ich muss lachen. Rome wird heute eine Menge Spaß haben.

Kapitel 30

HARLEY

Ein weiterer Monat ist vergangen. Inzwischen ist es richtig Sommer geworden, mit warmem Wetter und langen Tagen. Ich habe mich noch nicht daran gewöhnt, dass es hier oben nie richtig dunkel wird. Ich würde ja gern sagen, dass wir viel Zeit im Freien verbringen, aber Rome ist die meiste Zeit im Terra & Mare. Eigentlich kommt er nur heraus, wenn er den Tischen auf der Außenterrasse einen Besuch abstattet.

Mein Unterricht ist endlich vorbei. Jetzt muss ich nur noch die Prüfung bestehen, dann bin ich zertifizierte Massagetherapeutin.

Ich setze mich und zücke mein Handy, um im Kalender nachzusehen, wann ich die Prüfung ablegen kann. Es war unheimlich stressig, in letzter Zeit alles unter einen Hut zu kriegen – meinen Unterricht, Romes vollen Zeitplan, meinen Kellnerjob, Calista. Aber irgendwie haben wir es bisher ganz gut hingekriegt.

Doch ohne Romes Familie, die regelmäßig auf Calista aufpasst, würden wir es nicht schaffen. Keiner der Baileys tut, als wäre es eine große Sache. Aber für mich ist es das. Ohne sie könnte ich jetzt nicht die Prüfung machen oder im Terra & Mare arbeiten. In letzter Zeit fragen wir meistens Juno und Colton, denn er hat gerade Semesterferien. Sie hängen sowieso die ganze Zeit zusammen rum, und es scheint sie nicht zu stören, Gesellschaft von einer fast Zweijährigen zu haben.

Calista legt ihr Einhorn in meinen Schoß. »Mama!«, sagt sie und legt den Kopf auf mein Bein.

Geistesabwesend streichle ich ihren Kopf und studiere meinen Kalender.

Perfekt. Ich werde nachfragen, ob es nächste Woche einen Termin gibt. Außerdem muss ich mit Calista zur Vorsorge zu unserem neuen Arzt, und ich brauche noch ein neues Rezept für meine Pille.

Ich streichle weiter Calistas Haar, während ich zurückrechne, wann ich meine letzte Periode hatte und eine neue Pillenpackung brauche.

Moment mal. Irgendwas stimmt nicht. Eigentlich sollte ich jetzt gerade meine Tage haben.

»Lass Mommy aufstehen.« Langsam lasse ich das Bein vom anderen rutschen und hebe Calista hoch. Sie legt den Kopf auf meine Schulter, und ich werfe einen Blick auf die Mikrowellenuhr. Eigentlich ist es noch nicht Zeit für ihren Mittagsschlaf, aber in letzter Zeit ist ihr Rhythmus sowieso ein wenig durcheinander.

Mit Calista auf dem Arm gehe ich ins Schlafzimmer, öffne die Nachttischschublade und nehme meine Pillenbox heraus.

Mist. Mir ist überhaupt nicht aufgefallen, dass ich die letzten sechs Tage schon die Zuckerpillen genommen habe, die ich während der Periode als Platzhalter nehme, um nicht aus dem Rhythmus zu kommen.

Warum habe ich noch nicht meine Tage bekommen? Für gewöhnlich sind sie immer sehr schwach. Vielleicht kommen sie ja noch.

Mir dreht sich der Magen um, und meine Brust zieht sich so eng zusammen, dass ich kaum noch Luft kriege.

»Nein«, flüstere ich vor mich hin. Ich kann auf gar keinen Fall schwanger sein.

Calistas Kopf rutscht von meiner Schulter. Es führt kein Weg daran vorbei. Sie macht jetzt ein Nickerchen.

Ich schiebe den Gedanken beiseite, dass ich schwanger sein könnte. Bestimmt liegt es am Stress, dass ich meine Periode noch nicht bekommen habe.

»Schlaf gut«, flüstere ich, küsse Calistas Stirn und schließe leise ihre Zimmertür.

Ich setze mich wieder aufs Sofa und gehe noch einmal meinen Kalender durch. Meine Tage sind überfällig. Egal, wie man es auch dreht und wendet. Was bedeutet, dass ich mich darum kümmern muss.

Ich schreibe Rome eine Nachricht.

ICH: *Hast du fünfzehn Minuten Zeit?*

ROME: *Quickie? Ich liebe deine Art zu denken.*

ICH: *Ich muss kurz einkaufen.*

ROME: *Was musst du denn kaufen?*

Ich werde es ihm nicht sagen, bevor ich es nicht sicher weiß. Sonst fällt er vielleicht noch in Ohnmacht. Wenn mein Stresspegel schon hoch ist, ist Romes so hoch wie das Empire State Building.

ICH: *Es ist eine Überraschung. Calista schläft. Kannst du hochkommen?*

ROME: *Ich habe mich schon gefreut. Bin in fünf Minuten da.*

ICH: *Danke.*

Ich schultere meine Handtasche und gehe im Zimmer auf und ab.

Nein. Nein. Nein.

Fünfzehn Minuten später ist Rome da, denn fünf Minuten sind bei ihm nie fünf Minuten. Zumindest nicht in letzter Zeit. Er trägt Jeans und T-Shirt, sein Haar ist verschwitzt.

»Sorry«, sage ich.

Ohne Zeit zu verlieren, schlingt er die Arme um meine Taille und hebt mich hoch. »Kein Problem. Die Mittagszeit ist vorbei. Colin schafft das schon. Wann ist sie eingeschlafen?«

Ich weiß genau, was er im Schilde führt.

»Vor fünfzehn Minuten«, erwidere ich.

Er beginnt, meinen Hals zu küssen. »Perfekt.« Er stellt

mich wieder ab und nimmt die Handtasche von meiner Schulter. Ich sollte ihn aufhalten. Ich sollte ihm sagen, dass ich einen Schwangerschaftstest kaufen muss. Wir können jetzt keinen Sex haben. Das ist der Grund, warum wir in dieser Situation sind.

»Ich muss zum Supermarkt.« Ich versuche, mich aus seinem Griff zu winden.

»Ich beeile mich.« Er schlüpft aus seinen Schuhen und zieht sein T-Shirt aus.

So ist es im Moment ständig. Darüber will ich mich nicht beschweren. Rome schafft es jedes Mal, dass ich nur noch an ihn denken kann.

Unsere Lippen berühren sich. Wie jedes Mal schnellt meine Begierde in die Höhe. Er vertieft den Kuss, und seine Zunge erforscht meinen Mund. Seine Hände schieben Stoff beiseite, damit er Haut spüren kann.

Trotzdem ist da noch diese Stimme in meinem Kopf, die mir sagt, dass ich jetzt keinen Sex haben sollte. Kein Sex. Kein Sex.

Ich sehe ihm in die Augen, sinke auf die Knie und knöpfe seine Hose auf.

Seine Finger gleiten durch mein Haar. Dann streicht sein Daumen über meine Unterlippe.

Ich liebe es, wie er mich ansieht, wenn er erregt ist. Es ist nicht so, als würde er sonst nie liebestrunken dreinblicken. Doch wenn er geil ist, sieht er mich an, als wäre ich die einzige Frau auf der Welt, die es ihm besorgen kann.

Seine Hose fällt zu Boden. Ich reibe seine harte Länge durch den Stoff seiner Boxershorts. Mein Bad Boy hat sich in einen treuen Liebhaber und wundervollen Vater verwandelt, der nur noch Sekunden davon entfernt zu sein scheint, zu explodieren.

Ich reiße ihm die Boxershorts herunter, und er stöhnt, die Hände in meinem Haar vergraben.

Mit jedem Lecken festigt sich sein Griff. Ich lutsche seinen Schwanz wie einen Lolli und reibe ihn gleichzeitig mit der Hand.

»Meine Güte, Har«, raunt er.

Ich sollte ihn auf einen Stuhl bugsieren oder gegen eine Wand drücken, aber er scheint keine Pause einlegen zu wollen.

Während ich es ihm besorge, blicke ich ihm die ganze Zeit in die Augen. Die schmatzenden Geräusche erfüllen unser kleines Apartment. In den letzten Monaten haben wir gelernt, leise zu sein. Für gewöhnlich ist Rome derjenige, der mir den Mund zuhalten muss.

»Scheiße, Baby.« Er stößt die Hüften nach vorn, und ich erhöhe meine Geschwindigkeit. Inzwischen weiß ich, was Rome gefällt und was ihn über die Ziellinie bringt. Da wir es eilig haben, beginne ich, schon früher als gewöhnlich mit seinen Eiern zu spielen. Das gibt ihm den Rest. Noch einmal stößt er die Hüften nach vorn und kommt in meinem Mund, mein Haar fest um seine Faust gewickelt.

Ich schlucke, lehne mich langsam zurück und lecke mir die Lippen.

Ich will gerade aufstehen, doch Rome hat andere Pläne. Er hebt mich hoch und setzt mich in den Sessel. Dann streift er meine Yogahose und meinen Slip ab und legt meine Beine über die Lehnen, sodass ich weit gespreizt bin für ihn.

Er sieht mich intensiv an, leckt über seine Finger und legt sie zwischen meine Schenkel. »Du bist so wunderschön«, raunt er und hält Blickkontakt, während er meinen Kitzler umkreist.

Rome lässt es nicht langsam angehen. Er reizt mich nicht, indem er zuerst die Innenseiten meiner Schenkel küsst. Er geht auf die Knie, legt die Hände auf meine Oberschenkel und leckt mich immer wieder und wieder, bis er sich schließlich auf meinen Kitzler konzentriert.

Auch er weiß ganz genau, was mir gefällt. Seine Finger, die sich in mein Fleisch bohren, sein Seufzen, als könnte er sich nicht vorstellen, irgendwas anderes zu tun. Wie er genau den richtigen Druck auf meinen Kitzler ausübt und dann darauf pustet, was meine Nervenenden zum Kribbeln bringt. Als er anfängt, an meinem Kitzler zu saugen, und dann die Zunge um die Knospe kreisen lässt, während er mit zwei Fingern in mich eindringt, beginne ich, Sterne zu sehen. Mein Rücken biegt sich durch, und ich presse mich ihm entgegen wie eine willige Sexsklavin.

Er wartet, bis auch die letzte Welle der Lust verebbt ist, bevor er seine Finger herauszieht und ableckt. Als würde er eine von seinen raffinierten Soßen probieren, die er unten den ganzen Tag zubereitet. »Immer so verdammt gut«, sagt er und küsst ein letztes Mal meinen Kitzler.

Sofort schließe ich die Schenkel, da sich da unten alles so sensibel anfühlt, und streichle seine Wange. »Du bist einfach zu viel.«

»Eine Hand wäscht die andere. Wenn du es mir besorgst, besorge ich es dir auch.« Er steht auf und schlüpft in seine Boxershorts und Hose. »Aber heute Abend will ich in dir sein.« Dann streckt er mir seine Hand entgegen, um mir aufzuhelfen. »Und jetzt geh einkaufen, bevor sie aufwacht.« Er küsst mich so fest, dass mir ganz schwindlig wird. Meine Knie zittern.

Ich liebe es, wenn wir uns Zeit lassen. Aber ich liebe auch diesen Rome, der sich nimmt, was er will, wenn er weiß, dass wir nicht viel Zeit haben. Wenn man ein Kleinkind hat, geht es kaum anders.

»Okay.« Ich schlüpfe in meinen Slip und meine Yogahose. »Bin gleich wieder da.«

Ich gebe ihm noch einen kleinen Kuss, und er zwinkert. »Ich hasse es, wenn ich diesen Hintern gehen sehe. Aber ich liebe es, ihn zu sehen.« Dann setzt er sich aufs Sofa und schaltet den Fernseher ein.

Typisch Mann.

»Zehn Minuten«, sage ich, eile die Treppe hinunter und die Main Street hinab zur Drogerie.

Vor dem Regal mit den Kondomen und den Schwangerschaftstests bleibe ich stehen. Was habe ich mir nur dabei gedacht?

»Harley!«, ruft Selene.

»Selene.« Ich umarme sie. »Ich wollte dieses Wochenende eigentlich vorbeikommen, aber …«

»Schon in Ordnung. Ich weiß, dass du viel zu tun hast. Aber ich bin diesen Samstag auf dem Bauernmarkt. Komm doch vorbei.« Sie beäugt die Regale und sieht mich wieder an.

»Auf jeden Fall. Calista liebt den Bauernmarkt.« Ich setze ein Lächeln auf.

Kurz stehen wir schweigend da. »Alles okay?«, fragt sie.

Ich beiße mir auf die Unterlippe. Sie legt die Hand auf eine Kondompackung. Ich schüttle den Kopf, und sie reißt die Augen auf, als ihre Hand zu einem Schwangerschaftstest wandert.

Ich schließe die Augen.

»Oh.«

»Ja«, flüstere ich.

Mein Blick wandert zum Kassierer. Ich kenne ihn nicht, aber wahrscheinlich kennt er mich. Wenn ich jetzt einen Schwangerschaftstest kaufe, erscheint heute Abend garantiert ein Buzz-Wheel-Artikel über mich.

»Warum holst du nicht schon mal die anderen Sachen, die du sonst noch brauchst?« Selene nimmt zwei Tests und legt sie in ihren Korb.

»Danke«, flüstere ich.

»Ich weiß, dass du schnell wieder zurückmusst. Lass dich nicht von mir aufhalten«, sagt sie extra laut. »Dann sehen wir uns am Samstag?«

»Ja. Bis dann.«

Für Calista nehme ich eine Haarspülung mit. Und Rome hatte kein Duschgel mehr, also nehme ich auch davon eins.

Als ich an die Kasse komme, greift Selene gerade nach ihren Einkaufstaschen. Der Kassierer wendet sich mir zu.

Ich lege die Sachen aufs Fließband.

Selene geht mit einem kurzen Tschüss. Der Kassierer ist viel zu sehr mit irgendeinem Video auf seinem Handy beschäftigt. Wahrscheinlich hätte er es gar nicht gemerkt, wenn ich die Tests selbst gekauft hätte. Aber Vorsicht ist besser als Nachsicht.

Als ich wieder draußen auf der Straße bin, zieht Selene die Tests aus ihrer Tasche und steckt sie in meine.

»Danke«, sage ich.

Sie nickt. »Kein Problem. Ich bin da, falls du mich brauchst.« Sie berührt meinen Arm, und ich nicke. Bitte sagt mir, dass ich ihre Hilfe nicht brauchen werde. Dass ich nicht wieder bei ihr einziehen muss, weil Rome ausflippt.

Ich laufe zurück nach Hause, und Rome geht wieder hinunter ins Restaurant. Zum Glück schläft Calista noch.

Ich sitze im Badezimmer und hasse es, dass ich das wieder allein durchmachen muss. Genau wie damals bei Calista könnte auch jetzt der Zeitpunkt nicht schlechter sein für ein Baby. Wir wohnen erst seit wenigen Monaten zusammen. Den Stress, den ein weiteres Baby mit sich bringen würde, würden wir nicht aushalten.

Ich pinkle auf den Test und stelle den Timer auf meinem Handy.

Drei quälende Minuten später greife ich danach. Mir wird schlecht.

Schwanger.

Auf der anderen Seite der Wand fängt Calista an zu weinen. Als wüsste sie, dass sie schon bald nicht mehr im Mittelpunkt stehen wird.

Ich werfe alles zurück in die Tüte, verknote sie und werfe sie in den Müll, bevor ich in Calistas Zimmer gehe.

Sie sitzt in ihrem Bettchen und weint wie verrückt. Ich greife nach einem Schnuller und stecke ihn ihr in den Mund. Ich beruhige sie und lege sie wieder hin, denn es ist noch nicht Zeit aufzustehen. Nachdem ich die Tür hinter mir zugezogen habe, versuche ich, mir etwas einfallen zu lassen, wie ich es Rome am besten sage.

Mein Bauchgefühl sagt mir, dass er jetzt gehen wird.

Kapitel 31

ROME

Seit einer ganzen Woche schon ist Harley nicht mehr sie selbst. Sie reagiert überhaupt nicht mehr auf meine sexuellen Gesten. Aus irgendeinem Grund scheint sie mich zu hassen. Ich weiß nicht mehr, wie ich sie glücklich machen kann.

»Ich gehe heute Abend zu Savannah«, dringt ihre Stimme aus dem Schlafzimmer.

»Warum? Ich habe heute den ersten Abend seit zwei Wochen frei.«

Ich gebe den Knoblauch in die Pfanne mit dem Öl. Ich wollte uns was kochen, dann unsere Tochter früher ins Bett bringen, um mit Harley das erste Mal seit zwei Wochen Liebe zu machen. Mehr als ein bisschen Oralsex war nicht drin.

»Die Mädels kommen auf ein Glas Wein vorbei.«

Ich nicke.

»Wann kommst du wieder nach Hause?«

Sie kommt aus dem Schlafzimmer und steckt sich ihre

Ohrringe an. Das Haar trägt sie offen und gelockt, dazu ein Sommerkleid und Sandalen. Sie sieht sogar großartig aus, wenn sie aufwacht, aber heute Abend sieht sie aus, als hätte sie ein Date. Ich merke, dass ich eifersüchtig bin auf meine eigene Schwester.

»Wird sicher nicht allzu spät«, erwidert sie und stopft ein paar Sachen in ihre Handtasche.

»Was ist los mit dir? Du gehst mir in letzter Zeit aus dem Weg.«

Sie sieht sich im Apartment um. »Diese Wohnung ist das reinste Chaos. Überall liegen ihre Spielsachen herum.« Sie ignoriert meine Frage und beginnt, Calistas Spielzeug aufzusammeln.

Calista beobachtet sie, während sie Weizenpops aus einer Schüssel auf dem Couchtisch isst und fernsieht.

»Rome!« Harley nimmt Calista die Schüssel weg. »Die kannst du ihr nicht geben. Sonst isst sie ihr Abendessen nicht.« Dann schüttet sie sie in die Spüle.

Okay, Zeit, zu reden.

»Erstens, doch, ich kann. Ich bin ihr Vater. Sie hat Hunger. Ich bereite gerade das Abendessen vor, aber es wird noch eine Weile dauern. Ich wollte *uns* etwas kochen, aber jetzt gehst du aus.«

Sie starrt mich an, als wollte sie fragen, wie ich so dreist sein kann, so mit ihr zu reden. Das lässt sie sich nicht gefallen. »Aber du darfst weggehen und dich mit Denver und Liam besaufen?«

»Du kannst gern ausgehen. Aber ich dachte ...«

»Ich kümmere mich den ganzen Tag um sie. Allein. Was

ich gern mache. Aber jetzt will ich einmal ausgehen, und du machst mir Vorwürfe?«

»Nein, mache ich nicht.« Ich presse die Zähne zusammen und versuche, mich am Riemen zu reißen. Irgendwas stimmt nicht mit ihr.

»Doch, tust du. Du kommst und gehst, wann du willst. Du machst, was du willst. Ich habe immer noch nicht meine Prüfung abgelegt.«

Ich hebe die Hände und nehme die Pfanne vom Herd. Das wird bestimmt ein längeres Gespräch. »Ich habe nie gesagt, dass du deine Prüfung nicht machen kannst. Wir haben den Kalender aus einem bestimmten Grund.« Ich deute auf den großen Kalender, den sie an die Wand gehängt hat. »Wir sind ein Team. Aber ich kann keine Gedanken lesen.«

»Mama? Dada?«, fragt Calista, klettert vom Sofa und stapft zu Harley. Sie zieht an ihrem Kleid, und Harley hebt sie hoch.

»Alles in Ordnung«, beruhigt sie unsere Tochter, denn wir haben uns noch nie zuvor angeschrien.

Ist das der Beginn unseres Endes?

»Geh einfach.« Ich strecke die Arme aus. Calista kommt bereitwillig zu mir. »Dann machen wir eben einen Daddy-Tochter-Abend.«

Kurz steht Harley da, als wollte sie mir irgendwas sagen. Wir sehen einander an, als würde der eine darauf warten, dass sich der andere entschuldigt. Dann greift sie nach ihrer Handtasche. »Lass sie nicht zu lange aufbleiben. Sonst ist sie morgen ein Albtraum.«

Sie ist zur Tür hinaus, bevor ich etwas erwidern kann, was wahrscheinlich besser ist, da Calista alles mitbekommt.

»Wir müssen herausfinden, was mit Mommy los ist«, sage ich zu Calista.

• • •

Ich gehe mit Calista zum Diner, damit wir nicht selbst kochen müssen. Nach dem Streit mit Harley habe ich darauf keine Lust mehr. Calista bekommt ein kleines Eis. Karen fragt, ob sie sie damit füttern dürfe. Da sage ich nicht Nein.

Nachdem ich ein bisschen Zeit hatte, mich zu beruhigen, stelle ich fest, dass Harley irgendwie recht hat. Das Terra & Mare frisst all meine Zeit. In letzter Zeit war ich kaum zu Hause.

Nachdem ich Calista ins Bett gebracht und ihr was vorgelesen habe, räume ich ihre Spielsachen auf, spüle das Geschirr und mache den Kühlschrank sauber. Verdammt, ich staube sogar den Fernseher und die Lampenschirme ab. Bisher habe ich im Haushalt nicht viel gemacht. Das werde ich jetzt ändern.

Ich putze das Badezimmer und trage den Mülleimer in die Küche, um ihn dort in den Müll zu entleeren. Dann hänge ich einen neuen Beutel ein und bringe den Eimer wieder ins Bad.

»Fast fertig. Dann ist Entspannung auf dem Sofa angesagt. Hoffentlich freut sich Harley, wenn sie nach Hause kommt, und belohnt mich mit Sex«, sage ich zu mir selbst.

Ich nehme den Beutel aus dem Mülleimer in der Küche,

schnappe mir das Babyfon und gehe hinunter, um den Müll in die Tonne vor dem Haus zu werfen.

»Li!«, sage ich, als ich auf ihn zugehe. Er wirft ebenfalls gerade seinen Müll weg.

Er überquert die Gasse. »Was geht ab, Mann? Wie läuft das Terra & Mare?«

»Gut.« Wir unterhalten uns eine Weile und reden darüber, dass er mal im Terra & Mare kochen könne. Ein besonderes Gericht, das er gern zubereiten würde, aber das bei Wok For U wahrscheinlich nicht funktioniert.

Dann beäugt er meinen Müllbeutel und das Babyfon.

»Ich hätte nie gedacht, dich mal so gezähmt zu erleben.« Er lacht.

Ich blicke an mir herab und muss ebenfalls lachen. »Ja. Aber warum hast du mir nie gesagt, was mir entgeht?«

Li hat seine Jugendliebe geheiratet. Sie haben schon drei Kinder. Aber er war schon immer der Typ, der sich mal häuslich niederlässt. In unserem Jahrbuch hätte unter seinem Namen *Der zukünftige perfekte Dad* stehen sollen.

Sein Blick fällt erneut auf den Müllbeutel. »Sieht aus, als würdest du mich bald einholen, was?« Dann lehnt er sich nach vorn. »Keine Sorge. Ich verrate nichts.«

Ich lege den Kopf schief und versuche herauszufinden, was er meint.

Wieder wandert sein Blick nach unten. Als ich nachsehe, entdecke ich die Verpackung des Schwangerschaftstests, die durch die weiße Tüte schimmert.

»Ähm …« Ich bin so perplex, dass ich kein Wort herausbringe.

Er schlägt mir auf den Rücken. »Wie ich schon sagte. Ich verrate nichts. Ich gehe jetzt besser wieder rein. Samstagabends ist immer die Hölle los.«

»Man sieht sich.«

Ich drehe mich um, reiße die Tüte auf und ziehe die Verpackung heraus.

Japp, es ist ein Schwangerschaftstest. Der Stick fällt aus dem Karton und auf den Bürgersteig. Er liegt jedoch verkehrt herum, sodass ich das Ergebnis nicht sehen kann.

Harley hätte es mir gesagt. Das ist etwas, das wir zusammen gemacht hätten. Sie hätte mir gesagt, dass sie drüber ist. Wir hätten zusammen auf den Test gepinkelt. Wir hätten zusammen auf dem Badezimmerboden gesessen, drei Minuten lang gewartet und überlegt, was wir tun würden. Zusammen. Ich habe es schon bei Calista verpasst. Beim nächsten Kind will ich es auf gar keinen Fall verpassen.

Ich werfe die Tüte in die Tonne, greife nach dem Test und drehe ihn langsam um.

Mir rutscht das Herz in die Hose. Positiv.

Verdammt. Er ist positiv.

Wir kriegen noch ein Baby.

Calista bekommt ein kleines Geschwisterchen.

Nein. Harley hätte es mir gesagt. Das weiß ich genau. Vielleicht ist es Brooklyns Test. Oder Hollys. Savs bestimmt nicht. Vielleicht Junos. Wobei ich nicht sicher bin, wer der Vater sein würde. Vielleicht Colton? Aber ich wüsste, wenn es Harleys Test wäre. Oder?

Sosehr ich auch versuche, mich selbst davon zu überzeugen – die Zweifel bleiben. Ich muss meine Freude über ein weiteres Kind im Zaum halten, bevor ich nicht sicher weiß, welche Frau auf diesen Test gepinkelt hat.

Auf dem Weg zurück nach oben zücke ich mein Handy. Es wird ein Leichtes sein, es herauszufinden.

ICH: *Wie ist der Wein?*

HARLEY: *Gut. Süß.*

ICH: *Rot oder weiß?*

HARLEY: *?? Warum willst du das wissen?*

ICH: *Mir ist langweilig.*

HARLEY: *Gerade trinken wir Weißwein.*

HARLEY: *Du benimmst dich seltsam.*

ICH: *Wann kommst du nach Hause?*

HARLEY: *Ich habe dir kein einziges Mal geschrieben, als du dich mit Denver und Liam getroffen hast. Wie wäre es, wenn du mir ein wenig Freiraum lässt?*

Ich setze mich aufs Sofa, starre hinunter auf das Handy und überlege, wie ich jetzt antworte.

Scheiß drauf. Ich bin nicht der Typ, der herumsitzt und wartet. Wir klären das jetzt.

Dann fällt mein Blick auf das Babyfon vor mir.

Fuck.

Was mache ich mit Calista?

Zehn Minuten später betritt Denver das Apartment.

Er trägt Jogginghose und T-Shirt und plumpst aufs Sofa. »Du schuldest mir was. Ich hatte gestern Abend einen Survival-Trip.«

Ich werfe ihm eine Decke zu.

»Falls sie aufwacht, beruhige sie einfach, bis sie wieder einschläft. Manchmal kann sie ihren Schnuller nicht finden. Such also zuerst danach.«

»Alles klar. Was ist denn so verdammt wichtig? Und wo zur Hölle ist Harley?« Er sieht sich kurz um, schnappt sich dann ein Sofakissen und schiebt es unter seinen Kopf.

»Nichts. Harley trifft sich mit unseren Schwestern. Mädelsabend.«

Er krümmt sich. »Schlecht für dich. Wahrscheinlich lästern sie über dich.«

»Wie auch immer. Ruf an, falls irgendwas ist.«

Er nickt, doch ihm fallen bereits die Augen zu. Ich drehe das Babyfon auf volle Lautstärke, auch wenn Calista direkt nebenan ist.

Mit dem Schwangerschaftstest in der Hosentasche springe ich in meinen Truck.

Wer wird diesmal Mommy und Daddy?

Kapitel 32

HARLEY

»Bist du sicher, dass du nichts willst?«, fragt Savannah und hält die Weinflasche hoch. Auf dem Tisch steht nur ein einziges leeres Glas – meins.

»Mein Magen spielt heute ein bisschen verrückt. Und ich muss noch für die Prüfung lernen.« Ich hasse es, zu lügen, aber das schlechte Gewissen nagt an mir, weil ich es Rome noch nicht gesagt habe. Ich kann es unmöglich seinen Schwestern erzählen. Aber ich würde so gern mit jemandem darüber reden.

Ich habe keine Ahnung, wie er die Neuigkeiten auffassen wird. Ich meine, noch ein Baby! Ich verstehe das nicht. Unser Leben war ein wenig chaotisch, aber ich habe jeden Tag meine Pille genommen. Soll die nicht sicherer sein als Kondome? Bin ich denn die einzige Frau auf diesem Planeten, die trotz Verhütung schwanger wird?

»Er hat es schon wieder gemacht. Wyatt hat alle Stofftiere rausgeschmissen, weil er meinte, das, was Gizmo da treibe, würde ihm Angst einjagen.«

»Was macht ihr denn, wenn ihr mal Kinder habt?«, fragt Juno, einen Fuß auf die Stuhlkante gestützt, während sie ihr drittes Glas Wein trinkt.

»Dann müssen wir die Plüschtiere so weit oben aufbewahren, dass er nicht drankommt.«

»Viel Glück dabei«, sage ich, und Brooklyn lacht.

»Ich liebe diesen neuen Kühlschrank.« Holly streichelt über Savannahs neueste Errungenschaft – ein hochmoderner Kühlschrank aus rostfreiem Edelstahl –, als wäre er ein männliches Model mit Sixpack. »Ich sage Austin die ganze Zeit, dass wir uns was Moderneres zulegen sollten, aber …«

Alle Frauen senken die Blicke.

Savannah ist die Erste, die wieder das Wort ergreift. »Das solltet ihr auch. Ich weiß, dass Austin zögert, weil das Haus immer noch so aussieht, als würden unsere Eltern darin leben. Aber ihr müsst jetzt euer eigenes Zuhause daraus machen.«

Holly setzt sich neben mich. Wir sind die Einzigen hier, die nicht blutsverwandt sind. Sie sieht mich an, und ich weiß genau, was sie mir damit sagen will. Es war nicht unser Verlust. Die Bailey-Geschwister teilen etwas, das kein anderer jemals voll und ganz verstehen wird.

»Ich weiß nicht. Austin meinte, wir sollten vielleicht unser eigenes Haus bauen.« Sie zuckt mit den Schultern und dreht das Weinglas zwischen den Fingern.

»Das ist doch Blödsinn. Das Haus ist komplett abbezahlt«, erwidert Brooklyn.

»Genau. Wir würden es verkaufen, und jeder von euch würde seinen Anteil bekommen«, sagt Holly.

Juno und Brooklyn sehen Savannah an. »Nein, Holly.« Sie greift über den Tisch und legt die Hand auf Hollys. »Wir wollen lieber, dass ihr es umbaut und es in der Familie bleibt.«

Holly lächelt gezwungen. »Ich werde mit Austin darüber sprechen.«

Dann folgen leichtere Gesprächsthemen. Juno zieht Savannah mit Liam auf, und Savannah verdreht die Augen. Brooklyn fragt Juno nach Colton, und Juno rollt ebenfalls mit den Augen. Wir sprechen über Hochzeitspläne für Austin und Holly, Brooklyns Selbstständigkeit mit ihren ätherischen Ölen und den Bauernmarkt am Wochenende.

Erst als es an der Tür klingelt, fällt mir wieder ein, dass mich Rome gefragt hat, wann ich zu Hause sein würde. Warum hat er mir überhaupt geschrieben? Ich lasse ihm doch auch seinen Freiraum. Trotzdem wandert mein Blick zur Uhr.

»Ich sehe nach.« Juno steht auf, da sie am nächsten an der Tür sitzt. »Vielleicht ist es Liam, der dir einen nächtlichen Besuch abstatten will.«

Savannah zeigt ihr den Mittelfinger. »Keine Ahnung, ob es dir schon aufgefallen ist. Aber wir hassen uns.«

Juno lacht. Ihr kastanienbraunes Haar schwingt hin und her, während sie zur Tür geht. »Auf keinen Fall. Mädelsabend.« Keine Ahnung, wer es ist. Wir hören keine Männerstimme, aber Junos Stimme wird lauter. »Nein, du kannst sie jetzt nicht sprechen. Du musst warten, bis sie nach Hause kommt.«

Die Tür geht zu, und Juno kommt lachend zurück.

»Wer war das?«, fragt Savannah.

Juno lässt den Finger von einer zur anderen wandern und macht *Ene mene miste*, bis ihr Finger auf mir landet.

Plötzlich fliegt die Tür wieder auf, und Rome stürmt über den Flur.

Rome hat diese Art an sich, wenn er einen Raum betritt. Normalerweise fühlt man sich immer wohl in seiner Gegenwart. Als wäre er ein Freund aus Kindheitstagen. Aber heute wirkt er, als wäre er auf dem Kriegspfad. Seine Augen sind laserscharf und bereit zu schießen. Sie wandern über den Tisch, bis er mein leeres Weinglas entdeckt. Dann sacken seine Schultern zusammen. Ohne ein Wort macht er auf dem Absatz kehrt und verlässt den Raum.

»Was zum Teufel ist sein Problem?«, fragt Savannah. Aber sie hat es auch gesehen. Es war kurz, aber eindeutig. Und Savannah ist einfach zu klug, um es nicht bemerkt zu haben.

»Ich bin gleich wieder da.« Ich stehe auf.

»Er kann so ein Idiot sein«, sagt Brooklyn. Ihre Stimme wird immer leiser, während ich die Tür öffne und sehe, wie Rome zu seinem Truck stürmt.

»Rome!«, rufe ich ihm hinterher.

Doch er hebt die Hand. »Hab einfach deinen Spaß. Ich habe die Antwort bekommen, die ich gebraucht habe.«

»Wovon redest du?«

Er öffnet die Beifahrertür und hält mir den Schwangerschaftstest entgegen, auf den ich letzte Woche gepinkelt habe.

Fast geben meine Knie nach, aber irgendwie schaffe ich es, stehen zu bleiben.

Ich habe ihn weggeschmissen. Ich habe ihn in den Müllbeutel geworfen, den Beutel zugeknotet und weggeschmissen. Wie um alles in der Welt ... Ich schätze, das ist jetzt egal.

»Ich kann es dir erklären.« Ich gehe auf ihn zu.

»Erklär mir bitte, warum du mir nicht genug vertraust, um es mir zu erzählen. Warum ich erst eine Verpackung im Müll finden muss.«

Ich taumle rückwärts in die Dunkelheit und schließe die Augen.

»Es geht nicht um Vertrauen. Es ist nur ...«

»Was?« Er ist so beängstigend ruhig, dass ich nicht weiß, was ich tun soll. Wenn er schreien würde, könnte ich damit umgehen.

»Ich weiß nicht. Ich hätte es dir sagen sollen. Aber ich habe Zeit gebraucht, um die Info zu verarbeiten.«

Er schlägt die Wagentür zu, kommt auf mich zu und bleibt unter der Laterne in Savannahs Einfahrt stehen. »Wir sollten ein Team sein. Das mit uns funktioniert nicht, wenn du mir nicht vertraust.«

Ich atme laut aus. »Das verstehe ich. Okay. Ich war nur ... Du hast so viel Stress mit dem Restaurant. Wir sehen uns kaum noch.« Ich werfe die Hände in die Luft.

»Und? Wie lange wolltest du es verheimlichen, Harley? Bis du eine Bowlingkugel als Bauch hast?«

»Nein! So etwas würde ich nicht tun.«

Seine Faust landet auf der Motorhaube des Trucks, und ich zucke zusammen. »Warum? Ich verstehe es nicht.«

»Ich ... Ich ...« Es gibt keinen anderen Grund außer meiner eigenen Angst. Also bleibe ich still und starre auf meine verknoteten Finger.

»Weißt du was? Vergiss es.« Er umrundet seinen Truck.

»Wohin gehst du?« Ich mache einen Schritt nach vorn.

»Ich muss nachdenken.« Er schlägt die Tür zu. Ich sehe nur noch sein verärgertes Gesicht, bevor er den Zündschlüssel dreht und die Innenbeleuchtung erlischt.

Ich beobachte, wie er aus der Einfahrt fährt. Seine Reifen quietschen, bevor er die Straße hinabdonnert.

Ich unterdrücke ein Schluchzen und kapiere, wie falsch ich gehandelt habe. Beim ersten Mal waren wir beide schuld, doch diesmal bin ich allein die Schuldige.

»Harley«, sagt Savannah und schlüpft aus der Haustür. »Ist Rome gefahren?«

Ich nicke.

»Was ist los?« Sie kommt auf mich zu, während ich wie eine Statue in der Einfahrt stehe. Als würde ich glauben, dass er zurückkommt.

»Ich bin schwanger.« Meine Hand wandert zu meinem Bauch, als müsste ich es ihr zeigen.

»Was?«, fragt sie leise. In ihrer Stimme liegt ein Hauch von Ungläubigkeit und Wertung.

»Falls du fragst, wie das passieren konnte ... Ich habe die Pille genommen. Und bei Calista haben wir ein Kondom benutzt. Dein Bruder scheint magisches Sperma zu haben, das mit Lichtgeschwindigkeit schwimmt.«

»Igitt. Lass uns nicht über das Sperma meines Bruders sprechen. Aber Glückwunsch.« Sie öffnet die Arme. »Ganz egal, was. Es ist auf jeden Fall ein Grund zu feiern. Glaub mir. Babys sind nicht immer geplant. Aber das bedeutet nicht, dass sie keine kleinen Wunder sind.«

Ich starre sie an, als wäre sie plötzlich eine andere Person.

Unbehaglich verlagert sie das Gewicht von einem Fuß auf den anderen. »Nicht für mich. Aber für andere. Ich habe in meinem Leben genug Geschwister großgezogen.« Sie führt mich zum unteren Treppenabsatz und setzt sich neben mich. »Willst du darüber reden? Warum ist er so sauer?«

»Ich habe es ihm nicht gesagt. Er hat den Test gefunden. Ich habe keine Ahnung, wie.«

Sie nickt. »Warum hast du es ihm nicht erzählt?«

Ich zucke mit den Schultern. Savannah ist schon seit Langem auf unserer Seite. Sie hat mich bei sich einziehen lassen. Aber ich weiß nicht, ob ich ihr erzählen will, dass ich Angst hatte, er könnte sich gefangen fühlen. Dass aus dem Junggesellen innerhalb weniger Monate der Vater eines Kindes geworden und das zweite bereits unterwegs ist. Wie viel verträgt ein Mann, bevor er sich dazu entschließt, zu flüchten?

»Ich sehe schon den nächsten dummen Buzz-Wheel-Artikel kommen.« Mein Kopf landet auf meinen Knien, und meine Arme hängen schlaff herunter.

»Mach dir darüber keine Sorgen. Es gehören immer zwei dazu, Harley. Vergiss das nicht. Ich will jetzt nicht wie eine Biolehrerin klingen, aber nur Abstinenz gibt einem die Garantie, nicht schwanger zu werden. Rome kannte die Risiken.«

Ist das so? Ich weiß nicht, ob ihre Argumentation so viel Gewicht hat.

»Ich glaube, ich gehe jetzt besser.«

»Sicher? Die Mädels würden es verstehen, wenn du mit ihnen darüber reden willst.«

Ich schüttle den Kopf. »Nein, ich sollte jetzt gehen. Könntest du ...«

»Ich sage kein Wort, bis ihr mir das Okay gebt.«

»Danke.« Ich stehe auf, um mich von den anderen zu verabschieden und mich auf den Heimweg zu machen.

Doch ich fahre quer durch Lake Starlight statt direkt nach Hause. Dass Rome nicht mit mir spricht, wühlt mich mehr auf, als wenn er mich angeschrien hätte. Zum ersten Mal, seit wir uns für diesen Weg entschieden haben, frage ich mich, ob unser Ende jetzt gekommen ist.

Kapitel 33

ROME

Harley ist erst spät nach Hause gekommen. Ich vermute, sie hat meinen Schwestern erzählt, dass sie schwanger ist. Was bedeutet, dass mich gleich morgen früh meine ganze Familie anrufen wird.

Dass sie ins Bett geschlüpft ist, während ich so getan habe, als würde ich schlafen, war nicht so schlimm wie die Tatsache, dass ich mich heute Morgen davongeschlichen habe und hinunter ins Restaurant gegangen bin, als würde ich eine morgendliche Lieferung erwarten.

Als Harley nachmittags herunterkommt, um ihre Schicht anzutreten, wird es noch seltsamer. Normalerweise bekomme ich immer einen fetten Begrüßungskuss und eine Zusammenfassung von Calistas Morgen. Doch heute grüßt sie mich nur leise und verschwindet sofort nach vorn.

Colins schiefer Blick verrät, dass ich nicht der Einzige bin, dem es auffällt.

Statt sie darauf anzusprechen, beschließe ich, in der Arbeit zu versinken. Ich will mich jetzt nicht mit meinen Gefühlen auseinandersetzen. Das ist sowieso völlig überbewertet.

Eine halbe Stunde später kommt Rachel, eine meiner Kellnerinnen, herein. »Tisch neun will mit dir sprechen«, sagt sie.

Das ist nicht ungewöhnlich. Die Gäste in Lake Starlight scheinen nicht zu verstehen, dass man nur mit dem Chefkoch spricht, wenn man ihm ein Kompliment aussprechen oder sich beschweren will. Man lässt ihn nicht kommen, um darüber zu plaudern, wann man sich das letzte Mal gesehen hat. Aber wir sind hier in einer Kleinstadt.

Als ich den Gastraum betrete, wandert mein Blick sofort zu Harley. Es ist reiner Instinkt. Wie Atmen. Ich will immer sichergehen, dass mit ihr alles in Ordnung ist. Als wäre ich ihr Bodyguard.

Kurz treffen sich unsere Blicke. Sie trägt heute einen Pferdeschwanz und hat so dunkle Augenringe, die nicht einmal das Make-up überdecken kann. Aber was mich wirklich schmerzt, ist, dass sie sofort den Blick abwendet. Als würde sie sich vor mir ekeln.

Ich atme laut aus und gehe hinüber zu Tisch neun, an dem Val und Cory sitzen, Freunde meiner Eltern. Sie sagen mir, wie stolz sie auf mich seien und wie großartig das Essen war. Dann fragen sie mich nach Calista, also zücke ich mein Handy, um ihnen ein Foto zu zeigen. Val kommt total ins Schwärmen und blickt hinüber zu Harley.

Meine Kiefermuskeln verspannen sich, doch ich drehe mich trotzdem um. »Har.«

Als sie ihren Namen hört, hört sie sofort auf, Getränke einzuschenken, und setzt ein gekünsteltes Lächeln auf.

»Komm mal her. Ich will dich jemandem vorstellen«, rufe ich und strecke den Arm aus, als wären wir nicht gerade im Kalten Krieg.

Sie stellt die Gläser auf Rachels Tablett und wischt die Hände ab, bevor sie sich zwischen den Tischen hindurchschlängelt.

»Mr. und Mrs. Martle, das ist Harley, meine Freundin.« Ich lege den Arm um ihre Taille, doch sie lehnt sich nicht gegen mich, wie sie es für gewöhnlich tut. Ihre Hüfte berührt nicht meine, als sie sich nach vorn beugt und ihre Hände schüttelt.

»Schön, Sie kennenzulernen«, sagt sie.

»Eure Tochter ist so süß. Ich vermisse dieses Alter.« Val sieht Cory an, und er lacht.

»Eines Tages wirst du ein Enkelkind bekommen«, sagt er und nippt an seinem Wein.

»Danke. Inzwischen haben wir mit ihr alle Hände voll zu tun. Heute Morgen hat sie versucht, vom Sofa zu springen.«

»Wirklich?«, frage ich.

Harley nickt, ohne mich anzusehen. »Japp. Sie scheint ganz nach ihrem Vater zu kommen.« Ich bin erstaunt, wie gut Harley darin ist, so zu tun, als wäre alles in Ordnung. Irgendwie beängstigend.

»Oh ja. Ich könnte Ihnen eine Menge Geschichten über Rome erzählen. Bis er sechs Jahre alt war, hat er keine Hose angelassen.« Val lächelt mich liebevoll an.

»Er hat immer seine Grenzen ausgetestet«, fügt Cory hinzu.

»Klingt ganz nach Calista neuerdings.« Kurz legt sie die Hand auf ihren Bauch. Ich frage mich, was sie gerade denkt. Wahrscheinlich hofft sie insgeheim, dass das Nächste nicht wird wie ich.

Sie wirft einen Blick über die Schulter. Am Tresen wartet bereits ein weiterer Kellner auf die Getränke. »Ich mache mich besser wieder an die Arbeit. Es war sehr schön, Sie kennenzulernen.« Sie schüttelt noch einmal ihre Hände, lächelt mich an und geht. Ihr Lächeln war gezwungen, und ich frage mich, ob Val und Cory aufgefallen ist, wie distanziert wir zueinander sind.

»Sie ist wundervoll. Deine Mutter würde sich freuen.« Val schließt mich in ihre Arme.

»Danke. Ich muss jetzt leider zurück in die Küche.« Ich nehme beide noch mal in den Arm und verlasse den Tisch. Diesmal sehe ich absichtlich nicht zu Harley hinüber.

Der Nachmittag zieht sich. Normalerweise sind die Tage, an denen Harley arbeitet, meine Lieblingstage. Die Tage, an denen ich immer wieder kleine Pausen einlege, um mit ihr über Filme oder Bands zu plaudern, bei denen wir nicht einer Meinung sind. Seien wir mal ehrlich. Es gibt noch so vieles, was wir nicht voneinander wissen. Normalerweise bereite ich ihr ein Mittagessen zu, und sie sagt mir, wie ich es würzen soll, als wäre sie die Köchin. Aber heute gehe ich nicht zu ihr raus, und sie kommt nicht zu mir in die Küche.

Um fünf Uhr, kurz bevor alle Gäste kommen, die für das Abendessen reserviert haben, klingelt mein Handy.

»Was ist los, Sav?«

»Hey, hier ist Liam.«

Ich höre auf, die Paprika zu schneiden, und wische mir die Hände.

»Es gab einen Unfall. Wir sind auf dem Weg ins Memorial.«

Mir stockt der Atem. Sofort beginne ich, meine Kochjacke aufzuknöpfen. »Wer?«

»Calista, Mann. Sie ist hingefallen und hat sich einen Schnitt an der Stirn zugezogen. Wir haben versucht, die Blutung zu stoppen. Wir bringen sie jetzt ins Krankenhaus.«

»Ich bin sofort da. Wartet auf mich.« Doch dann überlege ich es mir anders. »Nein, fahrt schon mal. Aber bitte, Liam ...«

»Keine Sorge. Ich kümmere mich. Alles wird gut. Mach dir keinen Kopf.« Er legt auf. Ich weiß, dass ich ihm vertrauen kann, aber verdammt.

Ich glaube, mir wird schlecht.

Ich werfe die Kochjacke auf die Küchentheke. »Colin, du musst dich heute Abend um den Service kümmern. Ich muss weg. Und Harley muss mitkommen. Tut mir leid, Mann. Aber heute musst du für dein Geld arbeiten.«

Kurz lacht er, bevor er mein Gesicht sieht. Als ihm klar wird, dass ich tatsächlich gehe und er heute Abend allein sein wird, lässt er den Löffel fallen und sieht mich panisch an.

Doch ich ignoriere ihn und renne hinaus in den Gastraum. Harley unterhält sich lachend mit einer Kollegin. Je näher ich komme, desto steifer wird ihr Rücken.

»Rachel, du musst dich heute Abend um die Bar kümmern. Oder den Leuten sagen, dass sie geschlossen hat. Harley, wir müssen gehen.« Ich ergreife ihre Hand, doch sie reißt sich von mir los.

Jetzt ist nicht der passende Moment für deine Sturheit, denke ich mir.

»Okay«, erwidert Rachel mit zusammengezogenen Augenbrauen.

»Wir reden später«, flüstert mir Harley zu.

»Wir reden nicht. Es ist Calista.«

»Was?« Sie reißt die Augen auf.

»Sie ist hingefallen. Liam und Savannah sind mit ihr auf dem Weg ins Memorial.«

Sie löst ihre Schürze, schmeißt sie hinter die Bar, rennt in die Küche, um ihre Handtasche zu holen, und verschwindet dann durch die Hintertür.

Ich bin direkt hinter ihr und springe in meinen Truck. Doch Harley sitzt nicht auf dem Beifahrersitz. Sie ist drauf und dran, in den Cadillac zu steigen.

»Steig jetzt ein«, rufe ich und öffne die Tür.

»Ich fahre selbst.«

»Nein. Steig in den Truck!«

»Du willst nicht mit mir reden. Also bin ich lieber allein.«

Verdammte Scheiße. Ich steige aus, packe sie, bevor sie in den Cadillac steigen kann, und trage sie zu meinem Truck. Nachdem ich sie angeschnallt habe, springe ich auf den Fahrersitz und verlasse Lake Starlight, als wäre ich ein Rennfahrer.

»Fass mich nie wieder so an«, sagt sie mit wippendem Knie. »Haben sie Druck auf die Wunde ausgeübt?«

»Bestimmt.«

»Und sie konnten die Blutung nicht stillen?«

»Anscheinend nicht.«

»Warum hat Liam angerufen? Savannah passt auf sie auf.«

»Ich habe dir alles erzählt, was ich weiß. Wir müssen jetzt einfach ins Krankenhaus.« Ich biege scharf rechts ab und hoffe, ich kann mit der Abkürzung ein wenig Zeit gewinnen.

»Du musst jetzt nicht aggressiv werden. Ich frage ja nur.« Sie verschränkt die Arme vor der Brust.

»Alles okay bei dir? Ist Stress nicht schädlich?« Mein Blick fällt auf ihren Bauch.

Sie folgt meiner Blickrichtung. »Alles in Ordnung. Es ist dir doch sowieso egal.«

»Wovon zum Teufel redest du da?« Ich umklammere das Lenkrad fester.

»Du ignorierst mich. Danke für die kalte Schulter. Das macht das Ganze so viel einfacher.« Sie richtet den Blick aus dem Fenster.

»Ich habe dich nicht ignoriert. Aber wie wäre es, wenn wir endlich darüber reden, dass du mir nicht vertraust? Was dachtest du, was ich tun würde? Weglaufen? Danke dafür.« Im letzten Moment reiße ich das Lenkrad herum. Fast hätte ich die Einfahrt zur Notaufnahme verpasst.

»Ich wusste nicht, wie du reagieren würdest.«

Beim erstbesten Parkplatz trete ich auf die Bremse. Ohne auf mich zu warten, öffnet sie die Tür und rennt zum Eingang.

Anscheinend ist unser Gespräch jetzt beendet.

Bei der Schwesternstation hole ich sie schließlich ein. Da entdecke ich Savannah auf einem Stuhl sitzend. Sie weint so heftig, dass ihr ganzer Körper zittert.

»Wo ist sie?«, frage ich.

Als Harley mich hört, wirft sie einen Blick über die Schulter, rennt zu Savannah und setzt sich neben sie. »Wie geht es ihr? Was haben sie gesagt?«

»Es tut mir so leid. Ich wollte ihr nur kurz einen Saft holen, und plötzlich kam sie mit blutüberströmtem Gesicht auf mich zu. Ich habe als Tante versagt.«

Eine Krankenschwester sieht hinüber zu Harley. »Sind Sie die Mutter?«

Harley eilt wieder zur Schwesternstation und lässt mich mit Savannah allein.

»Ich bin sicher, es geht ihr gut.« Doch ich habe jetzt keine Zeit, sie zu beruhigen. Ich gehe Harley hinterher, denn ich muss dringend zu meiner Tochter.

»Kommen Sie mit.« Die Krankenschwester drückt einen Knopf, und Harley rennt zur Tür. Ich folge ihr. Wir gehen so schnell, dass wir unsere Geschwindigkeit verringern müssen, um hinter der Krankenschwester zu bleiben. Kann sie uns nicht einfach die Zimmernummer nennen? Wir schaffen das auch ohne sie.

Sie öffnet die Tür. Da sitzt Liam, zeigt Calista Spielsachen und macht Tiergeräusche. Doch es sind die falschen Geräusche. Er nimmt eine Plastikkuh und macht Mäh. Calista bricht in Gelächter aus. Endlich entspannt sich mein Herz und kehrt zurück zu einem normalen Puls.

Harley rennt zu Calista und berührt den Verband um ihren Kopf.

»Mama!« Sie lächelt sie an und schiebt sie dann von sich, denn sie will, dass Liam weitermacht.

Er kapiert es, greift nach einem Hund und macht Miau. Ihr Lachen ist das schönste Geräusch der Welt.

»Der Arzt meinte, sie würden sie noch weiter beobachten«, erklärt Liam. »Dass wir vielleicht ein wenig voreilig waren, sie herzubringen. Dass es aber immer besser sei, bei einem Kind mit Von-Willebrand vorsichtig zu sein.« Er steht auf, damit ich mich setzen kann.

»Danke dir«, sage ich. »Ich sollte noch mal nach Savannah sehen. Sie ist fix und fertig.«

»Ich kümmere mich um sie. Sie hat mich angerufen, als es passiert ist. Zum Glück war ich im Smokin´ Guns. Ich war direkt bei ihr. Bleib du lieber hier. Ich bringe Savannah nach Hause und bleibe, bis es ihr besser geht.«

Harley eilt zu ihm und wirft sich in seine Arme. »Vielen Dank. Ich bin dir was schuldig.«

Liam sieht mich über ihr chaotisches blondes Haar an. »Du schuldest mir gar nichts. Ich bin froh, dass es ihr gut geht.«

Ich sehe ihn dankbar an. Calista greift nach der Katze, macht wau, wau! und lacht vor sich hin.

Harley beugt sich nach vorn, küsst ihre Wange und begutachtet sie.

»Wonach suchst du?«, frage ich.

»Blaue Flecken. Ich will nur sichergehen, dass sie wirklich in Ordnung ist.«

Ich helfe ihr, unsere Tochter zu inspizieren, der es großartig zu gehen scheint.

Eine halbe Stunde später kommen ein Arzt und eine Krankenschwester herein und sagen uns, dass sie sie noch eine Weile hierbehalten, um sicherzugehen, dass die Proteine in ihrem Blut richtig funktionieren und das Blut gerinnt. Ich tue so, als würde ich alles verstehen, doch mir wird klar, dass ich mich besser über diese Krankheit informieren muss.

Harley nickt. Sie versteht genau, was sie sagen. Natürlich tut sie das. Und jetzt trägt sie unser zweites Kind in sich, das diese Krankheit ebenfalls haben könnte.

Kapitel 34

ROME

Calista schläft ein, und die Krankenschwester kommt herein, um den Verband zu wechseln. Harley beobachtet sie mit Argusaugen.

Die Krankenschwester sagt uns, dass es nicht mehr lang dauern werde. Dass es so aussehe, als würde das Blut gerinnen.

»Ich hatte in meinem ganzen Leben noch nie so viel Angst«, murmle ich und halte Calistas Hand. »Was, wenn es schlimmer gewesen wäre?«

Eine ganze Weile sagt Harley nichts und hält Calistas andere Hand.

»Als sie zum ersten Mal Nasenbluten hatte und es nicht mehr aufgehört hat, habe ich total den Verstand verloren. Savannah tut mir leid, denn ich hatte genauso viel Angst wie sie jetzt. Ich habe mich jedes Mal mehr daran gewöhnt. Aber es ist schon so lange nichts mehr passiert, dass ich beinahe vergessen habe, wie beängstigend es sein kann.«

»Tut mir leid. Ich habe keine Ahnung, wie du das alles allein geschafft hast.« Ich sehe sie an. Die Frau, die ich liebe. Sie weiß es nicht. Und ich weiß nicht, ob sie mir glauben würde, wenn ich es ihr sagen würde.

Sie zuckt mit den Schultern, als hätte sie gerade die Spülmaschine eingeräumt oder mein Handy für mich aufgeladen. Achtzehn Monate lang hat sie dieses bezaubernde Mädchen allein großgezogen. Das ist eine große Sache. Und es ist an der Zeit, dass wir uns über den nächsten Zuwachs unterhalten.

»Harley.« Ich gehe das Thema vorsichtig an, wie ein Hund, der von seinem gemeinen Herrchen ein Leckerli entgegennimmt.

»Es tut mir leid«, bricht es aus ihr hervor. »Ich wollte es dir nicht verheimlichen. Es ist nur ... Ich meine ... Ich bin schwanger!«

Ich muss lachen, denn das fasst es ganz gut zusammen. Die Worte *Ich bin schwanger* bringen alles andere mit sich, was sonst noch auf unseren Schultern lastet. Ich habe gerade mein eigenes Restaurant eröffnet und bin schon jetzt komplett ausgelastet. Ein weiteres Kind ist total verrückt. Die Leute werden uns anstarren, als wären wir Aliens mit drei Köpfen und zwei Körpern.

»Das ist überhaupt nicht lustig. Ich meine, wie konnte das passieren?« Ihr Kopf fällt auf Calistas Bett, und ihr blondes Haar legt sich wie ein Schleier über ihr Gesicht.

Ich beobachte Calista, die friedlich schläft. Jetzt, da ich weiß, dass es ihr gut geht, bin ich beruhigt. Wir werden auch weitere Momente wie diesen überstehen. Aber wir müssen zusammenhalten. Mein Gott, zusammen sind wir so viel besser als allein. Harley und Calista haben etwas aus mir gemacht, das ich niemals für möglich gehalten hätte. Und ich bin Manns genug, es zuzugeben. Harley macht mich zu dem Mann, der ich sein will. Ein Mann wie mein Vater.

»Hey.« Ich streiche das Haar aus ihrem Gesicht. »Sieh es doch mal so. Es ist nur eine ungeplante Schwangerschaft. Diesmal weißt du wenigstens, wo der Vater ist.«

Ich lache leise, doch sie hebt den Kopf und straft mich mit einem Todesblick.

»Ich mache nur Spaß.«

»Die Leute in dieser Stadt werden denken, dass ich nicht aufhören kann, die Beine breit zu machen«, sagt sie stöhnend.

»Wen kümmert's?«

Sie atmet laut aus und sieht Calista an. »Aber ich liebe es, dass wir noch so eins bekommen.« Sie streckt die Hand aus und streichelt Calistas rosige Wangen.

»Hältst du mich für einen schlechten Vater?« Ich spreche meine größte Angst aus und frage mich, ob das der Grund ist, warum sie es mir nicht gesagt hat.

Sie senkt die Hand und sieht mich an. »Nein. Warum denkst du so was?«

Ich zucke mit den Schultern. »Warum hast du es mir nicht erzählt, als du gemerkt hast, dass du schwanger sein könntest? Warum hast du nicht darauf vertraut, dass ich damit umgehen kann?«

Sie presst die Lippen zusammen und blickt auf ihre Hand um Calistas. »Ich fühle mich schon jetzt wie eine Schlinge um deinen Hals. Ein weiteres Baby wird die

Schlinge nur noch enger zuziehen. Fragst du dich nicht manchmal, was aus dir geworden wäre, wenn ich nicht aufgetaucht wäre?«

Ich rutsche weiter nach vorn und tätschle ihr Bein, doch sie schüttelt den Kopf. »Komm schon«, sage ich. Wir können diese Unterhaltung nicht weiterführen, wenn wir so weit voneinander entfernt sind. »Bitte.«

Zögernd kommt sie auf mich zu, und ich ziehe sie auf meinen Schoß.

»Ich weiß nicht, was ich noch tun soll, um dich davon zu überzeugen, dass du das Beste bist, was mir je passiert ist.« Ich lege die Hand auf ihren Bauch. »Calista ist meine ganze Welt. Und das Kleine wird es auch sein. Aber nichts davon wäre möglich ohne dich. Du bist keine Schlinge. Ja, unser Leben wird für eine Weile ganz schön verrückt werden, aber wir schaffen das. Ich meine, wir sind die Kids, die es geschafft haben, nicht wahr?«

Lachend legt sie die Hand an meine Wange. »Tut mir leid, dass ich es dir nicht sofort gesagt habe.«

Ich lege die Hand auf ihre. »Schon okay. Aber nächstes Mal sagst du es mir. Und dann warten wir die drei Minuten zusammen, um es gemeinsam herauszufinden. Verstanden?«

Sie hebt die Augenbrauen. »Nächstes Mal?«

»Zwei sind einfach. Wenn wir wirklich die Comeback Kids sein wollen, brauchen wir mindestens drei. Es sei denn …« Ich streichle ihren Bauch, und sie starrt hinunter auf meine Hand. » … du bekommst Zwillinge.«

Sie reißt die Augen auf, und ich lache.

»Hey.« Ich lenke das Gespräch wieder in eine ernstere Richtung und blicke ihr in die Augen. »Ich liebe dich. Mit diesen drei Worten gehe ich nicht leichtfertig um. Bewahre sie also sorgsam auf. Seit du das Terra & Mare betreten hast, ist mein Leben nicht mehr dasselbe. Und ich will nie wieder dahin zurück, wie es mal war. Ich war schon immer ein Teamplayer.«

Sie küsst mich und legt die Stirn an meine. »Ich liebe dich, Rome Bailey.«

»Du musst es mit einem Kuss besiegeln«, erwidere ich und tippe mir an die Lippen.

Unsere Münder treffen sich fast, als eine kreischende Stimme den Raum erfüllt.

»O. MEIN. GOTT! Meine Urenkelin!« G'Ma D setzt sich auf den Stuhl, auf dem Harley eben noch gesessen hat, drückt den Mund auf Calistas Wange und hinterlässt einen roten Lippenstiftabdruck. Calista bewegt sich, sieht uns an und lächelt. Dann entdeckt sie G'Ma D.

»Doodoo«, sagt sie verschlafen.

Harley und ich wechseln einen Blick.

»Nenn mich, wie du willst.« G'Ma beugt sich über das Bett und drückt sie fest an ihre Brust.

»Doodoo!« Calista fängt an zu zappeln, denn Gott behüte – neuerdings mag sie es überhaupt nicht, wenn man sie in den Arm nimmt.

G'Ma D setzt sich wieder. »Wie gut, dass es Liam gibt, nicht wahr? Savannah hat mir alles erzählt. Sie sitzt fix und fertig im Wartezimmer.« Mit dem Daumen deutet sie auf die Tür.

»Ich bin sicher, es wäre Calista auch gut gegangen, wenn sich Savannah selbst um sie gekümmert hätte, ohne sie ins Krankenhaus zu bringen.« Harley steht auf. »Ich sehe mal nach, ob ich sie noch erwische.«

Als Harley weg ist, richtet G'Ma D den Blick auf mich. »Du!« Sie zeigt auf mich. »Gut, dass sich Calista verletzt hat.«

»Was?« Mein Kopf schnellt zurück.

»Sonst hättest du dich Harley gegenüber weiter wie ein Arschloch verhalten. Was hast du dir nur dabei gedacht? Das ist deine Chance, dein Fehlverhalten wiedergutzumachen.«

»Ich will gar nicht wissen, wovon du überhaupt redest.« Ich rücke die Farmtiere auf Calistas Bett zurecht.

»Das neue Baby. Du darfst alles ab Tag eins miterleben und verhältst dich wie eine verzogene Göre, weil sie den Test ohne dich gemacht hat? Zum Glück war ich deiner Schwester eine gute Mentorin. Sie wusste genau, was sie zu tun hatte.«

Keine Sekunde später kommen Savannah, Liam und Harley herein.

»Siehst du? Es geht ihr großartig«, sagt Harley und deutet auf Calista. »Kinder sind widerstandsfähig.«

Calista entdeckt die Tiere und greift nach der Kuh. »Mähhh.«

»Oh, Scheiße. Sie bringt die ganzen Tiere durcheinander.« Gespielt panisch greife ich nach dem Hund. »Wie macht der Hund, Süße?«

»Miau«, erwidert Calista lachend. Ihr Kopf fällt zurück auf das Kissen.

»Scheiße, Babe. Wie schlimm hat sie sich den Kopf gestoßen?« Ich tue übertrieben besorgt, und Harley verdreht die Augen.

Savannah stürmt zur Bettkante. »Überhaupt nicht schlimm.« Sie nimmt das Huhn. »Wie macht das Huhn?«

Calista reißt es ihr aus der Hand. »Muh.«

»Oh, mein Gott. Seht nur, was ich getan habe!« Savannah klingt, als würde sie gleich wieder weinen.

Ich muss lachen. Kurz sieht mich Savannah verwirrt an, bevor ihr Blick zu Harley wandert, die entschuldigend lächelt. Irgendwie mag ich es, wie sie sich für mich entschuldigt. So süß.

Savannah schlägt mir auf den Kopf. »Du Arschloch.«

»Aaaschloooch«, wiederholt Calista.

Alle fangen an zu lachen. Savannah lässt die Schultern hängen, und das Kinn sinkt auf ihre Brust, als könnte sie einfach nicht gewinnen.

»So bringt man meiner Tochter ein böses Wort bei«, scherze ich.

»Schon in Ordnung. Sie hat es letzte Woche schon gesagt, als Rome mit seinem Getränkelieferanten telefoniert hat.« Mit gehobenen Augenbrauen sieht mich Harley an. Irgendwie mag ich uns zusammen. Und zwar sehr. »Und jetzt geh nach Hause und entspannt dich.« Harley schiebt sie in Richtung Liam, der den Arm um sie legt.

Ich verenge die Augen zu Schlitzen, doch Harley schüttelt den Kopf, um mir zu sagen, dass ich den Mund halten soll.

»Ich muss auch los. Ich wollte nur sichergehen, dass es

ihr gut geht. Tschüss, meine Süße.« G'Ma D winkt Calista zu. »Heute ist Poker-Abend. Ich habe mir in letzter Zeit diese Texas Hold'em-Spiele angesehen. Ethel wird sich wünschen, sie hätte ein anderes Spiel ausgewählt.« Sie beugt sich herunter und küsst Calistas Stirn. »Hast du dir wirklich den Kopf gestoßen?«, flüstert sie.

»Doodoo.« Calista lächelt.

Die drei verabschieden sich. Als sie das Zimmer verlassen, hört man G'Ma Ds laute Stimme. »Ein guter Plan mit dem verletzten Kind. Das hat sie wirklich zusammengebracht.«

Ich starre auf Calistas Verband, auf dem nicht die geringste Spur von Blut zu sehen ist. Das war doch nicht alles inszeniert, oder?

»Okay, sie darf nach Hause gehen.« Die Krankenschwester kommt herein. »Sie müssen nur noch die Papiere unterschreiben.«

Während Harley unterschreibt, inspiziere ich weiter meine Tochter. »Sie hat doch eine Wunde, oder?«, frage ich die Krankenschwester.

Sie sieht mich irritiert an, als würde sie sich darüber wundern, warum ich ihr überhaupt diese Frage stelle. Harley blickt genauso drein.

Als sie fertig sind, fasst die Krankenschwester die Papiere zu einem Stapel zusammen. »Du darfst jetzt nach Hause.« Sie kitzelt Calista an den Zehen, und sie kichert.

»Nach Hause«, sagt Harley und hebt Calista hoch.

Ich schließe beide in die Arme. »Habe ich euch schon

gesagt, wie sehr ich euch liebe?«, frage ich Harley. Calista streichelt über meine Bartstoppeln.

»Das kannst du nicht oft genug wiederholen.«

Ich beuge mich hinunter und küsse sie. »Lasst uns nach Hause gehen.«

Calista legt die Hände auf unsere Wangen und zieht uns auseinander. »Nein Mama. Nein Dada.«

Lachend lösen wir uns voneinander. »Ich glaube, wir werden in Zukunft viele Quickies haben«, sage ich und zwinkere.

»Vielleicht sollten wir doch zu diesem Spa fahren.«

Ich sehe Calista an. Ich habe die Situation noch nicht verdaut. »Meinst du, wir sollten ihr Bettchen heute Nacht in unser Schlafzimmer stellen?«

Lachend schüttelt Harley den Kopf. Dann verlassen wir das Krankenhaus so, wie es sein soll – als Familie.

Epilog

ROME

Neun Monate später …

»Gute Nacht, Daddy«, sagt Calista, als ich ihre Stirn küsse.

»Gute Nacht, meine Kleine«, erwidere ich.

»Ich bin nicht klein.«

Ich fahre ihr durchs Haar. »Sorry, meine Große.«

Sie schnappt sich ihre Decke und macht es sich in ihrem Bett bequem. Ich schalte die Nachtlampe ein, schließe die Tür und gehe den Flur hinab.

Wir wohnen immer noch überm Terra & Mare, denn am Anfang wird das Baby nicht viel Platz brauchen. Aber bald müssen wir uns etwas einfallen lassen.

Harley sitzt auf dem Sofa, die Beine auf den Tisch gelegt mit einem Kissen darunter. Sie leidet sehr unter den Schwellungen.

»Ich bin ein bisschen traurig, dass sie mich nicht mehr Dada nennt«, gebe ich zu und plumpse neben Harley aufs Sofa. Meine Hand landet auf ihrem Bauch.

»Als hätte man einen Schalter umgelegt«, sagt sie, während sie irgendwas strickt.

Ich nehme ihr die langen Nadeln aus der Hand und lege sie in ihre Kiste mit den Stricksachen. Inzwischen ist Stricken ihr Hobby geworden. Alle stricken jetzt. All meine Schwestern. Nur die Zwillinge nicht.

»Was machst du da?« Argwöhnisch mustert sie mich.

»Der Arzt meinte, wir könnten versuchen, die Geburt einzuleiten. Ärztliche Anweisung.« Meine Hand wandert zwischen ihre Schenkel.

»Ich fühle mich wie ein Elefant in einem VW-Käfer.« Sie rutscht von mir weg, doch ich setze mich auf den Boden zwischen ihre Beine. »Rome.« Sie seufzt.

Als sie merkt, dass ich nicht versuche, ihr die Hose auszuziehen, richtet sie sich gerader auf. »Was hast du vor?« Sie bemerkt den Ring in meiner Hand und schüttelt den Kopf. »Jetzt? Ausgerechnet jetzt?«, fragt sie jammernd, und ich muss lachen.

»Ich weiß, dass du gesagt hast, ich solle warten, bis das Baby da ist, aber ich kann nicht. Ich wollte dich überraschen.«

»Und du musst dir unbedingt einen Abend aussuchen, an dem ich so groß bin wie ein Haus, Yogahose und T-Shirt trage und kein bisschen geschminkt bin?«

»Du bist immer wunderschön.«

Sie errötet. Jetzt weiß ich, dass ich sie habe. Ich habe lange und intensiv darüber nachgedacht. Ich will nicht, dass unser Baby auf die Welt kommt und wir immer noch nur Freund und Freundin sind.

»Mir hat mal eine weise Frau gesagt, ich solle keiner Frau einen Heiratsantrag machen, es sei denn, ich liebe sie. Denn Liebe sei der Kleber, der eine Ehe zusammenhält.«

Sie schüttelt den Kopf und tut verärgert, doch ich weiß genau, dass sie sich freut, dass ich mir ihre Worte gemerkt habe.

»Klingt nach einer ziemlich intelligenten Frau«, erwidert sie.

»Die klügste Frau, die ich je kennengelernt habe. Abgesehen von ihrer Entscheidung, mich zum Vater ihrer Kinder zu machen.«

Sie streckt die Hand aus und streichelt meine Wange. »Ich wette, du bist ein toller Vater.«

Ich zwinkere.

»Ich liebe dich. Und wenn das der Kleber ist, den wir brauchen, dann machen wir dieses Eheding mit links.«

»Wirklich?«, fragt sie und beginnt zu grinsen.

»Japp. Denn ich liebe dich so verdammt sehr, dass der Kleber schon überquillt.«

Sie lacht. »Zum Glück liebe ich dich genauso sehr.«

»Dann haben wir Kleber im Überfluss.«

Ein weiteres Lachen kommt über ihre Lippen. »Scheint so.«

»Und? Was sagst du? Willst du mich heiraten? Ich könnte dir den Mond, die Sonne und die Sterne versprechen. Aber ich will dir nur versprechen, dass ich dir jeden Tag beweisen werde, dass du die Liebe meines Lebens bist. Ja, wir werden zum zweiten Mal Eltern. Aber wir schaffen das.« Ich zwinkere erneut.

»Wie könnte eine Frau so einen Antrag ablehnen?« Sie nickt. »Ja, ich will.«

Freude durchströmt meinen Körper. Ich nehme den Ring, den ich an eine Halskette gehängt habe. Ich habe vermutet, dass er ihr aufgrund der Schwellungen im Moment nicht passen wird.

Nachdem ich die Kette um ihren Hals gelegt habe, begutachtet sie ihn. »Er ist wunderschön, Rome. Aber …«

Ich weiß, was jetzt kommt. Der Preis. Wir sollten das Geld besser für ein eigenes Haus sparen, aber sie muss begreifen, dass sie in dieser Familie die Nummer eins ist. Es wird noch lange dauern, bis sie es endlich glaubt. Deshalb werde ich noch mehr Tinktur auf die Wunden tupfen, die das Pflegesystem bei ihr hinterlassen hat. Früher oder später werden sie vollständig verheilt sein.

Sie hat sich auf den ewigen Single eingelassen und ihn zum Vater gemacht. So etwas bringt nur eine Frau zustande, die so unglaublich ist wie sie.

Ich will sie gerade küssen, als sie sich an den Bauch fasst.

»Ähm«, sagt sie und blickt nach unten.

»Was?«, frage ich.

Das Sofa unter ihr ist ganz nass.

»Nicht ausrasten. Es ist so weit.«

Ich stehe auf und eile ins Schlafzimmer, um den Koffer zu holen, den wir gestern Abend gepackt haben. In meiner Hosentasche vibriert das Handy. Ich ziehe es heraus, während ich zurück ins Wohnzimmer gehe.

Harley hat eine Nachricht in die Familiengruppe geschrieben.

HARLEY: *Meine Fruchtblase ist gerade geplatzt. Juno, kannst du herkommen und auf Calista aufpassen? Sie schläft. An alle anderen: Wir melden uns, sobald es Neuigkeiten gibt.*

»Du spielst mit dem Feuer«, sage ich, stelle den Koffer neben die Tür und helfe ihr auf.

»Wir haben ihnen versprochen, dass wir Bescheid geben. Wenn wir nur Juno schreiben, sind die anderen sauer. So ist es einfacher.«

Ich schließe sie in die Arme. »Wie kommt's, dass du meine Familie besser kennst als ich?«

Sie zuckt mit den Schultern und geht die nächsten zehn Minuten im Zimmer auf und ab, bis Juno auftaucht.

»Das wird aber auch Zeit. Was zur Hölle?«, frage ich.

»Sorry, ich bin gerannt, so schnell ich konnte.« Sie atmet schwer. Zum Glück wohnt sie ganz in der Nähe, was der Grund ist, warum sie als Babysitterin für Calista auserwählt wurde. »Da habt ihr euch aber eine Nacht ausgesucht für die Geburt.«

Ich bin schon halb zur Tür hinaus, doch Harley bleibt stehen. »Warum? Was ist passiert?«

»Savannahs Haus ist überflutet.« Sie krümmt sich. »Irgendein Rohr ist geplatzt, während sie weg war. Und da keiner da war …«

»Oh nein. Und was passiert jetzt?«, fragt Harley.

»Das finden wir heraus, *nachdem* wir dich ins Krankenhaus gebracht haben. Du weißt schon. Mit Ärzten, die unser Baby zur Welt bringen können.« Ich zerre an ihrem Arm, doch sie bewegt sich nicht von der Stelle.

»Ich weiß nicht. Wahrscheinlich wird sie eine Weile bei Holly und Austin wohnen müssen.«

»Okay. Großartig«, erwidere ich und zupfe an Hollys Jackenärmel.

Sie zieht die Mundwinkel herunter. »Das tut mir schrecklich leid.«

»Ja, nicht wahr?« Juno setzt sich auf die Sessellehne.

»Okay. Lass uns jetzt gehen.« Diesmal lege ich den Arm um ihre Schultern und schiebe sie aus dem Apartment.

»Tschüss. Und viel Glück!«, sagt Juno.

Ich ziehe die Tür hinter uns zu.

»Du kannst dich jetzt entspannen. Calistas Geburt hat ewig gedauert.«

Ich bin immer noch traurig, dass ich ihre Geburt verpasst habe, aber es lässt sich nun mal nicht ändern. Irgendwann werde ich bestimmt darüber hinwegkommen.

»Warte.« Ich öffne wieder die Wohnungstür. »Schließ die verdammte Tür ab. Meine Tochter schläft am Ende des Flurs. Und sei eine brave kleine Schwester und mach den Fleck weg.«

Als ihr Blick auf das Sofa fällt, weicht sie zurück. »Auf keinen Fall.« Dann knallt sie mir die Tür vor der Nase zu, und ich höre, wie sie abschließt.

Wenigstens eine der Aufgaben hat sie erledigt.

Ich führe Harley die Treppe hinab und zu meinem Truck.

Dann heize ich zum Krankenhaus. Wie vor ein paar Monaten, als wir den Anruf wegen Calista bekommen haben.

...

Zwölf Stunden später erblickt Baby Bailey das Licht der Welt. Calista sitzt im Warteraum und wird die Erste sein, die ihren kleinen Bruder kennenlernen darf.

Als ich das Wartezimmer betrete, rennt mir Calista mit zwei Heliumballons entgegen. Auf einem steht *Es ist ein Junge*, auf dem anderen *Herzlichen Glückwunsch*. Sie trägt ihr *Heute wurde ich große Schwester*-Shirt.

Ich fange sie auf und drücke sie an mich.

»Baby«, sagt sie.

»Ja, du hast jetzt einen kleinen Bruder.«

Sie lächelt freudig. »Ich will ihn sehen!«

Die ganze Familie steht auf, doch ich hebe die Hand. »Ich bin gleich wieder da. Aber wir würden den Moment gern mit Calista teilen, falls es euch nichts ausmacht.«

Lächelnd schütteln meine Geschwister und Liam die Köpfe und setzen sich wieder.

Hand in Hand gehen wir den Flur hinab. In jedes offene Zimmer wirft Calista einen Blick hinein. »Mommy?«, fragt sie jedes Mal.

»Noch nicht.«

Als wir das Zimmer erreichen, ist Harley gerade dabei, Dion zu stillen.

Wir haben beschlossen, bei der griechischen Mythologie zu bleiben. Nachdem wir uns mit Selene beratschlagt haben,

haben wir uns für Dion entschieden. Nach Dionysos, Gott des Weines, der Feste und Partys. Da er mein Kind ist, passt es.

Harley blickt auf und lächelt. »Hey, Süße. Willst du deinen Bruder sehen?«

»Was macht er?« Calista starrt sie angewidert an.

»Er isst gerade.«

»Deine Titti?«

Ich hebe sie hoch und trage sie näher ans Bett. Das ist nicht der filmreife Moment, den wir uns mit ihr vorgestellt haben. Ich setze sie aufs Bett, und sie krabbelt ans Bettende.

»Er bekommt Milch von mir.«

»Wie Kühe?«

»Ja, wie Kühe«, erwidert Harley und sieht mich an, als wollte sie fragen: *Was zur Hölle?*

»Wie bekommt er die Milch?« Calista kniet sich hin und starrt ihn an, bleibt jedoch weiter auf Distanz.

»Mein Körper macht sie«, erklärt Harley.

»Und warum bekomme ich Milch aus dem Kühlschrank?«, will Calista wissen.

Harley lacht und sieht mich an. Japp, Moment vorbei.

»Weil du schon ein großes Mädchen bist.« Ich streiche durch ihr Haar. »Willst du dem Baby nicht Hallo sagen?«, frage ich, um das Thema zu wechseln.

»Er ist klein«, sagt sie ohne Enthusiasmus. »Kann ich mit Onkel Denver spielen?«

Harley zieht die Mundwinkel herunter, und ich schüttle den Kopf. »Ich hole mal die Familie«, sage ich seufzend.

»Ja, ich glaube, er ist fertig.« Harley reicht mir das Baby

und bedeckt sich. Er ist so klein. Gleichzeitig habe ich das Gefühl, das Gewicht der ganzen Welt in Händen zu halten.

»Schau ihn dir an.« Ich halte ihn Calista entgegen.

Sie nickt und sieht weg. Dann rutscht sie vom Bett und rennt aus dem Zimmer.

»Warte, Süße.«

Ich lege Dion in die Wiege. Drei Minuten später stapft der ganze Familienzirkus den Korridor hinab. Sie sind laut und stürmisch und machen eine Szene, wohin sie auch gehen.

Alle strömen ins Zimmer und füllen jeden Quadratzentimeter aus. Während sie sich beim Baby abwechseln, setze ich mich zu Harley aufs Bett und beobachte, wie meine nervige Familie unseren Sohn mit Liebe überschüttet. Harley drückt meine Hand und beobachtet, wie Denver Calista beibringt, wie man Daumenkrieg spielt.

»Wir haben die Neuigkeiten gehört, Sav. Es tut uns so leid«, sagt Harley.

Savannah setzt sich auf den Stuhl neben dem Bett. »Es wird Monate dauern, bis das Haus wieder in Ordnung ist.«

»Was wirst du jetzt tun?«, frage ich. »Ziehst du so lange zu Austin und Holly?«

Mir entgeht nicht, wie die beiden hinter ihr einen Blick wechseln. Sie würden es tun, denn sie ist Familie. Aber ich weiß auch, dass sie jetzt, da die Hochzeit näher rückt, ein wenig Privatsphäre wollen.

»Nein. Ich würde niemals einfach bei ihnen eindringen.«

»Sie zieht zu Liam.« G'Ma D tritt aus dem Familienkreis heraus. »Das macht dir doch nichts aus, oder, Liam?«

Er sieht Savannah mit zu Schlitzen verengten Augen an und schiebt die Hände in die Hosentaschen. »Nein.« Wie es scheint, macht es ihm sehr wohl etwas aus.

»Ich werde *nicht* zu Liam ziehen«, sagt Savannah an uns gerichtet, ohne die anderen anzusehen.

»Warum nicht? Denver wohnt auch dort. Dann seid ihr wie *Herzbube mit zwei Damen*«, sagt Kingston.

»Nur umgekehrt«, erwidert Denver. »Komm schon, Sav. Das wird lustig. In dieser Stadt gibt es nichts Anständiges, was man mieten kann. Was sind deine Optionen?«

Ich sehe Liam an, der immer mehr errötet, je länger die Diskussion dauert. Sein Blick wandert ständig zu Savannah, die die Frage immer noch nicht beantwortet hat.

Sie sieht über die Schulter, und ihre Blicke treffen sich. Harley drückt meine Hand, für den Fall, dass es mir entgeht. Aber mir entgeht nichts. Irgendwas geht hier vor.

»Wäre es denn ein Problem?«, fragt sie ihn.

»Nein«, krächzt er.

»Perfekt. Ich weiß nicht, warum ihr nicht selbst darauf gekommen seid.« Dann streckt G'Ma D die Arme aus. »Und jetzt gebt mir das Baby.«

Ich küsse Harleys Schläfe und frage mich, wie ich es geschafft habe, die erste Frau, die es fertiggebracht hat, mich an einem Ort zu halten, dazu zu bringen, mich zu lieben.

Sie blickt zu mir auf. Wir müssen nichts sagen, denn unsere Augen sagen alles. Der Kleber zwischen uns wird jeden Tag mehr.

Und zum Schluss noch ein wenig Einhorngeschwafel …

Aaalso … Fangen wir doch damit an, dass Geheimnisse überhaupt nicht unser Ding sind. Wir hatten keine Ahnung, wie schwierig es werden würde. Wir mussten aufpassen, in unseren Leseproben den Dad nicht zu verraten. Rome durfte auf gar keinen Fall erwähnt werden. Rayne rutscht gern mal etwas heraus. Sie ist die schlechteste Geheimnisträgerin des ganzen Universums! Dass wir es geschafft haben, dieses Geheimnis so lange für uns zu behalten, überrascht uns beide gleichermaßen.

Während wir *Birth of a Baby Daddy* geschrieben haben, hatte Rayne immer wieder das Gefühl, Romes Ton nicht richtig zu treffen. Aber sie hat gemerkt, dass ein lustiger Nebencharakter, der sein eigenes Buch bekommt, plötzlich ganz neue Seiten an sich zeigen kann. So war es auch bei Lennon in *The Banker*. Der Rome, der in den ersten beiden Bailey-Bänden immer mal wieder einen Witz gerissen hat, unterscheidet sich sehr von dem Mann, der herausfindet, dass er Vater geworden ist.

Rayne hat förmlich darum gebettelt, dass es in den Bailey-Büchern ein geheimes Baby geben müsse. Nicht, dass Piper etwas dagegen gehabt oder sich geweigert hätte. Und Rayne hat sich unheimlich gefreut, als Piper den Titel vorgeschlagen hat.

Wie bereits in *Kisses from the Guy next Door* war es schwierig, Romes und Harleys Geschichte zu erzählen, denn sie waren zwei Fremde, die sich erst kennenlernen und gleichzeitig die Probleme lösen mussten, die eine Co-Elternschaft mit sich bringt. Wir wollten unbedingt, dass sich ihre Beziehung ganz natürlich entwickelt und nicht gezwungen wirkt. Als Calista zwei Jahre zuvor gezeugt wurde, ging es zwischen den beiden ganz offensichtlich heiß her. Doch Harley hatte Schwierigkeiten, Vertrauen zu fassen, und Rome war glücklicher Single, als die Mutter seines Kindes nach Lake Starlight kam. Es war wichtig, mitzuerleben, wie sie als Paar zusammenfinden, um an ihr Happy End zu glauben.

Vielen Dank an alle unten stehenden Personen. Ohne sie wären wir verloren!

Danielle Sanchez und das ganze Team von Wildfire Marketing Solutions!
Ellie von My Brother's Editor für das Lektorat.
Shawna von Behind the Writer fürs Korrekturlesen.
Sarah von Okay Creations für das Cover und das Branding der gesamten Serie.
Sara von Sara Eirew Photography für das tolle Foto von Harley und Rome.
Allen Bloggern, die sich ständig Zeit nehmen, unsere Bücher zu lesen, zu rezensieren und Werbung für uns zu ma-

chen.
Unsere Einhörner, die unsere Neuerscheinungen von den Dächern schreien und unsere Charaktere genauso lieben wie wir.
Allen Leserinnen, die sich bei der großen Auswahl da draußen für unser Buch entschieden haben.

Wir glauben, ihr wisst genau, wer als Nächstes kommt – unsere liebenswerte Savannah Bailey (haha) und Liam, der Mann, der es liebt, sie in den Wahnsinn zu treiben.

Wir umarmen euch alle!

Xo
Piper & Rayne

Band 1 der Love-and-Order-Serie von Piper Rayne

Nach meiner Scheidung habe ich nicht allen Männern abgeschworen, nur denen, die wie mein Ex sind. Ganz oben auf der Liste? Anwälte! Ich bin mit meiner Tochter zurück nach Chicago gezogen, um mich um meine kranke Mutter zu kümmern. Ich hatte mein persönliches Happy End nicht aufgegeben, nur die Suche danach auf unbestimmte Zeit verschoben. Als ich Reed Warner wiedersah, erinnerte er mich an alle meine Fehler. Ich wollte mich von ihm fernhalten, aber er blieb hartnäckig. Obwohl ich es besser weiß, kann ich nicht aufhören daran zu denken, wie sein Designeranzug seine Muskeln umspielt und seine blauen Augen mich intensiv mustern. Das Problem? Er ist nicht nur Anwalt, sondern er war auch Trauzeuge auf meiner Hochzeit und der beste Freund meines Ex.

Piper Rayne

The One Best Man

Roman
Aus dem Amerikanischen von Cherokee Moon Agnew
Auch als E-Book erhältlich
forever.ullstein.de

FOREVER